Arena-Taschenbuch
Band 50603

FRANCA DÜWEL

Julie und Schneewittchen

Schlimmer geht's immer

Weitere Titel von Franca Düwel in dieser Reihe im Arena Verlag:
Julie und die schwarzen Schafe
Julie und das Herzschlamassel
Julie und die Frage, was Jungs wollen
Julie. Mein Tagebuch
Julie. Mein Notizbuch

Die gleichnamigen Hörbücher sind bei Arena audio erschienen.

Mehr zu Julie unter
www.julies-tagebuch.de.

Franca Düwel,
geboren 1967, studierte Literaturwissenschaften und Pädagogik. Nach diversen Stationen in der Filmbranche ist sie als Drehbuchautorin hocherfolgreich. Sie entwickelte unter anderem die Kinderserie »Die Pfefferkörner« und schrieb zahlreiche Folgen von »Berlin, Berlin«. Franca Düwel lebt mit ihrem Mann und ihren beiden Töchtern in der Nähe von Hamburg. Die Julie-Bände sind ihre ersten Bücher, schon Band 1 eroberte die Herzen der Leserinnen im Sturm.

FRANCA DÜWEL

Julie und Schneewittchen

Schlimmer geht's immer

Mit Illustrationen von Katja Spitzer

Arena

MIX
Papier aus verantwortungsvollen Quellen
FSC® C110508
www.fsc.org

1. Auflage als Sonderausgabe im Arena-Taschenbuch 2014

Coverillustration und Innenvignetten: Katja Spitzer
Vermittelt durch die Agentur Susanne Koppe, Hamburg
Innengestaltung: Georg Behringer · Umwerk München
Umschlagtypografie: knaus. büro für konzeptionelleund visuelle identitäten, Würzburg
Gesamtherstellung: Westermann Druck Zwickau GmbH
ISSN 0518-4002
ISBN 978-3-401-50603-6

www.arena-verlag.de
Mitreden unter forum.arena-verlag.de
www.julies-tagebuch.de

Für meine Töchter

Samstag, der 1. Mai

☺ Höhepunkte!

1) Heute ist Mama mit Ottilie aus dem Krankenhaus nach Hause gekommen. Endlich! Hab mich total auf sie gefreut und war meganeugierig, wie meine neugeborene Schwester wohl aussieht.

☹ Tiefpunkte!

1) Ottilie sieht aus wie ein hochroter, glatzköpfiger Zwerg.
2) Papa meint, sie sieht mir ähnlich.

LIEBES TAGEBUCH,

bisher habe ich noch nie Tagebuch geschrieben, aber das soll sich jetzt ändern. Als Mumi, meine Oma, mir dich mit der Post geschickt hat, hat sie dazugeschrieben, dass alle großen Schriftsteller mit Tagebuchschreiben angefangen hätten, und deshalb fange ich jetzt auch damit an.
Mumi hat noch eine Karte dazugelegt, auf der stand, dass so ein Tagebuch einem auch hilft, wenn man sich mal allein und traurig fühlt, und das würde ich jetzt ja vielleicht manchmal tun, wo sich so viel bei uns geändert hat. Ich fand das ziemlich nett von ihr, aber dooferweise hat Papa die Karte vorhin, als Mama Eva gewickelt hat, in die Finger gekriegt, und da ging es natürlich gleich los.
(Ottilie heißt eigentlich Eva, aber wenn sie ein Junge geworden

wäre, hätte sie Otto geheißen und ich finde, Ottilie passt viel besser zu ihr.)

Erst hat Papa eine Sekunde stumm auf die Vorderseite von der Karte gestarrt, weil da einer dieser männerfeindlichen Witze stand, wie Mumi sie gerne mag (»Wie kriegt man das Gehirn eines Mannes auf die Größe einer Erbse? Aufpusten!«).

Danach hat er die Karte umgedreht und anschließend gesagt, meine Oma sei der einzige Mensch, den er kenne, der aus allem, aus wirklich allem ein Problem machen würde.

»Anstatt dir zu gratulieren, dass du jetzt eine kleine Schwester hast, schreibt sie dir so einen Blödsinn! Allein und traurig – dass ich nicht lache!«

Ich hab versucht, ihn zu beruhigen, aber er hat sich richtig reingesteigert und gemeint, seine Schwiegermutter hätte überhaupt keine Ahnung von zwölfjährigen Mädchen und erst recht nicht von mir. Schließlich hätte ich Eltern, die alles für mich tun würden, und eine bildhübsche neugeborene Schwester und Hanna und Sophie und noch tausend andere Freundinnen und deswegen wäre das mit dem Alleinfühlen totaler Quatsch. Und dann hat er mich gefragt, ob ich das nicht auch so sehe. Ich hab schnell genickt und er hat ganz erleichtert ausgesehen und mir einen Kuss gegeben. Und damit war die Sache vom Tisch. Gott sei Dank.

Letztes Mal, als Papa gedacht hat, dass ich Sorgen hätte, hat er mich bei einem Freizeitwochenende für Zehn- bis Zwölfjährige angemeldet. Damit ich mehr an die frische Luft komme.

DER BLANKE HORROR! ! !

Außer mir waren da nur noch zehnjährige Jungs und alle trugen Shorts, obwohl es irre kalt war. Tagsüber mussten wir stundenlang angeln (ich hab meine Fische immer wieder ins Wasser geworfen, weil die mir leidtaten) und am Abend sollten wir die geangelten Fische dann vor der Jugendherberge ausnehmen und die Innereien in einen Plastikeimer werfen. Dabei gab's immer ein ganz grässliches Geräusch. So eine Art »Blabsch«. Echt eklig. Irgendwann hat einer der Jungs angefangen, die anderen mit den Fischdärmen zu beschmeißen, dann hat einer der Betreuer einen ganzen Batzen Därme mitten ins Gesicht gekriegt und anschließend mussten wir alle schon um acht ins Bett.

Am nächsten Tag sollte ich dann noch bei einer Höhlenwanderung mitmachen, obwohl ich tierische Platzangst habe. Ich hab gesagt, dass ich **definitiv** in nichts gehe, was dunkel ist und keine Fenster hat, weil ich mich mit vier Jahren aus Versehen im Kleiderschrank meiner Oma eingesperrt habe und stundenlang echte Todesangst hatte. Aber das hat natürlich keiner von den Jungs verstanden. Stattdessen hat mich einer der Darmschmeißer Feigling genannt und danach so doll geschubst, dass ich fast hingefallen wäre. Na ja und da hab ich ihn eben zurückgeschubst und dann musste ich früher als die anderen nach Hause fahren, weil der Typ blöderweise der Sohn von dem Pastor war, der die ganze Sache geleitet hat.

Als ich wieder zu Hause war, hab ich mir geschworen, dass ich

ab jetzt nur noch heule, wenn Papa nicht da ist. Wer weiß, was ihm sonst noch so einfällt. Nachher …
Moment! Papa ruft.

Bin schon wieder da. Soll für Papa ein Paket Windeln kaufen, weil die, die er gekauft hat, Ottilie zehn Nummern zu groß sind. Ich muss mich beeilen, sonst macht der Supermarkt bei uns um die Ecke zu. Bis morgen!!!!

Sonntag, der 2. Mai

☺ Höhepunkte!

1) Habe heute früh eine halbe Stunde mit der schlafenden Ottilie vor dem Spiegel verbracht und dabei zwei Dinge festgestellt: a) Sie sieht zwar wie ein japanischer Sumo-Ringer aus, aber ich habe sie trotzdem ganz doll lieb. b) Ich hab vielleicht eine klitzekleine Speckrolle am Bauch und genauso blaue Augen wie sie, aber sie sieht mir definitiv nicht ähnlich!

☹ Tiefpunkte!

1) Mama verhält sich merkwürdig.

Heute ist ein ziemlich öder Tag. Seit Mama mit Ottilie gestern aus dem Krankenhaus nach Hause gekommen ist, habe ich viereinhalb Stunden ferngesehen, zweieinhalb Stunden Gameboy gespielt und dreieinhalb Tafeln Schokolade gegessen und niemand hat etwas dagegen gesagt. Kein Wunder. Papa hat mit der schreienden Ottilie alle Hände voll zu tun und Mama liegt die ganze Zeit im Bett und starrt schluchzend an die Decke. Komisch, oder?

Eigentlich hab ich gedacht, Frauen, die gerade ein Baby bekommen haben, sind total glücklich. Und jetzt das. In den letzten Wochen haben meine Eltern ständig mit mir darüber geredet, dass sie sich am Anfang viel um Ottilie kümmern werden und dass ich deswegen nicht eifersüchtig zu sein brauche, weil das

ja nicht bedeutet, dass sie mich weniger lieb haben und so. (Ich hab ihnen nicht gesagt, dass ich den Elternratgeber, aus dem sie das haben, auch gelesen hab.)
Aber das hier ist wirklich merkwürdig. Mama weint die ganze Zeit leise vor sich hin und allmählich tut mir Ottilie richtig leid. Schließlich ist sie erst sechs Tage alt, und wenn man sich erst mal an ihren roten Kahlkopf gewöhnt hat, ist sie wirklich süß. Ihre Haut riecht total schön nach warmer Milch, und wenn sich ihre kleine Hand um meinen Finger krallt, dann will ich sie Papa am liebsten gar nicht mehr zurückgeben, so niedlich ist sie. Nur wenn sie schreit, dann werden Papa und ich immer ein bisschen panisch. Aber das tut sie meistens nur, wenn sie Hunger hat. Dafür dann aber so was von laut! Und sie hört erst auf, wenn irgendetwas, woran sie saugen kann, in ihre Nähe kommt.

Vorhin, als ich Ottilie auf dem Arm gehabt hab, hat sie sogar an meiner Nasenspitze gesogen, und als sie gemerkt hat, dass da nichts rauskommt, hat sie so verzweifelt geschrien wie ein kleiner Vogel, der aus dem Nest gefallen ist. Mein Herz hat richtig laut zu klopfen angefangen und ich bin ganz schnell zu Mama ins Schlafzimmer gelaufen. Die hat aber nur schluchzend ihr T-Shirt hochgeschoben und Ottilie an ihre Brustwarze angedockt. Und während Ottilie zu saugen angefangen hat, hat sie einfach weitergeschluchzt.
Das war furchtbar. Eigentlich ist Mama nämlich überhaupt nicht so. Normalerweise lacht sie ganz viel und will immer wis-

sen, ob man schon Hausaufgaben gemacht hat oder ob ihr Hintern in der Jeans, die sie anhat, dick aussieht. Aber im Moment scheint ihr das alles egal zu sein. Ihre Augen sind rot und verheult und ihr Blick ist ganz komisch nach innen gerichtet, so als würde sie gar nicht so richtig mitkriegen, was um sie herum passiert. Außerdem hat sie mich schon seit Tagen nicht mehr »Wurzelgemüse« genannt, obwohl sie das sonst immer tut (auch wenn ich ihr schon x-mal gesagt habe, dass das oberpeinlich ist).

Papa meint, das mit dem Heulen kommt von den Hormonen, die bei Mama im Körper verrücktspielen. So was dauert ein paar Tage, aber es ist ganz normal, hat Papa gesagt, und nennt sich Baby-Blues. Erst war ich beruhigt, weil Baby-Blues nicht sonderlich schlimm klang, aber dann hab ich das Wort doch noch mal im Internet gegoogelt und da hörte sich das Ganze gar nicht mehr so harmlos an.[1] Hoffentlich geht das bei Mama schnell wieder vorbei. Apropos vorbei …

Mir fällt gerade ein, dass Hanna mich vorhin am Telefon angefleht hat, das Bio-Referat für sie fertig zu machen, weil sie am Wochenende mit ihren Eltern auf einer Wellnessfarm war und das Referat vor lauter Wellness total vergessen hat und die Simbrinck ihr am Montag sonst garantiert eine Fünf gibt.

Mist! Frag mich mal nach Lust, mich jetzt noch an den

---

1 *Da stand nämlich ein Verweis zu Depressionen. Jemand, der eine Depression hat, ist anscheinend nicht nur ein paar Tage traurig wie beim Baby-Blues, sondern über Monate oder sogar Jahre! Immerhin stand da aber auch, dass es Medikamente dagegen gibt. Keine Ahnung, welche. Ob's so was wie Glücklichmach-Pillen gibt? Kann ich mir ehrlich gesagt nicht vorstellen, dann würde sie ja jeder nehmen.*

Schreibtisch zu setzen und irgendwas über den Blättermagen der Kuh rauszusuchen. Aber was tut man nicht alles für seine Freundin …

Es ist komisch, aber irgendwie buhle ich noch immer um sie, obwohl ich das eigentlich gar nicht mehr bräuchte. Okay, sie ist die Beliebteste in unserer Klasse, und als ich sie in der Fünften zum ersten Mal gesehen hab, habe ich mir gleich gewünscht, dass sie mal meine beste Freundin wird. Aber manchmal kann sie auch ganz schön anstrengend sein. Andererseits – wer ist das nicht? Wenn man Papa fragen würde, wäre anstrengend wahrscheinlich mein zweiter Vorname. Auf jeden Fall sind wir inzwischen eine ziemlich gute Gang – Hanna, Katja, Sophie und ich. Manchmal ist Franzi auch dabei und meistens bestimmt Hanna, was wir machen. Weil sie einfach die abgefahrensten Ideen hat. (Neulich hat sie den Schminkkoffer ihrer Mutter geplündert und dann sind wir in voller Kriegsbemalung in eine Karaoke-Bar und haben Weihnachtslieder gesungen. Im April!!) Hanna hat einfach so was wie … Führungsstärke oder so. Charisma[2] eben. So ein bisschen wie eine Hollywood-Schauspielerin. Und das nicht nur, weil sie so hübsch ist oder weil ihre Eltern so viel Geld haben oder …

Oh, Papa ruft gerade, er klingt ziemlich verzweifelt. Ich schau mal nach, was los ist.

Nachher oder morgen schreib ich weiter! Versprochen!

---

2 *Charisma = Ausstrahlung. Hab ich schon geschrieben, dass ich Fremdwörter liebe? Habe eine ganze Sammlung davon. Damit klingt man immer so glorreich gebildet!*

Montag, der 3. Mai

☺ Höhepunkte!

1) Außer dass Bio ausgefallen ist, weil Frau Simbrinck krank war – keine.

☹ Tiefpunkte!

1) Der Fernseher ist kaputtgegangen.

2) Schon wieder Nudeln mit Maggi (das dritte !! Mal in Folge).
3) Mama weint.

Es ist kurz nach 15.00 Uhr. Mama liegt noch immer wie ein gestrandeter trauriger Wal im Schlafzimmer und schluchzt. Papa sitzt die meiste Zeit bei ihr drinnen und hält ihre Hand, Ottilie schläft in ihrer Wiege und ich langweile mich zu Tode.

In der Schule war es heute auch doof.
In Sport haben wir Handball gespielt und Scharina hat ein Eigentor geworfen. Hanna, die im Tor stand, hat fast einen Kollaps gekriegt, weil sie sich sicher war, dass Scharina das mit Absicht gemacht hat, aber ich glaube, das war einfach nur ein blödes Versehen. Wissen tut man das bei Scharina allerdings nie so genau.
Hanna meint, dass Scharina Spaß daran hat, wenn alle sich streiten, aber ich vermute, das sagt sie nur, weil sie sich darüber

ärgert, dass sie den Ball durchgelassen hat. Und weil Scharina und sie sich sowieso ständig anzicken.

Am ersten Tag, als Scharina neu von der Realschule zu uns in die Klasse gekommen ist, haben wir alle noch gedacht, dass Hanna und sie ganz dicke miteinander sind. Immerhin hat unsere Rektorin sie extra in unsere Klasse, die 6b, gesteckt, weil Hanna und Scharina sich noch aus der Grundschule kennen. Ehrlich gesagt hab ich am Anfang sogar Angst gehabt, dass Hanna jetzt, wo sie ihre alte Grundschulfreundin wiederhat, vielleicht gar keine Lust mehr auf mich und unsere Clique hat, aber dann hat sich ziemlich schnell herausgestellt, dass ich mir gar keine Sorgen hätte machen müssen. Hanna hat Sophie, Katja und mir nämlich gleich an Scharinas erstem Schultag zugeflüstert, dass die anderen in der Grundschule Scharina wegen ihrer schwarzen Haare und ihrer dünnen Beine immer »Schneewittchen, Schneewittchen, kein Arsch und kein Tittchen« genannt haben und in der Pause ist sie dann zu Frau Simbrinck gegangen und hat gesagt, dass sie auf keinen Fall neben Scharina sitzen will. Und damit war klar, dass das mit der Freundschaft zwischen den beiden wohl nichts werden würde. Eher im Gegenteil.

Zuerst hab ich mich darüber gewundert, dass Hanna Scharina gleich so miesgemacht hat, weil ich fand, dass Scharina mit ihren schrägen Augen und den dunklen Haaren eigentlich ganz nett aussah (ein bisschen wie Pocahontas aus dem Zeichentrickfilm).

Aber dann hat Hanna uns anvertraut, dass Scharina in der Grundschule etwas wirklich Schlimmes gemacht hat und das könne sie ihr noch immer nicht verzeihen. Ich wollte natürlich gleich wissen, was sie denn damals gemacht hat, aber Hanna meinte, darüber wolle sie nicht reden, und da hab ich dann nicht weiter nachgefragt. Schließlich ist es völlig okay, wenn man ein Geheimnis für sich behalten will. Auch wenn mich natürlich brennend interessiert hätte, was es war.
Inzwischen hab ich eine weitere Theorie entwickelt, warum die beiden sich nicht mögen. Wahrscheinlich liegt es daran, dass Scharina und Hanna beide auf ihre Art richtig gut aussehen. Wenn man sich so umguckt, ist es schließlich fast immer so, dass Mädchen, die wie Heidi Klum aussehen (und Hanna sieht wirklich ein bisschen aus wie Heidi Klum), nie beste Freundinnen haben, die wie indianische Häuptlingstöchter aussehen (also wie Scharina). Sondern eher welche, die so aussehen wie Sophie oder ich, also ziemlich normal. Wenn ich mein Aussehen benoten müsste, dann wäre ich wahrscheinlich eine glatte Zwei. Na ja oder eine Zwei minus. (Das Minus ist wegen meiner Nase. Die ist ein klitzekleines bisschen zu groß. Aber dafür habe ich ziemlich nette blaugraue Augen und Papa meint, meine Haare wären gar nicht so fisselig, wie ich immer sage.)

17.32 Uhr.

War eben bei Sophie, um mit ihr, Hanna und Katja für Erdkunde zu üben, und da hat Sophie erzählt, dass sie am Wochenende zum ersten Mal ihre Tage gekriegt hat. Danach war an Erdkunde natürlich nicht mehr zu denken. Hanna hat Sophie gleich gefragt, ob ihre Mutter ihr zur Feier ihrer »Frauwerdung« (das Wort hat sie echt benutzt!) auch ein Armband aus Silber geschenkt hätte. Sophie hat den Kopf geschüttelt und geantwortet, sie hätte dafür eine Packung Binden bekommen, aber man hat gemerkt, dass sie gar nicht gewusst hat, dass man für seine Tage auch Schmuck bekommen kann. Anschließend hat Katja gemeint, dass ihre Mutter Tampons hygienischer findet als Binden, und dann haben alle stundenlang über ihre Blutungen geredet und ich hab mich erst mal aufs Klo verpieselt und schließlich behauptet, dass ich früher nach Hause muss.

Wie sehr ich dieses ganze Tage-Thema hasse! Und das liegt nicht daran, dass ich sie noch nicht habe. Wirklich nicht! Meinetwegen bräuchte ich die überhaupt nie zu kriegen! Allein der Gedanke, nie wieder eine weiße Jeans anhaben zu können, weil man immer befürchten muss, dass man gleich alles durchblutet. Einfach ätzend! Ich meine, ich weiß, dass das irgendwann kommt, aber sooo wichtig, dass man ständig darüber reden muss, ist es doch auch nicht, oder?

Je länger ich darüber nachdenke, umso froher bin ich sowieso, dass ich noch keine Frau bin. Und ich habe auch nicht vor, so schnell eine zu werden. Und schwanger schon gar nicht! Erst hängst du monatelang über der Kloschüssel, dann wirst du so dick, dass du im Eiscafé nicht mehr auf die Stühle passt (Mama musste sich richtig reinquetschen, dabei haben Schwangere doch oft Lust auf Eis, das hätten die Stuhlhersteller mal bedenken sollen), und dann erleidest du auch noch höllische Schmerzen, um dein Kind auf die Welt zu bringen. Nee, das ist nichts für mich.

Wenn ich erwachsen bin, werde ich erst mal überall herumfliegen und Reiseromane schreiben. Vielleicht werde ich auch Naturforscherin, so eine wie Dian Fossey, die mit Gorillas gelebt hat. Oder ich werde Entwicklungshelferin und gehe nach Afrika und kämpfe da gegen Hunger und Kinderarmut.

Vorhin sind wir beim Erdkundelernen darauf gekommen, was wir später mal machen wollen, und als ich das von Afrika erzählt hab, meinte Hanna, dass sie schon einmal mit ihren Eltern in Kenia war und dass die garantiert niemanden wie mich gebrauchen könnten, weil es dort vor Spinnen nur so wimmeln würde. Na ja und da war ich erst mal bedient. Eigentlich hab ich Hanna das mit meiner Arachnophobie[3] nämlich ganz im Vertrauen erzählt und dass sie das vor den anderen so breitgetreten hat, fand ich voll daneben. Erst war ich richtig sauer auf sie, aber dann hat Sophie mir zugeflüstert, dass Hannas Wellness-Urlaub voll der Flop war und sie das ganze Wochenende allein in dem bekloppten Hotel rum-

3 *Das Wort hat mir Papa beigebracht, als ich neun Jahre alt war. Es bedeutet Spinnenangst. Komisch, oder? So ein schönes Wort für so eine ätzende Angst …*

hängen musste, während ihre Eltern acht Stunden auf dem Golfplatz waren. Und da hab ich ihr die Bemerkung dann wieder verziehen.

Hanna hat's schließlich auch nicht leicht. Abgesehen von irgendwelchen teuren Urlauben kümmern sich ihre Eltern nämlich so gut wie gar nicht um sie. Wahrscheinlich wissen sie noch nicht mal, dass ihre Tochter später Model werden will oder dass sie in Ben aus der 8a verliebt ist. Im Grunde genommen ist Hanna für ihre Eltern nur ein Vorwand, um ihr Zimmer wie aus **Schöner wohnen** einrichten zu können. Aber das darf man nicht laut sagen. Noch nicht mal Hanna selbst gegenüber, obwohl die sonst immer tierisch über ihre Eltern ablästert. Aber wehe, jemand anders sagt was, dann wird sie total sauer. Ich hab einmal angebracht, dass ich es merkwürdig finde, dass ihre Mutter mich noch immer Julia nennt, obwohl sie nach fast zwei Jahren ja eigentlich mitbekommen haben müsste, dass ich Julie heiße. Aber da hat Hanna mich ganz eisig angesehen und ich hab gewusst, dass ich jetzt besser die Klappe halte.

So, gerade war Papa bei mir im Zimmer und hat mich gefragt, ob ich ihm bei der Wäsche helfen kann. Ottilie schreit auch schon wieder und Mama heult noch immer. Ich schreib morgen weiter oder übermorgen, falls ich morgen nicht dazu komme.

Dienstag, der 4. Mai

☺ **Höhepunkte!**

1) Heute gab es zum ersten Mal nicht Nudeln mit Maggi, sondern …

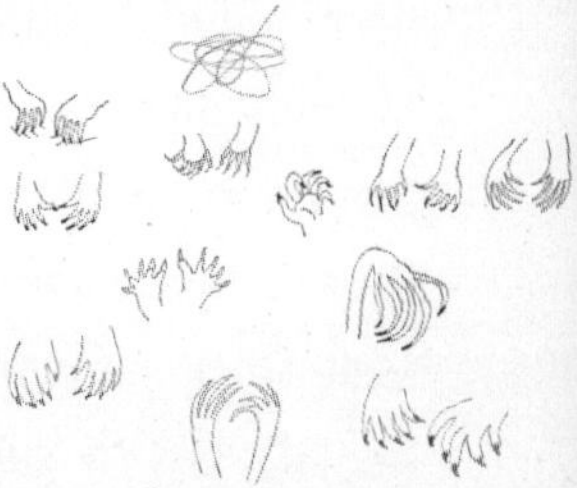

☹ **Tiefpunkte!**

1) … Tiefkühlgemüse. Würg.
2) Ottilie schreit andauernd. Außerdem kratzt sie sich wie blöde im Gesicht. Da sie ziemlich lange Fingernägel hat, sieht sie inzwischen aus wie Freddy Krüger.
3) Habe in Mathe eine Fünf zurückbekommen. Das ist die erste Fünf meines Lebens. Wahrscheinlich werde ich ein Schulversager.
4) Hanna und ich haben uns tierisch gefetzt.
5) Mama heult noch immer. Fange langsam an, mir ernsthaft Sorgen zu machen.

Ich habe heute die erste Fünf meines Lebens zurückbekommen. Papa meinte, das sei nicht schlimm, er sei auch immer schlecht in Mathe gewesen, aber das sagt er nur, um sich nicht weiter damit beschäftigen zu müssen. Mit dem Kopf ist er nämlich ganz woanders.
Ottilie hat wieder die halbe Nacht durchgeschrien und Papa hat nur zwei Stunden am Stück geschlafen. Ich hab echt Glück, dass mein Zimmer auf der anderen Seite des Flurs liegt. Sonst

sähe ich jetzt wahrscheinlich genauso grau und ZERKNITTERT aus wie er.
Normalerweise sieht Papa echt gut aus. Katja meinte sogar einmal, dass ich Glück hätte, wenn ich mehr nach ihm komme als nach meiner Mutter (wegen Mamas dickem Po), aber im Moment dürfte sie ihn echt nicht zu Gesicht bekommen. Nicht den Po, sondern meinen Vater, meine ich. Unter den Augen hat Papa nämlich zurzeit ganz dunkle Ringe und sein Zwanzig-Cent-Stück auf dem Kopf (die kahle Stelle, von der er immer sagt, dass es sie gar nicht gibt) ist inzwischen mindestens so groß wie ein Zwei-Euro-Stück. Weil Ottilie so viel schreit, trägt Papa sie die ganze Zeit über der Schulter und dabei spuckt Ottilie ihn manchmal mit einem weißlichen Brei voll, sodass sein Rücken inzwischen aussieht, als wäre er voller Vogelkacke. Leider hört Ottilie selbst beim Spucken nicht auf zu schreien und deshalb hat Papa heute die Hebamme angerufen und die hat gesagt, dass Ottilie vielleicht deswegen so viel schreit, weil es mit dem Stillen nicht so richtig klappt.
Also war ich eben im Supermarkt und hab Milchpulver gekauft, aber bisher weigert sich Ottilie noch standhaft, das Zeug zu trinken. Ottilie will an die Brust, aber jedes Mal, wenn sie zu saugen anfängt, fließen bei meiner Mutter wieder die Tränen und dazu macht sie ein Geräusch wie das Pumuckl-Pupskissen, das Paul neulich auf Jannicks Stuhl gelegt hat. Das mit dem Pupskissen war echt lustig, aber bei meiner Mutter hört es sich gar nicht lustig an. Eher so wie bei einem verendenden Tier. Bambi oder so. So als

wäre sie ganz allein auf der Welt und müsste demnächst ganz jämmerlich sterben.

Als ich Mamas Pups-Schluchzen zum ersten Mal gehört hab, habe ich sie gedrückt und ihr gesagt, dass ich sie ganz doll lieb habe und Ottilie und Papa auch, aber selbst das hat sie nicht wieder aufgebaut. Sie hat immer nur weitergeheult und mir dabei über den Kopf gestrichen, als wenn ich Krebs hätte. Und »Wurzelgemüse« hat sie wieder nicht gesagt.

Papa meint, Mama ginge es morgen garantiert besser. Aber das hat er vorgestern auch schon gesagt und gestern auch und deshalb glaube ich ihm das nicht mehr. Meiner Meinung nach müsste er mal jemanden, der etwas davon versteht, fragen, ob das mit diesem Baby-Blues noch normal ist, aber davon will er nichts hören. Ich weiß nicht, ob das bei anderen Vätern auch so ist, aber Papa hasst es, andere um Rat zu fragen. Wenn wir uns verfahren haben, kurvt er grundsätzlich erst stundenlang in der Gegend rum, ehe er an der Tankstelle nach dem Weg fragt. Und letztes Jahr mussten wir unsere Fahrräder ***m o n a - t e l a n g*** draußen im Regen stehen lassen, weil der Fahrradschuppen, den er gebaut hat, nach drei Tagen wieder zusammengebrochen ist. Mama hat gesagt, er hätte vielleicht doch ein richtiges Fundament bauen sollen. Und warum er nicht unseren Nachbarn gefragt hat, der ist schließlich Bauingenieur. Aber Papa meinte, Bauingenieure wüssten auch nicht alles und dass der Schuppen zusammengebrochen ist, käme nur von den Maulwurfsgängen drum herum – die unterhöhlen nämlich das ganze Erdreich und dagegen hätte auch unser Nachbar nichts tun können. Oh, das Telefon klingelt. Bin gleich wieder da …

Zehn Minuten später.

Das war Hanna, die gefragt hat, ob ich Lust hätte, nachher zu ihr rüberzukommen. Klar hab ich Lust! Denn erstens haben wir uns wieder vertragen (wir haben uns so was von gestritten, aber dazu später mehr!) und zweitens treffen wir uns seit Wochen fast immer bei mir und das nervt allmählich echt. Katja, Sophie und Hanna (und manchmal auch Franzi) sind nämlich nicht bei mir, weil sie mein Zimmer so toll finden, sondern weil Ben aus der 8a im Reihenhaus direkt nebenan wohnt und weil Hanna seit dem Auftritt seiner Band neulich auf dem Schulfest so tierisch verknallt in ihn ist. Ich bin hier also quasi die Liebes-Basisstation. Das ist natürlich nicht wirklich schlimm, aber sonderlich toll ist es auch nicht. Weil ich Ben doch schon aus dem Kindergarten kenne, wo er mich immer vor dem fiesen Till aus der orangen Gruppe beschützt hat, und weil Hanna jetzt jedes Mal, wenn wir ihm draußen auf der Straße über den Weg laufen, an ihrem Ausschnitt herumzupft und »Oh, mein BH drückt vielleicht!« stöhnt. Oder so was Ähnliches. Nur damit Ben auch garantiert mitkriegt, dass sie schon einen trägt.

Ich versinke dann immer halb in den Boden vor lauter Scham, aber bisher habe ich mich noch nicht getraut, das Hanna zu sagen, weil die anderen sonst garantiert wieder behaupten

würden, dass ich völlig unreif und in Jungssachen einfach unterentwickelt bin.
Letzte Woche ist die ganze Sache dann beinahe äskaliert.[4] Hanna hatte nämlich beschlossen, dass wir alle ganz »zufällig« vor Bens Haustür auf dem Kantstein sitzen sollten, und als er mit seinem Skateboard in der Hand rausgekommen ist, hat sie ihn doch tatsächlich gefragt, ob sie sich nicht mal verabreden wollen. Unglaublich, oder? Hanna hat manchmal ein richtiges **Kamikaze-Gen.**
Ben ist stehen geblieben und hat einen Moment entgeistert geguckt, aber dann hat er Hanna geantwortet, es täte ihm leid, im Moment hätte er ziemlich zu tun. Und anschließend ist er mit einem »Tschau, Julie!« ab auf sein Skateboard und weg.
Bei dem »Tschau, Julie!« sind meine Wangen ganz heiß geworden (was aber nichts mit Ben zu tun hat, wirklich nicht) und für einen Augenblick hatte ich das Gefühl, Hanna hätte was davon gemerkt, weil sie so komisch geguckt hat, aber gesagt hat sie zum Glück nichts. (Bei so was ist sie echt ein super Kumpel.) Sophie und Katja haben Hanna fragend angesehen, weil Bens Antwort ja nun wirklich nicht sonderlich ermutigend klang, aber Hanna hat ganz locker gemeint, Ben hätte garantiert nur so reagiert, weil wir dabei gewesen wären, und das nächste Mal würde sie ihn besser alleine ansprechen. Cool, oder? Papa meint immer, von Hannas Selbstbewusstsein

---

4 *Oder wird das »eskaliert« geschrieben? Keine Ahnung. Heißt auf jeden Fall so viel wie »übergekocht«. Eins der Wörter, mit denen ich immer gnadenlos erwachsen klinge. Vergesse aber oft, es einzusetzen.*

könnte ich mir eine Scheibe abschneiden, und wahrscheinlich hat er recht. Obwohl ich inzwischen glaube, dass sie diesmal doch ein bisschen zu weit gegangen ist.

Hanna ist vielleicht der Star bei uns in der sechsten Klasse, aber hey – die Achtklässler spielen doch in einer GANZ ANDEREN Liga. Und außerdem ist Ben sowieso anders. Bei ihm hat man nämlich immer das Gefühl, dass es ihm ganz egal ist, ob er beliebt ist oder nicht. Dabei ist er wirklich sehr beliebt.

Wahrscheinlich ist das so wie die Frage nach der Henne und dem Ei. Entweder muss man beliebt sein, damit es einem egal sein kann, ob man beliebt ist oder nicht. Oder man ist deshalb so beliebt, weil die anderen merken, dass es einem schnurzpiepegal ist, ob man nun beliebt ist oder nicht.

Dummerweise ist es mir überhaupt nicht egal, wie beliebt ich bin. Ich meine, ich muss nicht unbedingt die Beliebteste in der Klasse sein, aber im oberen Drittel zu sein, ist schon ein ziemlich beruhigendes Gefühl. Immer wenn wir Sportunterricht haben und ich werde vor Scharina und Christian und der dicken Jette gewählt, bin ich ganz erleichtert. Weil ich es mir schrecklich vorstelle, ganz bis zum Schluss sitzen bleiben zu müssen. Christian und die dicke Jette gucken auch immer ganz traurig und ich nehme mir dann vor, sie eher zu wählen, wenn ich mal dran bin, eine Mannschaft zusammenzustellen. (Aber bisher war ich noch nie dran.)

Scharina guckt nie traurig. Die guckt immer nur wütend. Vor allem, wenn Christian und der rothaarige Oliver sie »Schneewittchen, Schneewittchen, kein Arsch und kein Tittchen!« nennen.
Den Spruch haben Christian und der rothaarige Oliver natürlich von Hanna, obwohl sie das nie zugeben würde. Aber sie ärgert Scharina ständig damit, so nach dem Motto: »Kannst du mir mal den Stift geben, Schnee- ... Scharina?« Anschließend tut sie zwar immer so, als ob es aus Versehen passiert wäre, aber das stimmt nicht. Hanna weiß ziemlich genau, was sie sagt.
Scharina war übrigens auch der Grund, warum ich mich heute in der kleinen Pause so mit Hanna gefetzt habe. Heute hat Hanna Scharina in der Pause nämlich mit Absicht ein Bein gestellt, und als Scharina wieder hochgekommen ist, hat Hanna sich so überschwänglich bei ihr entschuldigt, dass jeder wusste, eigentlich meint sie genau das Gegenteil. Als wir anschließend alleine waren, hab ich mir einen Ruck gegeben und ihr gesagt, dass ich das voll fies fand. Weil mir Scharina allmählich nämlich richtig leidtut. Woraufhin Hanna ausgerastet ist. Und wie! Sie hat behauptet, ich halte nicht zu ihr, sondern zu Scharina, obwohl wir doch in einer Clique sind und beste Freundinnen, und ich hätte überhaupt keine Ahnung, um was es ginge, und wenn ich nicht aufpassen würde, wäre ich in der Klasse demnächst ganz unten durch.
Erst hab ich nicht begriffen, was sie damit meint, aber dann bin ich echt sauer geworden. Nur weil SIE gemein zu Scharina ist, soll ICH in der Klasse bald unten durch sein???

Hallo? Hat sie sie noch alle? Genau das habe ich sie dann auch gefragt und danach bin ich wütend abgezischt und habe sogar Sophie, Katja und Franzi stehen gelassen, die wissen wollten, was los ist.

Als ich dann aber in unserem Klassenzimmer saß und leise vor mich hin gekocht hab (Mama behauptet immer, bei mir raucht es sogar aus den Ohren, wenn ich wütend bin), ist Hanna zur Tür hereingekommen.

Ich wollte ihr gerade sagen, dass sie sich sonst wohin verkrümeln könnte, da habe ich gemerkt, dass etwas nicht stimmte. Hanna hatte Tränen in den Augen !!!!! Kannst du dir das vorstellen? Das ist noch nie passiert, niemals!

Ich hab mich ganz schön erschrocken. Und dann hat Hanna mir verraten, was zwischen Scharina und ihr damals in der Grundschule passiert ist. Und echt, jetzt kann ich sogar ein bisschen verstehen, warum Hanna so ätzend zu Scharina ist.

Hannas Stimme hat ganz verändert geklungen, als sie angefangen hat zu sprechen.

»Weißt du, meine Eltern haben behauptet, es wäre meine Schuld und ich wäre schlampig. Und Scharina hat kein Wort gesagt. Aber die Sache mit dem Klauen war wirklich mies!«

Ich muss Hanna ziemlich perplex angeguckt haben. »Deine Schuld? Die Sache mit dem Klauen?«

Erst hab ich nur Bahnhof verstanden, aber dann hat Hanna mir die ganze Geschichte der Reihe nach berichtet.

Wie Scharina ihr das silberne Armband, das sie zur Einschulung von ihrer Mutter geschenkt bekommen hat, aus ihrer

Federtasche gestohlen hat. Und wie sie erst gedacht hat, sie hätte es verloren, und sie tierischen Ärger mit ihren Eltern bekommen hat. Und wie sich anschließend herausgestellt hat, dass Scharina es ihr weggenommen hat. Und nicht nur das!! Scheinbar hat sie damit auch noch vor den anderen aus der Klasse angegeben.

Hanna hat ganz elend ausgesehen, als sie mir das erzählt hat. Und ich weiß auch genau, warum. Ich kann mir schon vorstellen, was bei ihr zu Hause los war, als ihre Eltern dachten, sie hätte das Armband verloren.

Aber dass Scharina eine Diebin ist, das hätte ich nicht gedacht! Gut, sie ist immer nur für sich und lächeln scheint auch nicht so ihr Ding zu sein. Und jeder hat ihr angemerkt, dass sie nicht gerade erfreut war, als sie gesehen hat, dass Hanna bei uns in der Klasse ist.

Aber auf die Erklärung wäre ich nie gekommen!

Kurz vor Pausenende sind dann noch Katja, Franzi und Sophie gekommen, die wissen wollten, was los ist, und da hat Hanna sie auch eingeweiht.

Katja meinte, das mit dem Klauen, das hätte Scharina bestimmt von ihrem Vater. Scharinas Vater soll nämlich voll mies drauf sein, hat sie von irgendwem gehört. Ein richtig gefährlicher Typ, der sogar schon im Gefängnis gesessen hat. Wegen schwerem Raub mit Körperverletzung. Sophie hat zwar gesagt, ihre Mutter hätte mal erwähnt, dass Scharinas Vater ein stinknormaler Elektriker ist, der Scharinas Mutter schon vor Jahren verlassen hat, aber Hanna meinte, das würde Scharinas

Mutter vielleicht nur sagen, weil ihr die Wahrheit so peinlich ist. Ich weiß nicht so ganz, wem ich jetzt glauben soll, aber irgendwie denke ich, dass das mit dem kriminellen Vater stimmt.

Einen Halbbruder hat Scharina auch noch und Katja sagt, der wäre das einzig Gute an der Familie.

Scheinbar ist er der Sohn von Scharinas Vater aus erster Ehe und schon siebzehn und hat ganz lange schwarze Haare und trägt immer supercoole Klamotten. Und das, obwohl seine Familie so wenig Geld hat. Katja und Hanna haben ihn mal beim Shoppen in der Einkaufsstraße gesehen und Katja meinte, er sähe aus wie Johnny Depp in jung, irgendwie »süß«.

Also was mich angeht, ich könnte mit einem Bruder im Moment echt nichts anfangen – egal, ob er nun »irgendwie süß« ist oder nicht. Mir reicht eine Schwester, vor allem, wenn sie so doll stinkt wie Ottilie zurzeit. Boah! Hättest du eine Nase, müsstest du sie dir jetzt zuhalten. Der Geruch von Babykacke wabert nämlich gerade durch unser ganzes Haus. Muss Papa unbedingt Bescheid sagen, dass er Ottilie so schnell wie möglich wickelt.

Aber pronto!!

Mittwoch, der 5. Mai

☺ Höhepunkte!

Keine.

☹ Tiefpunkte!

1) Wieder Nudeln mit Maggi.
2) Der Fernseher ist noch immer kaputt.
3) Bin eventuell das Opfer einer Lesbe.

Der Besuch bei Hanna gestern war voll der Flop. Ihre Mutter hatte eine Bekannte da und wir mussten die ganze Zeit leise sein. Irgendwann kamen sie dann zu uns rein und ich wurde ihrem Besuch vorgestellt. Ich kam mir vor wie ein Kaninchen auf der Kaninchenzüchterausstellung. »Und das ist unsere Hanna und ihre Freundin Julia. Julias Eltern sind in der Werbung, nicht wahr?« Ich hätte am liebsten gesagt: »Nein, mein Vater ist Müllmann«, aber dann hab ich mich doch nicht getraut. Hannas Mutter lächelt immer so gekünstelt, und wenn sie Besuch von einer »Bekannten« hat, ist es besonders schlimm. Hannas Mutter hat schon zweimal versucht, meine Eltern zum Essen einzuladen (»Ganz zwanglos, nur auf ein, zwei Häppchen …«), aber zum Glück finden meine Eltern Hannas Eltern genauso blöde wie ich.

Als die »Bekannte« wieder draußen war, hat Hanna mich gefragt, ob ich noch ein Geheimnis für mich behalten könnte. Ich hab natürlich genickt. Dann hat sie mir erzählt, dass

Scharina mit 95%iger Wahrscheinlichkeit eine Lesbe ist. Ehrlich gesagt, war ich ziemlich geschockt. Meine Eltern haben zwar einen Freund, der schwul ist und mit einem Zahnarzt zusammenlebt, aber damit, dass ein Mädchen bei uns aus der Klasse lesbisch sein könnte, hab ich doch nicht gerechnet. Ich hab Hanna gefragt, wie sie darauf kommt, und Hanna hat geantwortet, dass sie in der Sportumkleide gesehen hätte, dass Scharina Jungsunterhosen trägt. Ich hab Hanna angeguckt wie ein Auto.

»Und deshalb muss sie unbedingt lesbisch sein? Vielleicht hat sie einfach keine saubere Unterhose im Schrank gehabt und sich dann eine von ihrem Bruder genommen …«

Hanna hat die Augen verdreht. »Kein Mensch trägt freiwillig die Unterhosen von seinem Bruder. Und außerdem …«

»Was außerdem?«

Hanna hat sich auf die Lippen gebissen, aber das hab ich mitgekriegt, schließlich kenne ich Hanna ziemlich gut, und dann habe ich so lange gebohrt, bis sie endlich erzählt hat, was Sache ist.

Und als es heraus war, habe ich gewusst, dass man niemals weiterfragen sollte, wenn sich jemand auf die Lippen beißt.

Totaler Fehler!

Denn nun ist mir sonnenklar, warum Hanna mir heute Morgen an den Kopf geworfen hat, dass ich, wenn ich nicht aufpasse, bald in der ganzen Klasse unten durch bin!!

Alle glauben nämlich, dass Scharina voll in **MICH** verschossen ist!!!!!!!

Mir ist richtig schlecht geworden. Allein die Vorstellung, dass Scharina in mich … Uahh! Ausgerechnet Scharina!
Hanna ist dann noch total nett gewesen und hat versucht, mich abzulenken. Ich durfte aussuchen, was für eine Soap wir sehen wollten, weil sie wusste, dass unser Fernseher kaputt ist, und sie meinte, dass sie an meiner Stelle schon richtige Entzugserscheinungen hätte. (Hanna hat einen eigenen Fernseher bei sich im Zimmer. Echt krass …)
Aber ich bin dann ziemlich schnell gegangen. Punkt a) finde ich die meisten Soaps ziemlich bescheuert (wenn man nicht regelmäßig guckt, begreift man überhaupt nicht mehr, wer eigentlich in wen verliebt ist und warum). Und Punkt b) musste ich das Ganze erst mal verdauen. Auch wenn ich objektiv betrachtet nichts gegen lesbische Frauen habe, ist die Vorstellung, dass Scharina vielleicht davon träumt, mich zu küssen, gelinde gesagt ekelhaft.

Donnerstag, der 6. Mai

☺ Höhepunkte!

1) Ich muss heute erst zur Dritten.

2) Mama ist aufgestanden und hat Frühstück gemacht.

☹ Tiefpunkte!

1) Mama hat beim Frühstückmachen vergessen, die Brötchen aus dem Ofen zu nehmen. Die ganze Küche war verqualmt. Mama ist in Tränen ausgebrochen und Papa hat sie wieder ins Bett gebracht.

2) Ottilie schreit noch immer.

Das Frühstück eben war eine einzige Katastrophe. Die Nacht vorher war auch nicht viel besser. Ich hab stundenlang wach gelegen und gegrübelt, ob das mit Scharina stimmen könnte. Dabei ist mir eingefallen, dass ich mir neulich in der Pause ein paar von ihren Manga-Comics angeguckt habe, die sie manchmal im Unterricht zeichnet. Scharina saß allein in der Ecke und da hat sie mir so leidgetan, dass ich sie gefragt habe, ob sie mir irgendwann mal zeigen könnte, wie sie ihre Figuren immer so gut hinkriegt. Shit! Wahrscheinlich bin ich selber schuld! Ich habe es damit sozusagen herausgefordert …

Hab versucht, mit Mama darüber zu reden, aber die ist noch immer nicht richtig zurechnungsfähig. Habe kurz erwogen, mit Papa zu sprechen, es dann aber doch gelassen. Papa ist jetzt bei Mama im Schlafzimmer, um sie zu beruhigen, und ich muss eh gleich los zum Unterricht. In der Fünften haben wir Sport. Wenn ich sehe, dass Scharina normale Unterhosen trägt, könnte das dafür sprechen, dass ich mir völlig umsonst einen Kopf mache.

Nachmittag.

Sie trägt wirklich Jungsunterhosen! Erst wollte sie nicht mitmachen, aber dann hat der Vertretungslehrer, den wir heute in Sport hatten, gesagt, ohne Entschuldigung der Eltern muss sie, und als sie sich umgezogen hat, hab ich's gesehen.
Mein Gott

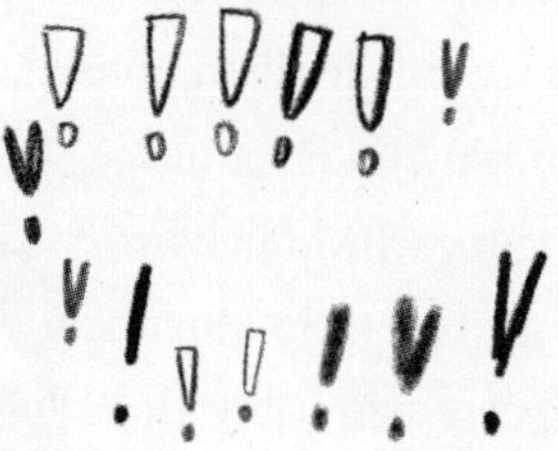

Freitag, der 7. Mai

☺ Höhepunkte!

1) Unsere Nachbarin hat heute ein Päckchen für Ottilie zur Geburt rübergebracht. Für mich war auch eins dabei: himbeerfarbiges Lipgloss. Echt cool!

☹ Tiefpunkte!

1) Unser Radio ist jetzt genauso kaputt wie der Fernseher. Papa hat es heute Morgen in einem Wutanfall vom Küchentisch gefegt. Erst hat er aus Versehen das Müsli umgekippt, anschließend ist ihm die Milch auf irgendwelche superwichtigen Kundenunterlagen getropft und dann kam im Radio auch noch die Emmentaler-Werbung von seinem Exkollegen, bei der sie seinen Lieblingssong »We are the champions« in »It's all Che-he-se« umgetextet haben. Und da ist er ausgerastet. Von wegen Freddy Mercury würde sich im Grab umdrehen und keine Ahnung von Versmaßen und überhaupt. Habe versucht, ihn zu beruhigen, indem ich ihm gesagt habe, dass »Wir sind die Pilze« schließlich auch nicht viel intelligenter klingt als »Alles ist Kä-hä-se«, aber er hat nur noch rumgebrüllt, unser Englischlehrer sei eine Katastrophe, und da hab ich besser nichts mehr gesagt. (Was bitte schön kann mein Englischlehrer dafür, wenn er das Müsli umkippt?!)

2) Ottilie ist heiser. Papa hat gesagt, so geht es nicht weiter. Schließlich muss er ab übernächstem Montag wieder arbeiten. Hab völlig vergessen, dass Papa zurück ins Büro muss. Keine Ahnung, wie das hier laufen soll. Ich allein mit heulender Mama und schreiender Ottilie??!
3) Vermute, Hanna hat recht mit Scharina.

Ich habe den Fernsehtechniker wegen unseres kaputten Fernsehers angerufen. Aber der meinte nur, er müsse sich das Gerät selbst ansehen und dass einer von uns es vorbeibringen sollte. Hab Papa gebeten, den Fernseher hinzubringen, aber er meinte, wenn ihn im Moment etwas wirklich überhaupt nicht interessiere, dann sei es dieser beschissene Apparat. Super – ich krieg jedes Mal Ärger, wenn ich auf eine Frage nicht richtig antworte, und er pöbelt einfach los. Eigentlich wollte ich ihn noch fragen, ob er irgendwelche Lesben kennt, aber das hab ich mir dann besser verkniffen.
Papa hat anschließend Ottilie im Park spazieren gefahren. Mama hat den ganzen Nachmittag wie eine Halbtote geschlafen und ich konnte mich auf überhaupt nichts konzentrieren, weil ich immer überlegen musste, ob ich jetzt lesbisch bin oder nicht. Irgendwann wurde es mir dann zu bunt. Also hab ich mir das Telefon geschnappt und bei einer dieser Hotlines angerufen, für die sie nachts immer auf den Privatsendern werben. (Franzi hat letzten Monat eine Übernachtungsparty bei sich zu Hause gemacht und da haben wir noch mal spätabends die Glotze angemacht, als ihre Eltern schon geschlafen haben. Erst

fand ich die Werbung für diese komischen Sex-Hotlines super eklig, aber die anderen haben sich totgelacht und inzwischen habe ich mir überlegt, dass das vielleicht doch eine ganz gute Anlaufadresse ist, um etwas nachzufragen, was man sonst niemand fragen kann.)

Ich hab mir gedacht, am besten gebe ich da einen falschen Namen an, dann erkennt mich keiner, und genauso war's auch. Eigentlich wollte ich mich Julia Hill nennen (nach dem Mädchen, die monatelang auf einem Baum gelebt hat, um ihn vorm Abholzen zu retten), aber die Frau am Telefon wollte meinen Namen gar nicht wissen. Sie hat gleich angefangen zu stöhnen, aber als ich gesagt habe, worum es geht, hat sie damit wieder aufgehört. Zum Glück. Anschließend klang ihre Stimme nämlich echt nett. Ziemlich rauchig und tief, aber trotzdem sympathisch und komischerweise hatte ich die ganze Zeit das Gefühl, als hätte ich sie schon mal irgendwo gehört. Aber das ist natürlich Quark.

Erst hab ich noch so ein bisschen rumgedruckst, aber dann habe ich mir doch einen Ruck gegeben und Sharon (so heißt die Telefonsex-Frau) nach dem Lesbisch-Sein gefragt. Puh – das war vielleicht peinlich! Zum Glück hat Sharon gleich gesagt, dass es völlig in Ordnung ist, danach zu fragen, und dass eine frühere Mitbewohnerin von ihr auch »anders herum« war. (Eigentlich ein lustiges Wort »anders herum«. Oder vielleicht doch nicht. Wenn man sich vorstellt, man ist »anders herum« … Klingt ein bisschen wie »schiefgewickelt«. Und wer will schon schiefgewickelt sein …) Auf alle Fälle hat Sharon ziemlich nett von ihrer Freundin, der Lesbe, geredet. Dass sie völlig normal war, mal davon abgesehen, dass sie nur Hosen und T-Shirts und nicht so oft Röcke getragen hat. Und dass sie toll schnitzen und besser boxen als kochen konnte. Dummerweise hat der Vermieter von Sharons Freundin sie dann aber irgendwann mit ihrer Geliebten in der Küche erwischt. Nackt auf der Spüle. Zwischen Lasagneresten. Mit einer Frau! (Obwohl es mit einem Mann wahrscheinlich noch ekliger gewesen wäre.) Auf jeden Fall hat der Typ sie danach rausgeschmissen, nicht wegen dem Sex, sondern wegen der Spüle, die dabei kaputtgegangen ist, und … Achtung, Papa ruft. Ich komm gleich wieder …

Da bin ich wieder! Hab mir das Ganze eben noch mal durchgelesen und grusele mich jetzt. Habe ich echt geschrieben, dass ich es nackt mit einem Mann noch ekliger gefunden hätte?? Oh, nee … Ehrlich gesagt trage ich Jeans auch lieber als Röcke und Schnitzen finde ich zehnmal besser als Stricken. Vielleicht bin ich wirklich auf dem besten Wege … Nee, das kann einfach nicht sein. Schließlich mag ich Jungs. Zumindest, wenn sie mich nicht gerade mit Fischdärmen beschmeißen. Obwohl ich, ehrlich gesagt, noch nie so richtig verliebt war. Ob das normal ist? Bisher hab ich mir noch keinen Kopf darum gemacht, aber diese Sache mit Scharina macht mich langsam doch etwas kirre.

Als ob das alles nicht schon reichen würde, hat Papa mich eben auch noch gefragt, ob ich nächste Woche, wenn er wieder ins Büro muss, mit Mama und Ottilie allein klarkomme. Zuerst wusste ich wirklich nicht, was ich antworten sollte. Papa hat gesagt: »Sei ruhig ehrlich. Wenn du's dir nicht zutraust, ist das völlig in Ordnung. Dann denk ich mir was anderes aus ...« Blöderweise hab ich vorher mitgekriegt, dass er schon ziemlich viel rumtelefoniert hat. Also wird ihm wohl nicht mehr so viel einfallen, wenn ich jetzt sage, dass ich das nicht will. Weil Papas Eltern noch immer am anderen Ende der Welt segeln sind und Mumi Yoga und Shiatsu und sonst etwas Megawichtiges hat, was sie auf gar keinen Fall verpassen kann. Und Mamas beste Freundin hat selber Drillinge und deshalb keine Zeit. Und ihre zweitbeste Freundin hat gerade ihren Mann mit einem Porsche-Verkäufer betrogen und Papa ist sauer auf sie, weil er mit ihrem Mann befreundet ist, und jetzt will er sie nicht bei uns im Haus haben. Also hab ich gemeint, dass das schon okay geht.

Papa hat mich in den Arm genommen und gedrückt und dann hat er gesagt, dass er seine Große ganz doll lieb hat. Und dass wir das schon schaffen, wir beide und dass es Mama jetzt ja auch jeden Tag besser gehen würde. Dummerweise hat er dabei aber **nicht im Mindesten** ausgesehen, als ob er das glaubt. Mehr so, als ob er das glauben will. Aber was soll ich sonst machen? Papa hat einen furchtbaren Chef, und wenn der ihn rausschmeißt, weil er seinen Urlaub überzieht, habe ich nicht nur eine brüllende Babyschwester und eine dauerweinende Mutter, sondern auch noch einen arbeitslosen Vater, der wahrscheinlich in null Komma nix alkoholabhängig wird (kann ganz schnell passieren, neulich hab ich bei Hanna einen Film drüber gesehen …). Und das ist – zusammen mit meinem eventuell möglichen »Anders-herum«-Sein (was bestimmt keins ist, ich kann mir das einfach nicht vorstellen!) – mehr, als ich im Moment ertragen könnte.

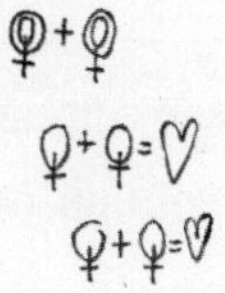

Montag, der 10 Mai

☺ Höhepunkte!

1) Unsere Klassenlehrerin ist endlich mit ihrer lang angekündigten »Überraschung« rausgerückt: Die Klassenreise nach Sylt, die eigentlich abgesagt worden ist, findet jetzt doch statt!
2) Mama hat heute das erste Mal wieder gelächelt!

☹ Tiefpunkte!

1) Der Fernseher ist nach wie vor kaputt.
2) Habe die Erkenntnis gewonnen, dass ich entweder lesbisch oder asexuell[5] bin. Bin mir noch nicht sicher, was schlimmer ist.

Habe heute in der großen Pause eine kleine Umfrage gestartet und kann noch immer nicht fassen, was dabei rausgekommen ist. Scheinbar haben **alle (!)** Mädchen aus meiner Klasse schon mal einen Jungen geküsst! Hanna hat allein schon **fünf Mal (!!** geküsst, und das mit **drei (!!!)** verschiedenen Jungen, Katja **viermal** und

5 *Habe das Wort im Lexikon nachgeguckt. Es bedeutet so viel wie »sexuell desinteressiert«.*

Sophie **zweimal**, allerdings nur mit einem Jungen. Sharon (die vom Telefonsex mit der lesbischen Freundin in der Lasagne), die ich vorhin heimlich angerufen habe, meinte, die anderen würden alle lügen. Sie hätte in meinem Alter auch immer bei solchen Fragen gelogen. Aber ich bin mir nicht sicher, ob sie recht hat. Hanna sah nämlich nicht im Mindesten so aus, als ob sie lügen würde. Außerdem weiß ich von zweien aus der Klasse definitiv, dass sie die Wahrheit gesagt haben. Das mit dem Kuss hab ich nämlich selbst gesehen. (War auf dem Schulfest, hinter den Fahrradständern. Franzi mit Christian und Uta mit dem rothaarigen Oliver – sah echt eklig aus!) Selbst die dicke Jette meinte, sie hätte schon geknutscht. Unglaublich!! Wahrscheinlich bin ich die

einzig ungeküsste

12-Jährige in der ganzen Schule! Und gestern dachte ich noch, das wäre normal …

Dienstag, der 11. Mai

Höhepunkte!

1) Der Fernsehtechniker war da und hat sich unseren Fernseher angeguckt.

Tiefpunkte!

1) Nachdem er ihn anderthalb Stunden (!) an- und ausgeknipst hat, hat er festgestellt, dass der Fernseher kaputt ist und eine Reparatur teurer wäre, als ein neues Gerät zu kaufen. Dann hat er gesagt, sie hätten einen total guten Flachbildfernseher gerade im Angebot, aber Papa hat geantwortet, es täte uns allen ganz gut, ein paar Tage ohne den Kasten auszukommen. Unfassbar! Das sagt er nur, weil er nächste Woche wieder arbeiten muss und eh nicht zu Hause ist!
2) Ottilie kriegt jetzt die Flasche. Mir war gar nicht klar, dass das so schlimm ist, aber Sophies Mutter, die in der Cafeteria bei uns die Milch verteilt, hat gesagt, das wäre ganz furchtbar. Ottilie wird jetzt zu 90 % Neurodermitiker.[6]

Neben dem ganzen Fernsehärger ist heute in der Schule auch noch was total Blödes passiert. Frau Simbrinck hat mit uns über die Klassenreise nach Sylt gesprochen. Wer sich mit wem auf dem Campingplatz ein Zelt teilt und so. Da sollte man sich

6 *Neurodermitiker haben eine sehr trockene Haut, die ganz oft juckt. Hat mir Sophies Mutter alles erklärt, Sophies Bruder hat nämlich auch Neurodermitis und sie ist da voll die Fachfrau.*

immer gruppenweise melden, wenn man schon weiß, mit wem man übernachten will. Na ja und die meisten wussten das natürlich ganz genau. (Schließlich haben wir seit gestern über nichts anderes geredet.) Irgendwann hat sich auch Hanna gemeldet und gesagt, dass wir zusammen in ein Zelt gehen. Eigentlich wollten wir zu viert in ein Zelt, Sophie, Katja, Hanna und ich. Aber in meinem Zelt ist nur Platz für drei und Franzi hat Weihnachten ein ganz neues Super-Zelt bekommen, so mit Vorzelt und eingenähten Handy-Taschen, und da sind Katja und Sophie dann zu Franzi gegangen. So war bei Hanna und mir im Zelt noch ein Platz frei und die Einzige, die noch nicht gesagt hatte, mit wem sie zusammen übernachten will, war Scharina. Klarer Fall, wie die Sache weiterging …

Frau Simbrinck hat zu uns gesagt, das käme ja alles prima hin, und wenn wir Scharina mit zu uns nehmen würden, seien jetzt ja alle untergebracht. Du glaubst nicht, wie Hanna geguckt hat! Ich hab gedacht, gleich explodiert sie, aber Frau Simbrinck hat nichts gemerkt. (Oder sie hat vielleicht auch nur so getan, da bin ich mir nicht ganz sicher.) Auf jeden Fall wollte Frau Simbrinck anschließend zum nächsten Thema übergehen (Was wollen wir die drei Tage über essen?), aber da hat Hanna sich geräuspert und ihre blonden Haare nach hinten über die Schulter geworfen und dann gesagt, das ginge nicht.

»Wie bitte?«, hat Frau Simbrinck gefragt und Hanna hat den Kopf geschüttelt und gemeint, sie würde nicht mit Scharina in ein Zelt gehen, *eher fielen Weihnachten und Ostern auf einen Tag.*

Auf einmal ist es ganz still in der Klasse geworden. Ich hab kurz zu Scharina herübergesehen, aber die hat völlig unbeteiligt weiter ihren Comic gezeichnet. So als wäre sie eine indianische Statue und die Sache ginge sie überhaupt nichts an. Aber ihr Kopf ist tierisch rot gewesen und insofern war klar, dass Hannas Bemerkung doch nicht so einfach an ihr abgeprallt ist. Ich hab gemerkt, dass Frau Simbrinck das Ganze überhaupt nicht witzig gefunden hat, und, ehrlich gesagt, fand ich Hannas Spruch auch total daneben. Okay, ich hab auch nicht groß Lust, die ganze Klassenreise mit Scharina zusammen in einem Zelt zu verbringen, vor allem weil inzwischen bestimmt auch der Blödeste in der Klasse mitbekommen hat, dass Scharina in mich verliebt ist.

Aber dass Scharina ganz allein bleibt, geht ja auch nicht. Also wollte ich Hanna gerade einen Tritt gegen das Schienbein geben, damit sie merkt, dass sie jetzt besser die Klappe halten soll, aber da war es schon zu spät. Frau Simbrinck hat Hanna ganz komisch angeguckt und dann hat sie gefragt, ob Hanna irgendeinen triftigen Grund anführen könnte, warum Scharina nicht mit uns zusammen übernachten sollte. In der Klasse ist es noch leiser als vorher geworden und dann ist Hanna genauso rot angelaufen wie vorher Scharina. Und anschließend hat sie gesagt, es gäbe da schon einen Grund, aber den würde sie Frau Simbrinck nicht sagen können. Frau Simbrinck hat noch komischer geguckt. Und dann hat sie gemeint, wenn sie eines verabscheuen würde, wäre es Mobbing unter Schülern und es sei ihr ganz egal, was Hanna gegen Scharina hätte.

»Julie, da das Zelt dir gehört, triffst du besser die Entscheidung. Ist es für dich in Ordnung, wenn Scharina mit zu euch ins Zelt kommt?«
Ich hab Hanna angeguckt und gewusst, wenn ich jetzt Ja sage, killt sie mich. Und dann hab ich Frau Simbrinck angeguckt und gewusst, wenn ich jetzt Nein sage, bin ich bei ihr auf ewig unten durch. Und dann hab ich Scharina angeguckt, die noch immer so getan hat, als ob wir über irgendjemand anderen sprechen würden. Und auf einmal hab ich gewusst, was ich antworten muss. Und dann hab ich genickt. Scharina hat noch ein bisschen konzentrierter als vorher auf ihr Zeichenblatt geguckt und Hanna hat ausgesehen, als ob sie mir gleich eine knallt. Aber Frau Simbrinck hat angefangen zu lächeln und mir ist ganz schlecht geworden, weil sie keine Ahnung davon hat, wie es ist, wenn man bei Hanna unten durch ist und die ganze Klasse über einen ablästert.

Puh! So richtig kann ich es noch immer nicht fassen! Auf jeden Fall war das Ende vom Lied, dass Hanna den Rest des Tages kein Wort mehr mit mir geredet hat.
Sophie und Franzi haben versucht, mich zu trösten, und meinten, es wäre auch ziemlich fies von Frau Simbrinck gewesen. Schließlich hätte sie mir geradezu mit Blicken gedroht. Aber das war's eigentlich gar nicht. Klar hab ich nicht sonderlich große Lust dazu, bei unserer Klassenlehrerin auf der schwarzen Liste zu stehen, aber sooo schlimm ist Scharina ja nun

auch nicht, oder? Ich meine, sie stinkt nicht, und das mit dem Lesbischsein kann ja noch immer ein Irrtum sein, und selbst wenn sie Hanna damals in der Grundschule das Armband geklaut hat, ich mein, da war sie ja erst acht oder neun und in dem Alter hab ich auch viel Mist gebaut und … Ach, ich weiß auch nicht.

War das blöd von mir? Was ist, wenn Hanna jetzt die ganze Woche nicht mehr mit mir redet? Oder wenn sie auf Sylt nur schmollt und schlechte Laune verbreitet? Oh, Gott, ich glaub, ich bekomme einen richtigen Paranoia-Anfall[7]. Was ist, wenn Scharina doch lesbisch ist und nun auf einmal denkt, dass ich sie mag, und alle anderen denken das auch und ich komm aus der ganzen Lesbischsein-Sache nie

wieder

raus???!

---

7 *Paranoia = Verfolgungswahn*

Mittwoch, der 12. Mai

Höhepunkte!

1) Die Hebamme hat gesagt, Ottilie entwickelt sich ganz toll. (Trotz der Flaschenmilch. Vielleicht kriegt sie ja doch keine Neurodermitis!)
2) Papa hat heute den Pizzaservice kommen lassen.

Tiefpunkte!

1) Hab in der kleinen Pause mitbekommen, wie Hanna sich mit Sophie, Katja und Franzi für heute Nachmittag im Schwimmbad verabredet hat. Mich haben sie nicht gefragt.
2) Hanna hat mich nach Schulschluss bei den Fahrradständern abgepasst. Aber nicht, um mir wegen des Schwimmbads Bescheid zu sagen, sondern nur, um mir mitzuteilen, dass sie erst wieder mit mir redet, wenn ich ihr helfe, dass Scharina nicht mit in unser Zelt kommt. Ich hab gesagt, dass ich nicht wüsste, was man dagegen machen soll. Daraufhin hat sie gesagt, sie hätte schon einen Plan, und wenn ich nicht mitmachen würde, würde sie mit bei der dicken Jette im Zelt schlafen. Und ich könnte sehen, wo ich mit Scharina, der Lesbe, bleibe. Ich hab daraufhin nichts mehr gesagt. Ich bin eine **MIESE FEIGE** Opportouristin!!![8] (Aber ich will in Zukunft nicht allein ins Schwimmbad!!)

---

[8] *Opportouristin = Das Wort hab ich von Mumi. Mumi meint, ein Opportourist ist jemand, der jemand anderem aus Feigheit recht gibt, auch wenn der andere gar nicht recht hat.*

3) Nur noch fünf Tage, bis Papa wieder arbeitet und ich mit Mama und meiner neuen Schwester allein zu Hause bin. Ich entwickele zunehmend Paranoia (tolles Wort, passt echt zu vielem).
4) Hanna hat mich eben am Telefon als Liebesboten auserkoren! Schlimmer kann's nicht kommen …

Scharina war heute nett zu mir und das war fast noch ätzender als Hannas böse Blicke und die Sache mit dem Schwimmbad. Hab die halbe Nacht nicht geschlafen (obwohl Ottilie nur zweimal geschrien hat) und war irgendwann so fertig mit den Nerven, dass ich Hanna angerufen und mich entschuldigt habe. Hanna hat sich erst geziert, aber dann hat sie gesagt, sie würde mir unter zwei Bedingungen verzeihen: Erstens wenn ich ihr mit Ben helfe und zweitens wenn ich bei ihrem Plan in Sachen Scharina mitmache. Dabei hat sie mir noch immer nicht gesagt, worin ihr Plan überhaupt besteht. Tolle Wurst!
Als wenn die Sache mit Ben nicht schon schlimm genug wäre. Hanna hat nämlich beschlossen, sich ihm endlich »zu erklären«. (Hat sie echt so gesagt!) Sie hat Ben einen Brief geschrieben, den ich nicht lesen darf, aber ich kann mir schon denken, was drin steht. (Garantiert, dass sie in ihn verliebt ist.) In meinen Augen macht sie damit einen Riesenfehler! Ich bin mir zu 98,9 % sicher, dass Ben nicht im Mindesten in sie verliebt ist, und eines der wichtigsten Dinge, die Mama mir je beigebracht hat, ist, dass man nie, nie, niemals einem Jungen seine Liebe »erklären« sollte, wenn man sich nicht absolut sicher ist, dass

der auch in einen verliebt ist. Das **ALLERPEINLICHSTE** an dieser bescheuerten Liebesbrief-Aktion ist, dass Hanna sich plötzlich nicht mehr traut, Ben den Brief zu geben, und dass ich ihn ihm deshalb geben soll! Und das nur, weil ich neben ihm wohne!

Bisher ist Ben immer ganz okay zu mir gewesen, aber wenn ich ihm jetzt diesen bekloppten Brief gebe, denkt er bei meinem Anblick garantiert immer nur an Hannas Liebesbeteuerungen. Und dann kann ich jeden Morgen fünf Minuten früher aus dem Haus gehen, nur um ihm auf dem Schulweg nicht zu begegnen. Ich hab wie eine Blöde auf Hanna eingeredet und ihr gesagt, dass sie Gefahr läuft, von Ben wegen des Briefs im besten Fall geschnitten und im schlimmsten Fall megamäßig verarscht zu werden. Weißt du, was sie daraufhin zu mir gesagt hat?! Ich sei ja nur eifersüchtig.

Hanna hat echt zwei Seiten. Wenn sie gerade gut drauf ist, dann ist sie eine wirklich gute Freundin, wie vor ein paar Wochen, als ich ein Computerspiel von ihr kaputt gemacht habe und richtig Angst davor hatte, dass sie mir jetzt den Kopf abreißt, und sie stattdessen nur gesagt hat, das wäre überhaupt nicht schlimm, weil ihre Eltern ihr das bestimmt noch mal kaufen. Bei solchen Sachen ist sie wirklich obernett und so großzügig, dass es einem beinahe schon peinlich ist. (Katja hat sie neulich ihre pinke Daunenweste geschenkt, einfach so, weil sie fand, dass die ihr besser steht als ihr.) Aber wehe, man macht einmal nicht das, was sie will – dann kann sie so ätzend werden, dass es einem richtig Angst einjagt. Das ist dann so, als ob bei ihr ein Schalter umkippt. Und ehrlich – ich finde, dass der Schalter in letzter Zeit ein bisschen zu häufig umkippt.

Donnerstag, der 13. Mai

Höhepunkte!

1) Ottilie hat mich angelächelt! Mama meinte, das nenne man »Engelslächeln« und das sei noch kein bewusstes Lächeln, aber das ist mir ganz egal. Es war auf jeden Fall supersüß!

Tiefpunkte!

1) Habe düstere Vorahnungen, was Hannas Plan betrifft.
2) Ich muss Ben heute noch Hannas Brief vorbeibringen.

Hanna hat Punkt eins von ihrem Plan schon in die Tat umgesetzt und ich fühle mich völlig hilflos. Das Ganze kommt mir vor wie der Autounfall, den ich letztes Jahr mit Papa hatte. Da sind wir bei Rot über die Kreuzung gefahren und mitten im Schaufenster der Sparkasse gelandet. Alles lief ab wie in Zeitlupe und man hatte das Gefühl, als sähe man das Ganze nur von außen und könne es nicht mehr aufhalten. Hanna hat mit ihrer Mutter geredet und die will die ganze Zeltsache beim Elternabend heute ansprechen. Ich hab gesagt, ich kann mir nicht vorstellen, dass sie damit durchkommt. Wo Frau Simbrinck sich doch nicht gerne von den Eltern was vorschreiben lässt. Aber sie hat gesagt, diesmal schon. Bei dem »diesmal schon« haben Hannas Augen ganz komisch geleuchtet und da hab ich

gewusst, dass sie ihrer Mutter noch was anderes erzählt hat. Ich weiß nicht genau, was (sie wollte es mir nicht sagen), aber wenn ich an Hannas Lesben-Verdacht denke, kriege ich ein ganz merkwürdiges Gefühl. Hannas Mutter ist so schon schlimm, aber auf Elternabenden soll sie besonders grässlich sein. Weil sie sich da immer in den Vordergrund drängt und so tut, als sei sie die Super-Mutter schlechthin und alle anderen nur Rabeneltern. (Hat Papa neulich Mama erzählt, als er dachte, ich würde es nicht hören.)
Ich hab versucht, noch mehr aus Hanna rauszukriegen, aber sie hat nur so komisch gelächelt und jetzt überschlagen sich in meinem Kopf die Gedanken.

Zwei Stunden später.

Gerade eben hab ich aus meiner Jacke und meiner Jeans eine ziemlich perfekte Wurst gerollt. Wenn man von der Tür aus aufs Bett guckt, sieht die Wurst genauso aus wie ich, wenn ich unter der Bettdecke eingekuschelt bin. Außerdem habe ich meinen Eltern gesagt, dass ich hundemüde bin und heute früh schlafen will. Ich denke, das müsste reichen. In 34 Minuten beginnt der Elternabend. Ich habe beschlossen, hinzugehen und mich unterm Fensterbrett auf dem Schulhof zu verstecken und zu lauschen. Eigentlich wollte Papa auch hin, aber heute Nachmittag hat Mama wieder ein bisschen geheult und da hat er entschieden, doch lieber bei ihr zu bleiben und sich um Ottilie zu … Oh, schon kurz vor acht. Ich muss los. Bis gleich![9]

22.46 Uhr.

Oh, mein Gott! Herr im Himmel! Ich kann **nie wieder** in die Schule gehen! Ich werde auswandern müssen. Abhauen nach … Keine Ahnung. Obwohl ich eigentlich gar nicht **auswandern** will, ohne Mama und Papa und Ottilie geht das ja wohl eh nicht und ich will auch auf kein Internat, aber in die Schule kann ich nach dem Abend auf gar keinen Fall mehr. Oh, Gott! **Warum passiert so was nur immer mir?????????????**

Okay, habe mich ein wenig beruhigt und berichte jetzt von Anfang an. Also, erst war auf dem Elternabend alles normal. Das Fenster stand offen und man konnte draußen fast jedes Wort verstehen. Die Eltern waren schon alle im Klassenzimmer und niemand hat mich bemerkt. Bisher hab ich immer vermutet, so ein Elternabend müsste superspannend sein (immerhin reden da die ganzen Eltern über uns und man kann knobeln, welche Eltern wohl zu wem gehören und so), aber anfangs war's einfach nur megaöde. Die Mutter von der dicken Jette hat sich beschwert, dass die neuen Schulsweatshirts im Sekretariat alle in so kleinen Größen geliefert worden sind. Die Mutter von Jannick-Silbergebiss (die auch ein bisschen dick ist) hat ihr

[9] *Habe übrigens festgestellt, dass es nicht »Opportouristin«, sondern »Opportunistin« heißt. (Herr Clausen hat sich vor der ganzen Klasse über meine »neue Wortschöpfung« schlappgelacht, peinlicher geht's nicht.) Sollte Fremdwörter demnächst vielleicht erst benutzen, wenn ich sie noch mal im Wörterbuch nachgeschlagen habe.*

zugestimmt. Und anschließend haben alle angefangen, darüber zu diskutieren, ob das jetzt Diskriminierung gegen Übergewichtige ist oder nicht. Von den Vätern waren nur drei da und davon haben zwei ständig auf die Uhr geguckt und der dritte hat in der Nase gebohrt und die Popel unter den Tisch von Sophie geschmiert. (Ich glaub, es war der Vater von dem rothaarigen Oliver …). Als sie nach einer halben Stunde immer noch über die Sweatshirts gestritten haben, ist draußen unterm Fensterbrett mein linker Fuß eingeschlafen. Ich hab fast schon geglaubt, dass Hanna sich einfach nur wichtig gemacht und ihrer Mutter doch nichts erzählt hat, aber dann ging's doch noch um die Klassenfahrt. Frau Simbrinck hatte kaum angefangen zu erzählen, was wir alles mitnehmen sollen, da hat Hannas Mutter sich schon gemeldet und gesagt, sie wünsche nicht, dass ihre Tochter sich mit Scharina ein Zelt teile.

Plötzlich war es genauso still wie bei uns neulich in der Klasse. Und dann hat Frau Simbrinck leise aufgestöhnt und sich zu Hannas Mutter umgedreht.

»Ich glaube nicht, dass das hierhergehört, aber wir können gerne nachher noch einmal unter vier Augen über diesen Punkt sprechen …«

Hannas Mutter hat gesagt, dass das sehr wohl hierhergehört, weil sexuelle Belästigung nämlich ein Thema sei, das alle etwas anginge, und plötzlich waren alle wieder wach. Olivers Vater hat sogar aufgehört, in der Nase zu popeln. Frau Simbrinck ist ganz rot im Gesicht geworden und hat gemeint, Hannas Ansichten übers Zelten hätten ihres Wissens nicht das Geringste mit sexueller Belästigung zu tun. Aber da hat Hannas Mutter sie schon unterbrochen und gesagt, das sei mal wieder typisch: Die Lehrer hätten keine Ahnung von dem, was in ihrer Klasse wirklich vorginge. Da müsse man sich ja nur die letzte PISA-Studie ansehen oder die letzte OECD-Untersuchung und überhaupt.

Jettes Mutter ist bei dem Stichwort »sexuelle Belästigung« ganz aufgeregt geworden und hat gefragt, wer Hanna denn belästigt hätte. Wenn das Oliver gewesen wäre, dann hätte sie nämlich auch was dazu zu sagen. Alle haben plötzlich Olivers Vater angeguckt, was der erst gar nicht mitgekriegt hat, aber dann hat er's doch gemerkt und gemeint, er verwahre sich gegen irgendwelche Unterstellungen. Und gerade als Frau Simbrinck dazwischengehen wollte, hat Hannas Mutter gesagt, hier ginge es auch gar nicht um Oliver, sondern vielmehr um eines der Mädchen. Eigentlich wollte sie noch mehr sagen, aber im selben Moment ist der Vater von Jannick-Silbergebiss aufgesprungen und hat gesagt, endlich würde jemand das Thema mal ansprechen. Jannick traue sich nämlich schon gar nicht mehr in die Schule, weil die Mädchen ihn mit ihren Liebesbriefen und ihrem Gekicher immer so bedrängen würden, und diese ganze Knutscherei ginge sowieso immer von den Mädchen aus, die die Jungs als Übungsobjekte missbrauchen würden. Und das Ganze sei ja auch gefährlich wegen Jannicks teurer Zahnspange und wegen den ganzen Viren und der Grippegefahr.

Wo Jannicks Vater das mit den Viren gesagt hat, hat mich irgendwas an der Stirn gekitzelt und ich hab hochgeguckt und im selben Moment ist es dann passiert. Ich hab gesehen, wie sich eine dicke, behaarte Spinne genau über meinem Kopf abgeseilt hat. **BOAH, WAR DAS EKLIG!** Eine Sekunde lang bin ich total erstarrt und dann hat es »plopp« gemacht und sie ist mir übers Gesicht gelaufen. Oh, Mann, ich sag dir, ich konnte echt nichts anderes tun – **ICH MUSSTE EINFACH SCHREIEN.**

Weil das Fenster auf Kipp war, haben das natürlich alle gehört und sind aufgesprungen und Jettes Mutter hat vor Schreck auch erst mal geschrien. (Wahrscheinlich hat sie gedacht, das ist ein Terroranschlag. Jette hat mal erzählt, ihre Mutter sieht ständig überall Terroristen …). Nachdem Jettes Mutter dann endlich mit dem Schreien aufgehört hatte, hat Frau Simbrinck das Fenster aufgerissen und alle haben völlig irritiert nach draußen gestarrt. Bis Frau Simbrinck mich entdeckt hat. Erst da haben sich die anderen wieder etwas beruhigt. Frau Simbrinck hat mich einen Moment ziemlich sprachlos angesehen. Und dann sie mich gefragt: »Julie, was machst du denn hier?«
Ich hab noch immer um mich gehauen, weil ich nicht wusste, ob ich die Spinne wirklich erwischt hab oder ob sie mir noch immer irgendwo in den Haaren rumkrabbelt. Außerdem ist mir überhaupt nichts eingefallen, was ich hätte antworten können. Also hab ich Frau Simbrinck nur ziemlich verwirrt angeguckt. Und dann hat Hannas Mutter (sie ist **wirklich** ätzend!!!)

gesagt, na, es wäre doch ziemlich klar, was ich hier gemacht hätte. Ich hätte wahrscheinlich spioniert. Und dass sie gedacht hätte, für so etwas sei die Julia nun wirklich zu alt. Mir ist noch immer nicht eingefallen, was ich sagen könnte, aber ich hab gemerkt, dass meine Wangen ganz heiß geworden sind. Und als ich einen Blick in Frau Simbrincks Gesicht geworfen hab, hab ich begriffen, dass ich wahrscheinlich aussehe wie das leibhaftige schlechte Gewissen. Während Hannas Mutter und die anderen Eltern mich noch immer ganz empört angestarrt haben, hat Frau Simbrinck gemeint, ich sollte jetzt am besten nach Hause gehen, weil meine Eltern sich sonst Sorgen machen, und dabei hat sie ziemlich genervt ausgesehen. Sophies Mutter hat mir als Einzige kurz zugelächelt und dann hat Olivers Vater das Fenster geschlossen und ich stand da wie ein begossener Pudel und hab gedacht, ich fass es nicht. Wie kann man nur so ein Trottel sein?! **AHHHHHHHH HHHHHHHHHHHHHHHHHHHH!!!!**

Zehn Minuten später.

Ich hab echt nicht gewusst, dass einem vor lauter Scham und Peinlichkeit schlecht werden kann, aber scheinbar kann es das sehr wohl. Wenigstens mir. Ich war eben zweimal auf dem Klo und hab versucht zu spucken, aber es kommt einfach nichts raus. Und jetzt, wo ich wieder in meinem Zimmer bin, hab ich das Gefühl, dass die Decke mit der weißen Ikea-

Lampe immer weiter auf mich runterkommt. So ein Mist! Dabei war ich mir so sicher, dass sich das mit meiner Platzangst endgültig erledigt hat! Immerhin bin ich jetzt fast ein Teenager und das letzte Mal, als mir das passiert ist, war ich gerade mal vier.

Ich glaub, ich hab's schon mal geschrieben. Das war kurz nach dieser Sache mit dem Kleiderschrank bei Mumi, in dem ich mich eingesperrt habe, weil ich gedacht hab, das wäre witzig. Na ja, wie gesagt, ich war erst vier. Und witzig war es dann überhaupt nicht.

Mumi und meine Eltern haben nämlich geglaubt, ich wäre bei den Nachbarn zum Spielen, und sind ohne mich zum Essen gefahren und ich hab fünf Stunden in dem dunklen Schrank gehockt und die Tür nicht mehr aufbekommen und mir vor lauter Verzweiflung in die Hose gemacht und alles war ganz schrecklich.

Anschließend konnte ich dann wochenlang nicht richtig schlafen, weil immer die Decke auf mich runtergekommen ist. Ich sag dir, das war echt fies, und ich hab überhaupt keinen Bock darauf, dass sich so was noch mal wiederholt und

… **Oh nein** …

Diese Scheiß-Decke!!!!

Fünf Minuten später.

Werde mich auf die Terrasse flüchten. Dort gibt es wenigstens keine Scheiß-Zimmerdecke. Bis gleich!

0.56 Uhr. Wieder zurück in meinem Zimmer.

Du glaubst nicht, was mir eben im Garten passiert ist! Weißt du, wer mit mir im Stockdunkeln draußen war? Das errätst du nie. Ben! Wirklich!!

Ich hab neben der Terrasse auf meiner alten Kinderschaukel gesessen und ganz tief ein- und ausgeatmet, damit mir nicht mehr so schlecht ist, und wirklich, es wurde dann auch gleich besser. Aber plötzlich hat es neben mir im Gebüsch geknackt. Zuerst hab ich mich ganz furchtbar gegruselt, weil ich mir sicher war, dass gleich ein Mörder mit gezücktem Messer auf mich zukommt, aber dann hab ich Ben im Nachbargarten gehört.

»Julie? Bist du das?«

Für einen Augenblick hab ich nicht gewusst, was ich sagen soll, aber dann hab ich schnell genickt.

»Ja.«

»Und was machst du draußen?«

»Ich schaukele.«

»Nachts um eins?«

»Das ist ja wohl nicht verboten, oder?«

Keine Ahnung, warum, aber irgendwie macht mich Bens Tonfall in letzter Zeit wütend. Ich mein, okay, seit ein paar Wochen ignoriert er mich nicht mehr, wie er das früher getan hat, aber dafür behandelt er mich jetzt ständig, als wäre ich seine kleine Schwester, und das nur, weil er schon lesen konnte, als ich noch in die Windeln gemacht habe. Und ja, manchmal hat er auch auf mich aufgepasst, als ich sechs war und er schon fast neun, wenn meine Mutter kurz mal wegmusste oder so, aber das gibt ihm noch lange nicht das Recht, mich noch immer wie ein Kleinkind zu behandeln, finde ich.

»Äh, Julie, ist alles in Ordnung? Du klingst irgendwie komisch.«

»Ich klinge nicht komisch. Ich klinge … erwachsen.«

»Erwachsen?«

»Was dagegen?«

»Nein, natürlich nicht. Ich mein … Soll ich vielleicht rüberkommen?«

»Nein.«

Ich hab den Kopf geschüttelt, aber irgendwie hab ich wohl nicht wirklich überzeugend geklungen, denn im selben Moment hab ich es im Gebüsch rascheln gehört.

»Warte, ich bin gleich da.«

Und genau in diesem Moment ist mir eingefallen, dass ich wegen des Wäschenotstands bei uns zu Hause mein uraltes Pferdenachthemd trage. Das mit den verwaschenen rosa Rüschen und der Aufschrift ***»Ich bin ein süßes Pony«***. Ganz objektiv das hässlichste Nachthemd, das diesseits und jenseits des Äquators existiert. Außerdem sehe ich darin wirklich aus wie drei. Also hab ich angefangen, wie wild mit den Armen zu fuchteln. So nach dem Motto »Bis hierhin und nicht weiter«.

»Äh, vielleicht ist das doch keine so gute Idee. Ich hab nichts an, quasi und … **STOPP!«**

Ben ist stehen geblieben und hat mich ganz irritiert angesehen und dann ist sein Blick auf mein Nachthemd gefallen und man

hat gemerkt, dass er Mühe hatte, nicht laut loszuprusten.
»Na ja, nichts würde ich das nicht nennen …«
Na, super. Ich hab innerlich die Augen verdreht, aber da ist er schon grinsend näher gekommen.
»Warte, ich kann das irgendwie nicht lesen. Was steht da? Ich bin ein süßes Po…«
»Nichts. Klar?«

Ich hab die Arme über der Brust verschränkt und überlegt, wie ich das Thema wechseln kann, aber mir ist nicht das Geringste eingefallen. Im Film haben die blonden Highschool-Heldinnen in solchen Augenblicken immer einen total witzigen Spruch parat, aber im echten Leben klappt so was nie. Voll blöde. Also hab ich die Beleidigte-Leberwurst-Variante gewählt und gesagt, dass er gern wieder rübergehen kann, wenn er sich über mich lustig machen will, weil ich solche Sprüche zurzeit ungefähr so dringend brauche wie Kopfläuse mit Fußpilz. Ben hat geseufzt und dann hat er auf einmal wirklich ein bisschen schuldbewusst ausgesehen.
»Tut mir leid. Ich hab auch noch so einen Pyjama im Schrank liegen. Mit ›Spiderman‹ Aufdruck. Der sieht genauso panne aus.«
»Ach ja?«
Mir ist noch immer nichts eingefallen, was ich hätte sagen können. Schließlich hat er mit dem »genauso« ja quasi bestätigt, dass ich panne aussehe, und was soll man darauf schon antworten? Schön, dass wir beide manchmal panne aussehen, oder was?? Also ist das Schweigen immer länger geworden, und

kurz bevor es richtig unangenehm geworden ist, ist Ben dann von der Schaukel aufgestanden und hat in den Himmel geguckt.
»Hast du gewusst, dass es ein Sternbild gibt, das Bärenhüter heißt? Warte, ich zeig's dir … Da! Und hier … Das ist Perseus, den mag ich am liebsten.«
Ben ist ein Stück näher gekommen, um mir die Sterne zu zeigen, und als er mich berührt hat, hab ich einen elektrischen Schlag bekommen. Zong! Ich bin richtig zurückgezuckt. Ich glaub, er hat das auch gemerkt, denn auf einmal ist er schnell von mir abgerückt.
»Sorry, ich mein, ich wollte nicht … Ich wollte dir das nur zeigen, wei…«
Ich hab Ben irritiert angeguckt, weil es echt selten ist, dass er sich so verhaspelt.
»Du wolltest mir das zeigen, weil …?«
Ben hat kurz geseufzt und dann weiter geredet.
»Na ja, Perseus erinnert mich immer an einen Dirigenten, der vor einem riesigen Orchester steht. Und dann hebt er seinen Taktstock und alle Sterne fangen, an zu leuchten und zu spielen, und … na ja, ich finde, wenn man ihn so ansieht, dann könnte man fast denken, der Himmel da oben macht Musik.«
»Woh!«
Ich hab nach oben geguckt und für einen klitzekleinen Augenblick kam es mir so vor, als ob da oben wirklich ein Mann seinen Taktstock heben würde, aber da ist Ben schon von der Schaukel aufgestanden.
»Tja, dann …«

Er stand ganz unentschlossen da und für einen Moment hätte man glatt denken können, dass er nach irgendwas sucht, was er noch sagen kann.
»Dann verschwinde ich mal wieder ...«
Ben hat sich zum Gehen umgedreht und plötzlich hab ich mich furchtbar allein gefühlt und mein Mund hat sich ganz von allein geöffnet.
»Warte!«
Ben ist stehen geblieben, und als er sich umgedreht hat, hab ich mich auf einmal sagen hören, dass ich es schön finden würde, wenn er bleibt. Unglaublich, oder? Ben hat eine Sekunde gezögert und dann hat er auf einmal ganz breit gelächelt.
»Echt?«
Ich hab nichts mehr gesagt, aber das war auch gar nicht nötig, denn im selben Moment hat er schon die Schultern gezuckt und gesagt: »Kein Problem.« Na, und dann ist er halt geblieben.
Der Mond hat geschienen und bei uns im Haus war es schon ganz dunkel und bei ihm drüben auch. Nur das Straßenlicht von den Parkplätzen hat ein bisschen herübergeleuchtet. Ich hab Ben gefragt, was er eigentlich noch so spät draußen macht, und er hat gegrinst und gemeint, das könnte er mich auch fragen. Ich hab gesagt, ich hätte ihn aber zuerst gefragt, und da hat er noch mehr gelächelt und gemeint, es würde vielleicht komisch klingen, aber er hätte ein Lied geschrieben. Bestimmte Lieder könne man eben nur nachts schreiben, wenn der Mond scheint und man sich alleine fühlt. So wie der einzige Mensch auf der Welt. Als er das gesagt hat, ist mir ganz komisch zumu-

te geworden. Warm und irgendwie gemütlich und ich hab dann erst gemerkt, dass er ein Notenheft neben sich auf der Schaukel liegen hatte. Reingucken lassen wollte er mich dann aber doch nicht. Beziehungsweise, er hat gesagt, er würde es mir bei Gelegenheit mal auf seiner Gitarre vorspielen, aber nur, wenn ich ihm sagen würde, warum ich eben so geheult hab. Erst wollte ich nicht mit der Sprache herausrücken, aber dann hat er mich in die Seite gestupst und »Feigling« gesagt (so ganz nett irgendwie) und da hab ich's ihm erzählt.

Erst das mit dem Elternabend, und weil er nicht verstanden hat, warum ich da überhaupt hingegangen bin, auch das mit Hanna und dass sie sich weigert, mit Scharina ein Zelt zu teilen. Und weil er nicht begriffen hat, warum Hanna mit Scharina partout nicht in ein Zelt will, hab ich ihm auch noch das mit dem Lesbisch-Sein erzählt. (Obwohl ich das eigentlich überhaupt nicht erwähnen wollte. Ich weiß auch nicht, wie das gekommen ist ...)

Nur das mit Hannas Brief und ihrem Verliebtsein hab ich weggelassen, das wäre einfach zu peinlich gewesen. Und außerdem auch gemein gegenüber Hanna.

Ben hat genau in den richtigen Momenten geschwiegen und genau in den richtigen Momenten nachgefragt. Eigentlich merkwürdig. Wenn ich jetzt so zurückdenke, dann hab ich das Gefühl, als hätte mich noch nie jemand so gut verstanden wie Ben vorhin unten auf der Schaukel. Wobei das nicht heißt, dass ich mich jetzt in ihn verknallt hab oder so. Ganz bestimmt nicht! Das würde alles nur verkomplizieren – schließlich reicht

es, wenn Hanna und der Rest der Mädchen aus meiner Klasse in ihn verknallt sind. Sich da auch noch einzureihen, wäre wirklich megadämlich und mir reichen die ganzen Probleme mit Hanna und Scharina und Ottilie und Mama und dieser blöden Zelterei schon dicke! Wirklich!! Und schließlich kann man einen Jungen ja auch nur so einfach nett finden, oder etwa nicht?!
Das Komische an dem Gespräch eben ist auf jeden Fall, dass mir die ganze Sache mit dem Elternabend jetzt gar nicht mehr soooooo schlimm vorkommt. Vielleicht, weil Ben mir erzählt hat, dass ihm schon viel, viel peinlichere Dinge passiert sind. Als Sechsjähriger hat er zum Beispiel immer mit seinem Freund um die Wette vom Baum gepieselt und einmal ist die Oma von seinem Freund unten langgegangen und er hat ihr aus Versehen mitten auf den Kopf gepinkelt, na ja und da hat sie natürlich geschrien wie am Spieß – ich mein, hey, DAS ist richtig peinlich. Und überhaupt. Ben meint, morgen sähe die Welt bestimmt schon wieder ganz anders aus, und vielleicht hat er ja recht. Vielleicht dramatisiere ich ja auch alles viel zu sehr, weil ich später Schriftstellerin werden will, und die fühlen ja auch immer alles viel zu doll. Und deswegen fühle ich auch immer alles viel zu doll und kann auch nie hingucken, wenn jemand beim Casting für »Deutschland sucht den Superstar« schlecht singt, weil ich mich dann immer so entsetzlich für den schäme und …
Merke gerade, dass ich jetzt doch ziemlich müde werde. Ich glaub, ich versuche noch mal zu schlafen. Bis morgen!

Freitag, der 14. Mai

☺ Höhepunkte!

Keine.

☹ Tiefpunkte!

1) Von wegen, morgen sieht die Welt schon wieder anders aus. Selten so gelacht. **Hahaha!!!**
2) Habe einen ekligen, fetten Pickel mitten auf der Nase. Frage mich, ob der gestern Nacht auch schon da war. Wahrscheinlich. Nehme an, Ben hat nur aus Mitleid mit mir geredet.

Bin eben aus der Schule gekommen und todmüde! Kein Wunder! Nach der Sache im Garten letzte Nacht habe ich nur noch drei Stunden geschlafen. (Gerade, als ich eingeschlafen war, fing Ottilie an zu schreien und dann hatte ich heute auch noch zur Ersten.) Als ich aufgewacht bin, fiel mir das ganze Elend mit dem Elternabend wieder ein und ich wäre am liebsten überhaupt nicht mehr aufgestanden. Irgendwann ist Mama dann reingekommen und hat gesagt, ich müsste mich anziehen. Weil sie so traurig klang und so schlecht aussah, hab ich gedacht, ich fang jetzt nicht an, mit ihr zu diskutieren, sondern geb mir einfach einen Ruck und stelle mich meinen Ängsten. (Das sage ich mir immer, wenn es mir schlecht geht. Kommt aus meiner Lieblingsserie. Da bewirbt sich die Hauptfigur um ein Praktikum und hat totalen Schiss vor dem Vorstellungs-

gespräch. Aber statt Panik zu schieben, sagt sie: »Ich stelle mich meinen Ängsten und bewältige sie!« Klingt irgendwie gut, finde ich. Hat so was NINJA-MÄSSIGES ...).

Auf jeden Fall bin ich aufgestanden und kam mir total tapfer vor. Auf dem Schulweg war mir kotzübel, aber dann hab ich mir eingeredet, dass kein Schwein aus meiner Klasse irgendwas von dieser Elternabendbelauschaktion mitbekommen hat. Das hat erst auch ganz gut funktioniert. Leider nur so lange, bis ich Christian und den rothaarigen Oliver getroffen hab und Oliver mich gefragt hat, was ich gestern auf dem Elternabend eigentlich wollte.

Christian hat gegrinst und gemeint: »Na, ist doch klar, sie wollte sich zum Deppen machen.«

Oliver hat noch blöder gegrinst und geantwortet: »Aber das ist sie doch schon längst!«

Und dann haben sie sich auf die Schultern geklopft und gekrümmt vor Lachen und ich hab wieder mal bedauert, dass ich damals in der Dritten mit Judo aufgehört habe. Sonst hätte ich die beiden inzwischen schon dreimal voll erledigt: Wumms – und ab durch die Mitte!

Zum Glück hat's im selben Moment zum Unterricht geklingelt und ich hab diese Vollidioten stehen gelassen und bin erhobenen Hauptes ab in den Unterricht.

In der Ersten hatten wir Gott sei Dank Mathe bei Herrn Clausen. Der hat sich gleich auf den Satz des Pythagoras gestürzt. Von den anderen hatte scheinbar noch keiner irgendwas von

gestern Abend mitgekriegt. (Bis auf Hanna, aber das hatte ich mir schon gedacht. Bei der Mutter …)
In der Pause ist Hanna dann gleich auf mich los und hat mir zugezischt, ich hätte sie jawohl nicht mehr alle.
»Dein Glück, dass meine Mutter anschließend noch mit Frau Simbrinck geredet hat.«
Ich hab sie total perplex angestarrt.
»Wie geredet?«
»Na, geredet eben. Die Sache ist geklärt. Wir müssen nicht mehr mit Scharina in ein Zelt.«
»Oh …«
Ich hab geschluckt, aber Hanna war immer noch auf hundertachtzig.
»Ein bisschen freuen könntest du dich schon. Immerhin hab ich Frau Simbrinck nicht erzählt, dass Scharina dich angemacht hat. Obwohl das viel einfacher gewesen wär …«
»Und wen, bitte schön, soll sie angemacht haben?«
»Na, wen wohl?«
»Dich etwa?«
»Wenn du weiter in diesem Ton mit mir redest, sag ich gar nichts mehr.« Damit hat Hanna sich umgedreht und ist beleidigt abgerauscht, allerdings nicht, ohne Katja und Franzi vorher noch zuzurufen, dass es gestern im Schwimmbad ja ganz megatoll gewesen wäre. Ich sag dir, das Einzige, was mir durch den Kopf ging, war nur: Ach, du Scheiße!
Für einen Moment hab ich gedacht, okay, das war's jetzt. Und ich musste an die Sache mit dem Schalter denken, der umge-

legt wird, und dass die eine Seite bei ihr in letzter Zeit wirklich überhandnimmt und dass ich es satthabe. Aber dann kam Hanna plötzlich wieder zurück und hat gesagt (unglaublich, aber wahr), es täte ihr leid. So hätte sie es nicht gemeint.

Ich muss Hanna total perplex angestarrt haben. Schließlich hat sie sich noch nie bei mir entschuldigt, solange ich sie kenne! Aber ehe ich noch weiter darüber nachdenken konnte, hat sie mich schon umarmt und gemeint, ich sei doch ihre beste Freundin. Und dass sie das Ganze im Grunde nur für mich gemacht hätte. Und dass es ihr leidtut, wenn sie mich damit irgendwie verletzt hat. Und dass Scharina es bestimmt auch gar nicht so schlecht findet, bei Frau Simbrinck mit im Zelt zu schlafen.

Das Komische war, dass ich eigentlich noch immer stocksauer auf sie war, aber ich habe keinen Ton gesagt. Was mir jetzt irgendwie megafeige vorkommt.

Aber während sie weiter von Sylt erzählt hat und wie viel Spaß wir auf der Klassenreise haben werden und dass sie mit Sophie, Katja und Franzi schon ausgemacht hat, dass wir uns einen Abend loseisen und ins »Pony« gehen, was die totale In-Disco sein soll, da hab ich mir vorgestellt, wie es ist, ganz allein auf dem Zeltplatz herumzuhocken, während die anderen genauso viel Spaß haben wie gestern im Schwimmbad.

Und da war ich einfach nur noch erleichtert, dass Hanna wieder nett zu mir war.

Das hielt dann ungefähr fünf Minuten an, bis Hanna mich fragte, ob ich Ben schon den Brief von ihr gegeben hab. Da

wurde mir dann gleich wieder schlecht. **DIESER BEKLOPPTE BRIEF!** Hanna meinte, ich müsste ihn Ben heute auf jeden Fall noch geben. Ich hab ein letztes Mal versucht, ihr die Sache auszureden, aber ohne Erfolg. Sie sagt, sie muss unbedingt vor der Klassenreise wissen, was Ben für sie empfindet. Was soll man dazu sagen?
Also hab ich versprochen, ich tu's. Anders komm ich ja eh nicht aus der Nummer raus.

18.43 Uhr.

Ben spielt draußen Fußball. Könnte ihm den Brief jetzt geben.

18.56 Uhr.

Ich glaub, ich pack's nicht, ihm den Brief zu geben.

19.02 Uhr.

Hab den Brief eben gegen das Licht gehalten. Sie hat ihm auf rosa Diddl-Papier geschrieben und das, was ich lesen konnte, klang echt schwülstig. Wenn ich richtig geguckt hab, hat sie noch nicht mal mit ihrem vollen Namen unterschrieben, sondern nur mit ihren Initialen – wie in diesen Rosamunde-Pilcher-Büchern, die ihre Mutter immer liest. Darf man wirklich zusehen, wie sich jemand so ins Unglück stürzt?

19.04 Uhr.

Bens Mutter hat ihn eben zum Abendbrot reingerufen. Noch kann ich den Brief verlieren. (Wobei Hanna mir das nie glauben würde …)

20.10 Uhr.

Hab Papa beim Abendbrot gefragt, wie er es finden würde, wenn ihm eine Frau einen Liebesbrief in die Hand drückt, der von ihrer Freundin ist. Papa meinte, er wäre geschmeichelt, aber er würde es mutiger von der Schreiberin finden, so einen Brief persönlich zu überreichen. Ich hab ihn gefragt, was er gemacht hätte, wenn er so einen Brief bekommen hätte, als er vierzehn war. Er hat geantwortet, wenn er sich recht erinnern würde, hätte er mal so einen Brief bekommen. Dummerweise wäre er damals noch recht unreif gewesen und hätte ihn laut vor der Klasse vorgelesen. Schade, dass Hanna sich nicht vorher mit meinem Vater unterhalten hat.

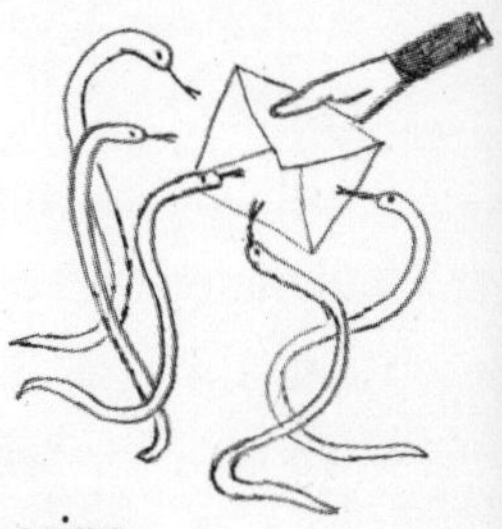

22.12 Uhr.

Ich bin eben noch einmal aus dem Bett geklettert und hab den Brief in Bens Briefkasten geworfen. Fühle mich wie jemand, der seine Freundin sehenden Auges ins Verderben rennen lässt.

Samstag, der 15. Mai

☺ Höhepunkte!

1) Habe Papa überredet, die Anschaffung eines neuen Fernsehers zumindest zu überdenken.

Tiefpunkte!

1) Mein Pickel hat über Nacht eine gelbe Eiterhaube bekommen. Habe ihn ausgedrückt. **(BÖSER FEHLER!)** Meine Nase ähnelt jetzt einer aufgeplatzten Tomate.
2) In China haben sie ein neues Grippe-Virus entdeckt, das die ganze Welt ausrotten könnte.

3) Montag muss Papa wieder arbeiten und ich bin mit Mama und Ottilie allein zu Haus. Befürchte das Schlimmste.

Eigentlich wollte Papa noch ein paar Tage Urlaub nehmen, weil es Mama noch immer nicht besser geht, aber das klappt jetzt doch nicht. Gestern war er deswegen nämlich kurz im Büro und da hat sein Chef zu ihm gesagt, er selber hätte seiner Frau nie ein Kind gemacht, wenn er gewusst hätte, dass sie damit allein nicht klarkommt. In seinen Augen ist Papa selber schuld an der Situation, weil er sich seine Frau scheinbar schlecht ausgesucht hat. Also kriegt er keinen Urlaub. Papa meinte, das sei zu erwarten gewesen. Sein Chef sei eben ein Manager alter Schule und solche Männer hielten Väter, die sich um ihre Kinder kümmern, generell für Weicheier. Erinnere mich dran, dass ich später einen Beruf mache, in dem man grundsätzlich keinen Chef hat!

Mama hat noch immer Probleme mit ihrem Dammschnitt.[10] Eigentlich müsste sie Kamillenbäder nehmen, aber sie will nicht. Sie sagt, sie fühlt sich noch immer so schlapp, dass sie die wenige Kraft, die sie hat, lieber nutzen will, um Ottilie das Fläschchen zu geben. Frage mich, was mit dem Wickeln ist. Bisher hat Papa das meistens erledigt. Muss ich das jetzt machen??

14.56 Uhr. Nach der Schule. (Wir hatten heute Tag der offenen Tür mit Anwesenheitspflicht. Abartig.)

Scheinbar habe ich keinerlei Menschenkenntnis! Da mache ich mir schon seit Tagen einen Kopf, wie ich Hanna davon abhalten kann, sich vor Ben grauenhaft zu blamieren, und was ist? Ben ist zu ihr keinen Deut anders als sonst auch! Er hat sie weder verarscht noch geschnitten. Und als sie ihn heute nach einer Zigarette gefragt hat (völlig daneben, da jeder weiß, dass Ben nicht raucht), hat er sie sogar angelächelt, seinen Lockenkopf geschüttelt und gemeint, sie solle mit dem Scheiß bloß nicht anfangen. Davon bekäme man Lungenkrebs und sein Opa sei daran gestorben. Unglaublich! Erst hab ich gedacht, er hat den Brief noch nicht gelesen, aber dann hab ich in der großen Pause gesehen, dass ein Stück von dem Diddl-Papier aus seiner Hosentasche rausguckte. Also hat er ihn gele-

---

[10] *Dammschnitt = wird manchmal bei der Geburt notwendig, wenn der Kopf von dem Baby nicht durch die Scheide passt. Die Ärzte machen dann einen Schnitt von der Scheide bis zum … Ich glaube, das will hier niemand wissen. Vergiss es einfach.*

sen und ist trotzdem nett zu Hanna. Oder gerade deswegen. Mein Gott, Ben steigt noch mehr als ohnehin schon in meiner Achtung! Ich hätte schwören können, Hanna kriegt kein Bein mehr bei ihm auf den Boden, und jetzt das …

Eben gerade hat es geklingelt. Weil ich im Bad war, hat Papa unten aufgemacht und ist dann zu mir hochgekommen und hat gemeint, das wäre Ben gewesen. Ob ich heute um fünf, nach dem Treffen mit seiner Band, Zeit hätte, ihn vorne auf dem Spielplatz zu treffen. Unfassbar. Kannst du dir vorstellen, was das soll?

15.12 Uhr.

Habe eben mit Hanna telefoniert und ihr das mit Ben und dem Treffen erzählt. Hanna meinte, er will mir sicher einen Antwortbrief für sie geben. Ich hab erwidert, dass Ben bestimmt keiner ist, der eine Botin braucht, um einen Brief zu übergeben. Und dass er ihn ja auch in den Briefkasten hätte legen oder meinem Vater geben können. Hanna hat daraufhin gesagt, ich hätte keine Ahnung.
»Er ist eben schüchtern und außerdem ist es so viel romantischer.«
Romantischer, ha! Vielleicht hat der Austausch von Briefchen auf Diddl-Papier auf einem Spielplatz im Regen ja was Romantisches, wenn es sich bei den Anwesenden um Romeo und Julia handelt, aber so …

»Meinst du wirklich, dass ...?«
»Oh, Julie!«
Hanna hat seufzend gemeint, dass ich, was die Liebe anbelangt, das Niveau einer Sechsjährigen hätte.
»Manchmal begreifst du wirklich gar nichts. Also, wo trefft ihr euch?«
»Auf dem Spielplatz vorn an der Straße.«
»Gut, das geht. Um fünf bin ich wieder vom Hockey zurück.«
Ich hab den Hörer angestarrt, als hätte er sich mit einem Mal in eine Banane verwandelt.

»Wieso bist du wieder vom Hockey zurück?«
»Na, ist doch logisch. Ich werd natürlich dabei sein.«
»Oh. Klar.« Manchmal bin ich wirklich etwas schwer von Begriff. »Dann brauch ich aber nicht da zu sein, oder? Ich mein, wenn du da bist und er ist da ...«
»Aber natürlich musst du da sein! Ich versteck mich doch im Gebüsch.«
»Ah. Äh ... Warum?«
Am anderen Ende hat Hanna aufgestöhnt.
»Mann, Julie! Jetzt denk doch mal nach! Er will mit dir sicher über seine Gefühle zu mir reden. Wahrscheinlich ist er auch schon die ganze Zeit in mich verknallt und traut sich nur nicht, mir das zu sagen. Aber jetzt hab ich mit dem Brief den ersten Schritt gemacht. Also, wenn er dir den Brief für mich mitgeben will, dann gibst du mir ein Zeichen und ich tu dann so, als ob ich gerade ganz zufällig vorbeikomme. Und dann – Bingo!«

»Bingo. Woh …«

»Was soll das denn jetzt schon wieder heißen?«

Ich hab geschluckt.

»Nichts. Ich mein ja nur … Ich kann mir nicht vorstellen, dass er das glaubt. Das mit dem zufällig Vorbeikommen …«

Hanna hat am anderen Ende wieder geseufzt.

»Es ist doch völlig egal, ob er es glaubt. Er ist verliebt. Und dann sieht er mich, quasi seine Angebetete, plötzlich dort stehen. Auf dem Spielplatz, direkt vor ihm. Das ist für ihn so, als ob ein Traum in Erfüllung geht …«

Ich hab gedacht, wohl eher ein Albtraum, aber das habe ich natürlich nicht gesagt. Stattdessen hab ich resignierend die Schultern gezuckt.

»Wenn du meinst …«

Hanna ist richtig ins Schwärmen gekommen und ich hatte wieder so ein komisches Gefühl. Ich versteh einfach nicht, warum ich immer in so beknackte Situationen geraten muss. Ich mein, ich würde nie jemandem einen Liebesbrief schreiben! Und selbst wenn, würde ich ihn zumindest niemals abgeben! Never ever!! Außerdem kann ich mir einfach nicht vorstellen, dass Ben sich allen Ernstes in Hanna verliebt hat. Seine letzte Freundin war immerhin eine Klasse über ihm und er ist im Schulsprecherteam und macht wirklich tolle Musik und hat ganz lange blonde Locken und Hanna ist erst zwölf! Und sie steht auf »Tokio Hotel«. Ich meine, nichts gegen »Tokio Hotel«. Sophie findet die auch toll, aber **zufällig** weiß ich, dass Ben Tokio Hotel für **totalen** Schrott hält. Außerdem wünscht

Hanna sich zur Konfirmation eine Jacke aus echtem Pelz und Ben ist Mitglied beim Tierschutzverein und will sich auf **gar keinen Fall** konfirmieren lassen. Und er hasst Diddl-Papier!

16.43 Uhr.

Habe mir das eben noch mal durchgelesen und bin entsetzt. Wenn ich jemand anderer wäre und würde das lesen, wäre ich mir ziemlich sicher, dass die Verfasserin etwas ist, was ich überhaupt nicht bin. Wirklich nicht! Ich bin nicht eifersüchtig auf Hanna! Ich bin froh, dass alles zwischen uns wieder gut ist (mal abgesehen von dieser blöden Sache mit Scharina). Und ich freue mich für sie, wenn Ben sie auch mag. Schließlich ziehen Gegensätze sich an. Und vielleicht lässt Ben sich ja doch noch konfirmieren, wer weiß. Und dass er keinen Bock auf Markenklamotten hat, während Hanna ohne ihre Dolce-&-Gabbana-Jacke keinen Schritt aus der Tür geht, muss nicht heißen, dass sie nicht zusammenpassen.

Ich bin eine blöde, neidische Tante!!!

So, jetzt gehe ich auf diesen Spielplatz, nehme Bens Brief, gebe ihn Hanna und freue mich für die beiden.

17.45 Uhr.

Oh Gott! So eine Scheiße!! Was war das denn??!!! Ahhhh!!!

17.55 Uhr.

Habe soeben anderthalb Tafeln Vollmilch-Nuss-Schokolade von Mamas eisernem Vorrat verdrückt. Jetzt ist mir schlecht. Ich glaube nicht, dass das von der Schokolade kommt. (Mein Rekord liegt bei vier Tafeln am Stück und selbst da ist mir nicht schlecht geworden!) Das Ganze liegt wahrscheinlich viel eher an dem Schock. Du kannst dir nicht vorstellen, was eben passiert ist. Es ist **ALLES** schiefgegangen, was schiefgehen konnte. Wirklich **ALLES**!

Ich kann's noch immer nicht fassen! Ben war schon da, als ich gekommen bin, und hat auf mich gewartet und ich hab gleich gedacht, dass er irgendwie komisch aussieht. So, als wisse er selber nicht so richtig, was er eigentlich sagen will. Also hab ich mir gedacht, wahrscheinlich hat Hanna recht und er ist wirklich schüchtern und verliebt. Da sieht man dann eben komisch aus. Hanna hab ich nicht entdeckt, aber das hat mich eher beruhigt. Irgendwie hab ich wohl noch gehofft, dass sie doch lieber zu Hause geblieben ist. Oder dass sie erst später kommt und ich mich also nicht so beobachtet fühlen muss. Ben hat von Hanna und ihrem eventuellen Versteck im Gebüsch natürlich nichts geahnt. Er hat sich nur gewundert, warum ich mich so oft umgesehen habe, und mich dann gefragt, ob es mir vielleicht unangenehm wäre, mit ihm gesehen zu werden. Ich hab gegrinst und gesagt, das wäre Quatsch. Ben hat zurückgegrinst und gesagt, das hätte er sich denken können. Nach der Nummer mit dem Elternabend sei mir sicher so schnell nichts mehr peinlich. Ich hab ihn in die Seite geboxt, so einen Spruch muss man schließlich gleich ahnden. Er hat zurückgeboxt und wir haben rumgealbert und für einen Moment war's richtig nett. So, als ob wir noch Kinder wären und einfach miteinander Blödsinn machen würden. Aber im nächsten Moment hab ich gesehen, wie sich weiter hinten im Gebüsch was bewegt hat. Und da hab ich begriffen, dass Hanna doch nicht zu Hause geblieben ist. Ben hat gemerkt, dass ich aufgehört hab zu lachen, und auf einmal herrschte eine ganz beklommene Stimmung. Oh, Mann!

Kurz darauf ist dann der Regen doller geworden. Ben hat mich an der Hand genommen und wir sind zu dem kleinen Spielhäuschen hinter der Schaukel gelaufen. Da drinnen war es auch nicht viel trockener als draußen, aber immerhin musste ich nicht mehr ständig Hannas silberne Dolce-&-Gabbana-Jacke hinter dem Gebüsch hervorlugen sehen. Merkwürdigerweise hat Ben meine Hand noch immer festgehalten, obwohl das gar nicht mehr nötig war. Ein paar Sekunden lang wusste ich nicht, ob ich mich jetzt losmachen sollte oder nicht, aber dann habe ich mir einen Ruck gegeben und ihn so lässig wie möglich gemustert.

»Okay … Du wolltest mich sprechen?«

Ben hat mich etwas irritiert angeguckt (mit so viel Coolness bei einer Diddl-Brief-Überbringerin aus der Sechsten hat er wahrscheinlich nicht gerechnet), aber dann hat er gelächelt und gemeint, das gefiele ihm.

»Mut hast du.«

»Na ja, so viel Mut braucht man dazu ja auch nicht …«
»Ach, nein?«
Ben hat mich ganz komisch angeguckt und ich hab gedacht: Was hat er denn nur?
Für einen Moment war es wieder ganz still. Dann hat Ben sich geräuspert und seine Stimme hat plötzlich ganz belegt geklungen.
»Ich fand deinen Brief übrigens toll.«
Und plötzlich hat er sich zu mir runtergebeugt – und mich geküsst!!! **Mich!!!** Julie Ahlberg, 12 1/2 Jahre!

Ich hab immer gedacht, Küssen wäre ziemlich feucht und peinlich und irgendwie unappetitlich, aber so war es überhaupt nicht!! Es war ganz … weich. Und warm. Und schön. Es war sogar so schön, dass ich damit am liebsten nicht mehr aufgehört hätte. Ben hat so gut gerochen und seine Haare waren so verwuschelt und der Ausdruck auf seinem Gesicht war so … Na ja, ich glaub, ich hör jetzt besser auf. Nachher liest das noch jemand hier und dann … Egal.
Also, nach dem Kuss wollte Ben mich noch mal küssen, aber ich war noch immer total perplex und da hat er aufgehört und ganz lieb gelächelt. Und dann hat er gesagt, dass er nie gedacht hätte, dass ich heimlich auf rosa Diddl-Papier stehen würde. Ich hab ihn noch immer ziemlich verwirrt angesehen und dann ist der Groschen bei mir plötzlich gefallen.
Oh, Mann! Warum ist mir das nicht gleich aufgefallen, als ich gesehen habe, dass Hanna den Brief nur mit ihren Anfangs-

buchstaben unterschrieben hat. Hanna heißt nämlich eigentlich Johanna und mit zweitem Namen Antonia und ich heiße Julie Ahlberg: J. A. Dieselben Initialen! Ist ja logisch, dass Ben denken musste, dass der Brief von mir kommt!

Ich wollte gerade den Mund aufmachen, um Ben die ganze Sache zu erklären, aber im selben Moment war von draußen ein gigantischer Wutschrei zu hören und eine Sekunde später ist Hanna wie eine Irre auf mich zugelaufen und – halt dich fest, du wirst es nicht glauben! – hat mir eine geknallt! **Mit voller Wucht!** Woah! Das war vollkommen irreal!! Ich war völlig von der Rolle, aber das Schlimmste war der Blick in Bens Gesicht.

Der hat inzwischen nämlich gar nichts mehr verstanden. Vollkommen baff hat er auf Hanna gestarrt und dann, als sie noch mal ausholen wollte, hat er sich schützend vor mich gestellt und sie gefragt, ob sie eigentlich noch alle Tassen im Schrank hätte.

Ich hab noch immer wie erstarrt dagesessen. Hanna hat inzwischen gebrüllt, ich sei die allerletzte Betrügerin und sie hätte es die ganze Zeit geahnt und der Brief sei überhaupt nicht von mir, sondern von ihr. Ben hat sie losgelassen und von ihr zu mir gestarrt. Ich hab versucht, etwas zu sagen, aber als ich den Mund aufgemacht hab, ist nichts rausgekommen. Mein Kopf war total leer. Hanna hat noch immer irgendwas geschrien über Mädchen, die anderen den Freund ausspannen, bis Ben ihr mit einem »Kannst du nicht endlich mal die Klappe halten?« über den Mund gefahren ist.

Dann war Stille. Über uns hat man nur noch die Regentropfen gehört, wie sie aufs Dach prasselten, und im Halbdunkel hab ich gesehen, wie die Ader über Bens linker Schläfe zu pochen angefangen hat. Und dann hat er mich gefragt, ob das stimmt, was Hanna gesagt hat.

Ja, ich weiß, es war bescheuert, aber ich hatte wirklich keine Ahnung, was ich sagen sollte! Der Brief war ja nicht von mir. Aber … Oh, Shit.

Ich hab mich geräuspert und dann hab ich gesagt: »Na ja, im Grunde schon, aber ich hab das ja nicht mit Absicht gemacht, ich mein …«

Weiter bin ich nicht gekommen. Ich wollte wirklich noch was sagen, aber bei Bens Blick habe ich einfach nichts mehr rausgebracht. Ben hat noch einen Augenblick gewartet, ob noch was kommt, und dann ist er aufgestanden und hat ganz leise »Aha …« gesagt. Das klang so traurig und verletzt, dass ich fast losgeheult hätte. Und dann hat er sich umgedreht und ist gegangen.

Am liebsten wäre ich ihm hinterhergelaufen, aber irgendwie wusste ich, dass es keinen Zweck mehr hat. Wie konnte mir das nur passieren?! Warum, warum, warum?? Ich bin die allergrößte Idiotin, die weit und breit herumläuft!!

Ahhhhhhhhhhhhhh…

Montag, der 17. Mai

Höhepunkte!

Keine. Niente. **Zero**.

Tiefpunkte!

1) Ben redet nicht mehr mit mir. Kein Wunder …

2) Der Fernseher ist nach wie vor kaputt und jetzt haben wir auch keine frische Wäsche mehr. Ich musste meine Socken den dritten Tag in Folge anziehen. Inzwischen riechen sie wie Camembert, aber das ist jetzt auch egal.

3) Wurde heute von Hanna vor der ganzen Klasse als Lesbe geoutet. Habe gelesen, dass irgendeine amerikanische Sekte seit der Entdeckung des neuen Grippe-Virus glaubt, der Weltuntergang stünde kurz bevor. Schätze, sie hat recht.

Heute Morgen ist Papa zum ersten Mal seit drei Wochen wieder ins Büro gegangen. (Er hatte Glück und hat noch ein paar frische Socken hinter der Tiefkühltruhe gefunden.) Ich hab gemerkt, dass er ziemlich viel Schiss hatte, Mama mit Ottilie und mir allein zu lassen, aber was anderes ist ihm letztlich wohl nicht eingefallen. Seine Eltern segeln irgendwo in der Karibik und Mumi hat gesagt, sie hilft Mama und Ottilie und mir nur, wenn Papa endlich professionelle Hilfe für Mamas Baby-Blues in Anspruch nimmt.

Seit Mumi vor ein paar Jahren Krebs hatte, hält sie nämlich ziemlich viel von professioneller Hilfe. Sie geht regelmäßig zu

einer Yoga-Lehrerin und einem Osteopathen und jemandem, der seine Hände auf ihren Rücken legt und damit irgendwelche Energien weitergibt.
Mumi kennt sich mit Energien, die einem helfen sollen, ziemlich gut aus, aber selber zu helfen, ist leider nicht so ihr Ding. Als sie Krebs hatte, hat sie nämlich eine Therapie gemacht und da hat sie gelernt, dass sie bisher immer zu viel an die anderen gedacht hat. Na ja und jetzt denkt sie halt die meiste Zeit an sich. Das darf man ihr eigentlich nicht vorwerfen, finde ich, denn immerhin hat sie so den Krebs besiegt (auch wenn sie jetzt niemandem mehr so gern hilft). Aber Papa wirft ihr das trotzdem vor und deshalb sollte man die beiden am besten nicht zu lange miteinander allein lassen, weil sie sich dann doch nur streiten. Na ja und genauso war es natürlich auch gestern am Telefon und deswegen ist Papa eben mit schlechtem Gewissen ins Büro gegangen und Mama und ich sind mit Ottilie alleine. Allerdings ist es hier noch immer besser als in der Schule. Der Vormittag heute war wirklich furchtbar. Ich sag dir …

Natürlich hatte ich mir schon gedacht, dass Ben mich nach der Aktion erst mal schneidet, aber auf den Blick, den er mir heute Morgen auf dem Schulhof zugeworfen hat, war ich dann doch nicht vorbereitet. Mann! Am liebsten hätte ich mich in ein Mauseloch verkrochen, aber dann hab ich mir geschworen, dass ich die ganze Sache jetzt ein für alle Mal kläre. Darüber habe ich nämlich am Wochenende ungefähr 20 3/4 Stunden nachgedacht. Irgendwann bin ich zu dem Schluss gekommen, dass das Ganze ja wirklich nur ein Missverständnis war. Und dass er das einfach verstehen muss, wenn ich ihm sage, dass es mir schrecklich leidtut.

Anschließend wollte ich zu Hanna gehen und sie davon überzeugen, dass ich ihr nie, nie, nie einen Jungen ausspannen würde. Denn so was tun Freundinnen einfach nicht. Punkt, Schluss, aus.

So weit mein Plan. Leider ist es dann aber völlig anders gekommen …

Als ich auf den Schulhof kam, habe ich Ben mit seinen Freunden bei den Fahrradständern stehen gesehen. Im selben Moment ist mein Mund ganz trocken geworden. Außerdem hab ich meinen Herzschlag irre laut in meinen Ohren gehört. Bum, bum, bum.

Am liebsten wäre ich weggelaufen, aber dann hab ich mich doch zusammengerissen und bin auf ihn zu.

»Ben, hast du vielleicht … äh … mal eine Sekunde Zeit?«

Ben, Sophies Bruder Fiete und der bekloppte Marc hatten vorher ziemlich laut gequatscht, aber plötzlich war es *mucksmäuschenstill* und ich hab die Herzschläge in meinem Kopf **noch lauter** gehört. Bum, bum, bum. Auf einmal kam mir meine Idee gar nicht mehr so toll vor. Ich meine, hätte ich nicht bis nachmittags warten können, um Ben allein zu erwischen??

Ben hat sich ganz langsam umgedreht. Fast wie in Zeitlupe. Ich hab ihn angeguckt und Ben hat mich angeguckt und ich hab

gewusst, ich muss jetzt unbedingt was sagen, aber es war genau wie gestern Abend. Ich konnte einfach nichts Vernünftiges rausbringen. Kompletter Blackout. Der totale Horror. Ich hab noch immer gehofft, dass Ben mich da irgendwie rausholt, aber er hat einfach nur ganz kalt aus seinen wunderschönen blauen Augen geguckt und nichts gesagt. Stattdessen hat der bekloppte Marc mich von oben bis unten gemustert und dann gefragt: »Na, wen haben wir denn da? Ey, Ben, ist das nicht die Tussi mit dem Mundgeruch, die so beschissen küsst?«
Jetzt, wo ich das schreibe, tut das Ganze noch mehr weh. Ich meine, dieser Kuss war so weich und so schön und dieser hirntote, bescheuerte Marc und Ben, dieser Ober-, Mega-, Hyper- …

Am liebsten würde ich jetzt schreiben, dass ich etwas total Schlagfertiges erwidert habe, aber das habe ich leider nicht. Anstelle einer wenigstens halbwegs würdevollen Antwort hat sich stattdessen mein Magen umgedreht. (Das macht er in letzter Zeit öfter, wenn ich mich aufrege, furchtbar blöd …) Einen Augenblick lang hatte ich Angst, dass ich Ben gleich vor die Füße kotze, aber zum Glück hat Fiete, Sophies Bruder, Ben im selben Moment zur Seite gezogen.
Marc hat noch irgendetwas gemurmelt, das wie »Die Verarsche wird dir noch leidtun …« klang, und weg waren sie. Der rothaarige Oliver aus meiner Klasse, der das Ganze mitbekommen hatte, hat dämlich gegrinst und ich bin die Treppen in Richtung Klassenraum hochgewankt und hab nur noch gedacht, ich will sterben. Hier, jetzt, sofort. Aber das hat natürlich nicht geklappt.

Als ich unsere Klasse betreten hab, hab ich als Erstes realisiert, dass Hanna umgezogen ist und jetzt neben Katja sitzt. Na, herzlichen Glückwunsch. Das war ja klar. Erst hab ich gehofft, das wär's gewesen, aber dann habe ich gemerkt, dass mich die meisten in der Klasse ganz merkwürdig angesehen haben, sogar Sophie. Warum das so war, hab ich aber erst begriffen, als ich einen Blick auf die Tafel geworfen hab. Links auf der Tafel klebte ein Foto von Scharinas Gesicht mit einem Strichmännchen-Körper darunter. Und darüber stand »Schneewittchen, Schneewittchen, kein Arsch und kein Tittchen«. Und rechts davon klebte ein Foto von mir über dem Körper einer nackten Frau mit riesigen Brüsten und darüber stand in Olivers Handschrift »Ich will dich lesbisch ficken!«.

Da hat sich dann zum zweiten Mal an diesem Tag mein Magen umgedreht. Ich hab zu Hanna hingeguckt, die Oliver gerade ein Daumen-hoch-Zeichen gemacht hat, und da ist mir noch schlechter geworden. Ich hätte nie gedacht, dass Hanna so gemein sein kann! Und alles nur, weil ich Ben diesen bekloppten Brief gegeben habe! Dabei wusste ich gleich, dass das eine bescheuerte Idee war! Ich hasse Hanna und ich hasse Oliver und Mark und Ben und einfach alle !!!!!!

Tut mir leid, dass die letzten Sätze ein bisschen verwischt sind, aber ich bin eben doch wieder in Tränen ausgebrochen. Obwohl ich das eigentlich nicht wollte. Ich meine, als ob es nicht schon reicht, dass Mama den ganzen Tag weint – jetzt fange ich auch noch damit an. Verdammt, Julie, hör auf damit!!!

Wenn Mama mich schluchzen hört, wird alles nur noch schlimmer, und das geht nicht. Schließlich hab ich eh schon ständig Angst um sie. Ich glaube nämlich allmählich, dass sie wirklich krank ist. Ich hab gestern noch einmal direkt unter dem Stichwort »Depression« im Internet nachgeguckt und da gab es ein Extrakapitel über postnatale Depressionen (also die, die Frauen gleich nach der Geburt kriegen können) und das klang wirklich gruselig. Einige Mütter kriegen anscheinend ganz schlimme Angstzustände und fühlen sich wie tot und haben gar keinen Lebenswillen mehr und ... Oh, Shit, jetzt heule ich schon wieder. Nein! Ich hab da keinen Bock mehr drauf! So geht's nicht weiter. Jetzt reiß dich mal zusammen, Julie!

Okay, ich höre auf zu heulen und berichte stattdessen weiter ... Versprochen.

Also, ich hab schnell die Tafel abgewischt und die Fotos abgerissen, bevor Herr Clausen den Klassenraum betreten hat. Aber der Horrortrip war natürlich noch nicht zu Ende. Hanna, Katja und Franzi haben kein Wort mit mir geredet und selbst Sophie ist mir aus dem Weg gegangen. Und dann hat die dicke Jette mir in der großen Pause auch noch gesagt, dass ich eine Freundin so gemein betrügen würde, das hätte sie nie von mir gedacht.

Das einzig Gute war, dass Scharina wenigstens nicht in der Schule war. Aber von wegen. Nach der letzten Stunde hat Frau Simbrinck mich nämlich prompt dazu verdonnert, ihr die

Hausaufgaben vorbeizubringen (so ein Übungszettel in Erdkunde über die Tide, das heißt Ebbe und Flut).
Erst habe ich mir überlegt, ich mach das einfach nicht und tue morgen so, als hätte ich es vergessen. Aber dann hat Frau Simbrinck auch noch einen rosa Umschlag aus ihrer Tasche geholt.
»Und wenn du schon da bist, Julie, gib Scharinas Mutter doch bitte auch gleich das Geld für die Klassenreise zurück, das sie mir geschickt hat. Wahrscheinlich hat sie nicht mitbekommen, dass ihr es gleich auf das Klassenkassenkonto überweisen solltet …«
Frau Simbrinck hat mir den rosa Umschlag in die Hand gedrückt und da hab ich gewusst, dass ich aus der Aktion nicht mehr rauskomme. Schließlich kann ich das Geld ja nicht behalten. Also werde ich Scharina den Umschlag und die Hausaufgaben mit dem Übungszettel für die Erdkundearbeit morgen wohl oder übel vorbeibringen müssen. Okay, aber ich werde keinen Ton mit ihr reden. Reicht ja, wenn ich ihrer Mutter die Sachen in die Hand drücke … Ich hoffe nur, dass ihr Vater nicht da ist. Wenn es stimmt, was Katja sagt, dann möchte ich dem ganz bestimmt nicht begegnen.

18.36 Uhr.

Bin eben von Scharina zurückgekommen. Tut mir leid, dass sich das hier so verkrakelt liest, aber meine Finger zittern noch immer wie verrückt …

18.54 Uhr.

Habe mich etwas beruhigt. Oh Mann. Was für ein Tag! Ich liebe meine Eltern wirklich sehr! Und es macht gar nichts, dass Papa schlecht kocht und Mama ständig heult. Ich bin so dankbar, dass ich sie habe!!! Wenn ich mir vorstelle, ich müsste mit Scharina und ihrem furchtbaren Vater tauschen – ich würde mir echt die Kugel geben!

Der Hinweg zu Scharina war noch ganz normal. Die Gegend, in der sie wohnt, ist nicht sonderlich toll, aber eigentlich auch nicht so schlimm. (Mal abgesehen davon, dass Oliver erzählt hat, die kleinen Kinder, die da wohnen, würden in den Fahrstuhl kacken, weil sie nicht an die Knöpfe für die Stockwerke herankommen, um zur Toilette zu gehen.) Vor Scharinas Hochhaus hab ich mein Rad angeschlossen und da hab ich sie oben im vierten Stock am Fenster gesehen. Aber sie hat ihren Kopf schnell weggezogen, als ich zu ihr hochschaute. Erst hat mich das ein bisschen genervt, aber dann hab ich gedacht, dass ihr wahrscheinlich irgendjemand was über die Zeichnung an der Tafel erzählt hat. Und dann ist es ja kein Wunder, dass sie nicht sonderlich heiß drauf ist, Besuch von mir zu kriegen. Also bin ich einfach hochgegangen. (Den Fahrstuhl hab ich besser nicht genommen – da drin roch es nämlich so, als ob Olivers Geschichte stimmen könnte.)
Vor der Haustür zu Scharinas Wohnung sah es ziemlich schlimm aus und ich hab mich ein bisschen gewundert, weil

Sophies Mutter mal erzählt hat, dass Scharinas Mutter ihren Haushalt dafür, dass sie so wenig Geld zur Verfügung hat, wirklich gut in Schuss hält.

Aber gut in Schuss sah es vor Scharinas Wohnungstür echt nicht aus. Da lagen mindestens vier oder fünf volle Mülltüten und eine davon war umgekippt und der Müll war über den ganzen Boden verstreut und dazwischen lagen eine völlig verknautschte Fußmatte und ganz viele leere Bierflaschen.

Im selben Moment ist mir wieder eingefallen, was Katja über den Vater von Scharina erzählt hat, von wegen, dass er ein brutaler Schläger ist, und deswegen hab ich gezögert, ob ich da wirklich klingeln soll, aber dann habe ich einfach einen großen Schritt gemacht und auf die Klingel gedrückt. Zuerst hat niemand aufgemacht. Also hab ich noch mal geklingelt und da hab ich hinter der Tür Schritte gehört und im nächsten Moment ist die Tür aufgegangen.

UFFZ, Von Scharinas fiesem Vater keine Spur! Gott sei Dank. Stattdessen stand da der bestaussehendste Typ, den ich je getroffen habe!!

Katja hat wirklich nicht übertrieben. Scharinas Halbbruder sieht fast aus wie … Na ja, wie ein Model. Im Ernst! Okay, sein Outfit ist vielleicht ein bisschen sehr gestylt (er hatte so ein komisches tief ausgeschnittenes Shirt an, wodurch man voll seine Brust sehen konnte, und eine Jogginghose, auf der groß der Markenname stand), aber trotzdem. Ich glaube, für jemanden, der auf Jungs mit ganz langen Wimpern und schwarzen langen Haaren und sanften Augen steht, ist Kevin ein echter Knaller.

Scharinas Bruder hat mich angestarrt und dann hat sich sein Gesicht zu einem Lächeln verzogen.

»Hi, Chica! Kann ich dir irgendwie helfen?«

»Ich … äh …«

Ich hab vor lauter Schreck über so viel Lässigkeit zuerst keinen Ton rausgekriegt, aber dann hab ich mich doch überwunden und gefragt, ob Scharina da wäre, weil ich ihr einen Übungszettel für Erdkunde bringen wollte und …

Ich war noch mitten im Satz, da ist mir Kevin schon ins Wort gefallen und hat gesagt, seine Schwester wäre nicht zu Hause, aber ich könne ihm den Zettel ruhig dalassen.

»Ich geb ihn ihr dann, wenn sie kommt, okay?«

Hätte ich mir ja denken können, dass Scharina sich verleugnen lässt. Na, mir sollte es recht sein. Ich habe genickt und in meinem Rucksack gekramt. Kevin ist ganz nah an mich rangekommen, er roch ein bisschen nach Bier, was ich normalerweise eklig finde, aber bei ihm roch es gar nicht mal so übel.

»Ja, natürlich. Also hier sind die Aufgaben und …«

»Alles klar! Tschau!«

Wumms. Die Tür ist vor mir ins Schloss gefallen und ich bin mir ein bisschen dämlich vorgekommen, weil ich irgendwie gehofft hatte, dass er noch ein bisschen länger mit mir redet. Aber nun gut. Was nicht ist, ist eben nicht. Also hab ich mich zur Treppe umgedreht, aber dann ist mir eingefallen, dass ich den Umschlag mit dem Klassenreisengeld vergessen hatte. Insofern hab ich mich noch mal umgedreht und geklingelt und diesmal hat es etwas länger gedauert, bis Kevin mir die Tür aufgemacht hat.

»Ja?«

Seine Stimme hat jetzt ein bisschen genervt geklungen, aber das ist ja verständlich. Schließlich prunkten die Reste der großen Pickelkatastrophe noch immer auf meiner Nase und die Haare hatte ich mir heute früh auch nicht gewaschen. Und selbst wenn … Ich glaub nicht, dass jemand wie ich bei so einem coolen Typen wie Kevin jemals landen könnte.

»Tut mir leid. Ich hab ganz vergessen, Scharinas Mutter noch das Klassenreisengeld zurückzugeben. Ist sie da?«

Kevin hat den Kopf geschüttelt. »Kannst mir das Geld aber ruhig geben. Wie viel ist es denn?«

»Keine Ahnung, wahrscheinlich die ganzen 150 Euro, aber …«

»In Ordnung. Noch was?«

»Nein, ich …«

Ich hatte noch nicht einmal ausgeredet, da hat er schon wieder die Tür zugemacht. Eigentlich wollte ich Kevin noch sagen, dass wir übermorgen einen Erdkunde-Test schreiben und dass der Übungszettel deswegen ziemlich wichtig ist, aber noch mal zu klingeln, ist mir dann doch zu doof gewesen.

Also hab ich mich zum Gehen umgedreht, und als ich schon fast an der Treppe war, hab ich eine Männerstimme hinter der Tür gehört.

»Wer zum Teufel war das? Hast du der irgendwas gesagt? He, hörst du mir eigentlich zu?«

Im ersten Moment hab ich gedacht, das wäre Kevin, aber die Stimme klang anders, irgendwie tiefer und fieser, und dann ist mir wieder Scharinas Vater eingefallen.

»Hey, ich rede mit dir! Hier taucht doch nicht ohne Grund auf einmal so 'ne Tussi auf! Willst du uns die Fürsorge auf den Hals hetzen? Hä??«

Die Mädchenstimme, die ihm antwortete, konnte ich nicht verstehen, sie war viel leiser und klang ganz aufgeregt, aber ich glaube, es war Scharina.

»Nicht, bevor du mir nicht gesagt hast, wer das gewesen ist. Klar, du kleine Schlampe?!«

Das war wieder lauter. Ich hab ganz erstarrt dagestanden und noch gedacht, dass mein Vater nie, nie, niemals so mit mir sprechen würde, nicht mal im Spaß, da hab ich auf einmal ein lautes Klatsch-Geräusch gehört und dann noch eins, so wie von einer Ohrfeige oder einem Schlag, und dann ein Wimmern, das klang ganz furchtbar.

Beim dritten Klatschgeräusch ist mir furchtbar schlecht geworden und ich bin zurückgelaufen und hab wie eine Wilde gegen die Tür geklopft.

»Scharina? Alles in Ordnung? Scharina?«

Aber auf der anderen Seite war es plötzlich still. Totenstill. Mir ist ein eiskalter Schauer über den Rücken gelaufen. Und dann hab ich die totale Panik gekriegt.

Du glaubst nicht, wie gern ich jetzt schreiben würde, dass ich die Tür eingetreten oder wenigstens bei den Nachbarn geklingelt hab, aber ich hab nichts davon getan. Ich hab meinen Herzschlag so laut in meinen Ohren gehört, dass ich überhaupt nicht mehr klar denken konnte, und dann bin einfach nur die Treppen runtergelaufen, hab mein Rad aufgeschlossen und bin nach Hause gerast, als wäre der Teufel hinter mir her. Und die ganze Zeit hatte ich furchtbare Angst. Oh, Mann, wahrscheinlich bin ich der größte Schisser, der weit und breit herumläuft! Was, wenn dieser kriminelle Vater jetzt voll auf Scharina losgegangen ist? Schließlich stand erst gestern genau so was in der Zeitung! Ich muss unbedingt Papa Bescheid sagen!!! Aber der kommt heute erst spät nach Hause, weil sein Chef eine »Open-End-Sitzung« angesetzt hat. (Es geht um eine neue Werbestrategie für schwarze Damenbinden. Da fällt einem doch nichts mehr zu ein – hier bricht die Welt zusammen und Papa redet über so was!) Mit Mama kann ich nicht reden und bei Mumi läuft der Anrufbeantworter. Scheinbar ist sie seit gestern in irgendeinem Kloster zu einer Schweigewoche.

Was soll ich bloß tun???

19.20 Uhr.

Habe eben mit Sharon telefoniert. Sie sagt, ich soll die Kinder- und Jugendhilfe anrufen. Die hätten irgendeine Art Notfalltelefon. Bin völlig fertig. Ich hab so was noch nie gemacht. Soll ich da wirklich anrufen?

19.48 Uhr.

Bin immer noch nicht sicher, ob ich da anrufen soll. Aber Scharinas Wimmern klang wirklich furchtbar. Und das Geräusch von den Schlägen war eindeutig. Aber irgendwie hab ich Schiss …

20.02 Uhr.

Habe eben bei der Nummer angerufen, die Sharon mir gegeben hat. Die Frau vom Notfalltelefon war total nett. Sie hat sich Scharinas Adresse aufgeschrieben und gemeint, sie fragen da gleich mal nach und es wäre ganz richtig, dass ich mich gemeldet hätte, denn besser, man geht auf Nummer sicher, als einmal zu oft wegzusehen. Hat sie wirklich so gesagt. Mein Gott, bin ich erleichtert. Vielleicht bin ich doch kein so großer Feigling. Immerhin habe ich jetzt was getan!

21.10 Uhr.

Kann nicht einschlafen. Habe eben zu Bens Zimmer rübergeguckt, aber da ist alles dunkel. Denke abwechselnd an Scharina und Ben. Beides als Schlafmittel nicht zu empfehlen. Ich glaube, ich werde krank. (Der neue Grippe-Virus??)

21.46 Uhr.

War eben im Schlafzimmer. Mama war noch wach. Hab mich unter ihre Bettdecke gekuschelt und sie hat mir den Rücken gekrault. Sie hat nicht geweint, sondern mich gefragt, was ich davon halte, wenn wir am Wochenende ins Kino gehen – nur wir beide, sie und ich, ohne Papa und Ottilie. Finde, das ist eine hervorragende Idee. Fühle mich schon etwas besser.

22.34 Uhr.

Papa ist gerade nach Hause gekommen. Er ist richtig gut gelaunt, weil ihm ein toller Name für die schwarzen Damenbinden eingefallen ist: »Black Beauty«. Bin mir nicht sicher, ob Papas Auftraggeber den Namen auch so toll finden. Kann mir nicht vorstellen, dass Frauen gerne Damenbinden kaufen, die wie Pferde heißen, aber wer weiß. Wollte ihm eigentlich die Sache mit Scharina erzählen, hab mich dann aber doch dagegen entschieden. Er war so froh darüber, dass Mama, Ottilie und ich den ersten Tag ohne ihn gut überstanden haben, dass ich ihm die Freude nicht verderben wollte.

22.56 Uhr.

Wieder in meinem Zimmer. Kann noch immer nicht schlafen. Habe eben noch mal zu Bens Zimmer rübergeguckt und musste wieder daran denken, was er bei den Fahrradständern zu mir gesagt hat. Hatte für einen Moment das Gefühl, es hätte sich was beim Rollo bewegt. Seit gestern tut es links in der Brust richtig weh, wenn ich an ihn denke. Wenn Liebe so ist, dann kann ich in meinem nächsten Leben gut drauf verzichten.

Dienstag, der 18. Mai

Höhepunkte!

1) Mama hat sich zum ersten Mal seit zwei Wochen komplett angezogen und sich sogar die Zähne geputzt. Vielleicht wird ja doch alles wieder gut!
2) Papa hat gestern Nacht noch die Wäsche aufgehängt. Habe infolgedessen käsefreie Socken an – immerhin.
3) In der Zeitung stand, dass das neue Grippe-Virus, das sie entdeckt haben, doch nicht so schlimm ist wie befürchtet. Vermute, die amerikanische Sekte hat unrecht. Das mit dem baldigen Weltuntergang ist wahrscheinlich Quatsch mit Soße.

Tiefpunkte!

1) **Bisher noch keine. Toi, toi, toi.**

7.24 Uhr.

Muss in sechs Minuten los zur Schule. Würde am liebsten zu Hause bleiben, aber andererseits denke ich, dass es schlimmer als gestern sowieso nicht kommen kann. Bin noch immer froh, dass ich beim Kinder- und Jugendnotdienst angerufen habe. Vielleicht mache ich später doch was Soziales. Oder ich schreibe einen Artikel für die Schülerzeitung über Zivilcourage. (Glaube, dass viele berühmte Schriftsteller als Journalisten angefangen haben …)

14.10 Uhr.

a) Merke: Schlimmer geht's immer!
b) Denke, die Weltuntergangsgeschichte ist doch nicht so ganz von der Hand zu weisen.

Aber der Reihe nach. Als ich heute Morgen in die Klasse gekommen bin, war Scharina wieder nicht da. Dafür hat Frau Simbrinck zu mir gesagt, sie müsste unter vier Augen mit mir reden. Am Tonfall hab ich schon gemerkt, dass jetzt was Doofes kommt, aber ich konnte mir absolut nicht vorstellen, was ich Schlimmes getan haben sollte. Also bin ich ihr auf den Flur gefolgt. Jannik und Franzi, die gerade kamen, haben mich neugierig gemustert, aber Frau Simbrinck hat sie weitergewinkt. Und dann hat sie sich mit ganz ernster Miene zu mir umgedreht.

»Wenn ich sagen würde, dass mich dein Verhalten schwer enttäuscht hat, Julie, wäre das noch untertrieben. Von Hanna hätte ich mir so etwas vielleicht vorstellen können, aber von dir …«

Ich hab nur noch Bahnhof verstanden. Was für ein Verhalten denn, bitte schön?

»Jetzt tu nicht so, als ob du nicht wüsstest, worüber ich spreche, Julie. Die ganze Sache ist so schon unangenehm genug. Scharinas Mutter hat mich heute Morgen angerufen. Hast du der Familie die Behörden auf den Hals gehetzt, um Scharina aus der Klasse zu mobben?

»Was??«

»Anscheinend hat sich gestern Abend jemand von der Jugendhilfe bei ihrer Familie gemeldet und wollte Scharina sprechen. Scharinas Mutter war noch bei der Arbeit, nur ihr älterer Bruder war zu Hause, und als er gesagt hat, dass seine Schwester mit einer Erkältung im Bett liegt, hat der Sozialarbeiter ihm erklärt, dass eine anonyme Anzeige vorliege, der man nachgehen müsse. Scharinas Mutter hat mir gesagt, dass jemand von der Jugendhilfe sie anschließend sogar noch übers Handy angerufen hat und Scharina und Kevin ganz verstört waren!«

»Aber wenn die Anzeige anonym war, warum glaubt Scharinas Mutter denn, dass gerade ich ...?«

Frau Simbrinck hat mich noch immer prüfend angeguckt.

»Scharina sagt, du wärst ein paar Stunden vorher bei ihnen gewesen und hättest dich irgendwie merkwürdig verhalten ...«

Ich? Mich merkwürdig verhalten??! Ist so was denn zu fassen?? Ich hab Frau Simbrinck empört angesehen und dabei den Kopf geschüttelt.

»Aber das ist ein Missverständnis! Ganz bestimmt! Ich war total nett und hab ihrem Bruder die Hausaufgaben und alles gegeben, aber als ich schon fast wieder auf der Treppe war, hab ich gehört, wie Scharinas Vater angefangen hat, sie zu schlagen und ...«

»Julie, soweit ich weiß, hat Scharinas Vater seine Familie schon vor Jahren verlassen ...«

Frau Simbrinck hat den Satz abgebrochen und plötzlich gar nicht mehr so sicher ausgesehen.

»Er war aber da. Ganz bestimmt! Und er hat Scharina geschlagen! Und sie hat ganz schrecklich gewimmert, so als ob die Schläge richtig wehgetan hätten. Ich wette, ihr ganzes Gesicht ist inzwischen rot und völlig zugeschwollen und …«

»Blödsinn!«

Ich hab mich umgedreht und Frau Simbrinck hat sich umgedreht und da stand sie: Scharina. In voller Lebensgröße. Ohne jede Schwellung im Gesicht.

»Scharina! Schön, dass es dir wieder besser geht!«

Frau Simbrinck hat Scharina angelächelt und dann ist ihr Blick wieder zurück zu mir gewandert und dann wieder zu Scharina.

»Tja, gerade hat Julie mir erzählt, dass sie sich ziemliche Sorgen um dich gemacht hat …«

Ich hab Scharina noch immer angestarrt wie eine Kuh, wenn's donnert, aber im selben Moment hat sie sich schon schnell abgewendet, um eine supercoole Jacke, die ich bei ihr noch nie gesehen hab, im Flur an den Haken zu hängen.

»Haben Kevin und Mama mir schon erzählt. Tut mir leid.«

»Aber ich habe wirklich gehört …«

»Das war nur der Fernseher. Kevin dreht den immer so laut und dann denkt man vor der Tür sonst was … Bei uns ist alles in Ordnung. Hat der Typ von der Jugendhilfe übrigens auch festgestellt.« Der letzte Satz klang ganz schön patzig.

Eines muss man Lehrern echt lassen: Sie können in null Komma nix umschalten. Ich hab Scharina immer noch ungläubig angeguckt, aber Frau Simbrinck hat schon aufgeseufzt und

man hat richtig gemerkt, wie erleichtert sie über Scharinas Erklärung war.
»Na, siehst du. Dann hat sich ja doch noch alles aufgeklärt. Gott sei Dank. Ich hätte mich auch wirklich gewundert, wenn Julie das einfach so aus der Luft gegriffen hätte. Tja, also dann würde ich sagen: Ab in die Klasse und …«
»Aber …«
Ich hab den Mund aufgemacht, um noch was zu sagen, aber im selben Augenblick hat uns Frau Simbrinck schon in die Klasse geschoben.
»Na, dann wollen wir die anderen nicht noch länger warten lassen …«
Und das war's dann. Zwanzig Sekunden später saß ich auf meinem Stuhl, fünf Meter entfernt von Scharina, und hab zugehört, wie die anderen über die Klassenreise nächste Woche geredet haben.
Hanna hat Franzi extra laut zugeflüstert, dass sie jetzt mit Ben geht (damit ich es bloß höre). Oliver hat unterm Tisch wieder mal Taschenbillard mit seinen Hoden gespielt (er grabbelt sich ständig im Schritt rum, wenn er denkt, man merkt es nicht – Abgründe unter sich!). Scharina hat völlig ungerührt ihre Federtasche rausgeholt, Frau Simbrinck hat irgendetwas über Flüsse in Nordrhein-Westfalen erzählt und ich hab nur gedacht:

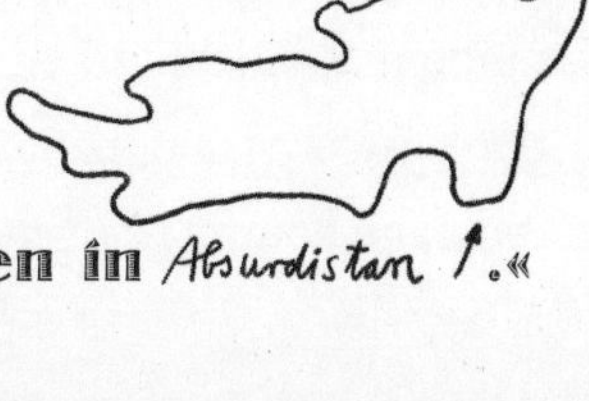

»Na super.
Willkommen in Absurdistan.«

Mittwoch, der 19. Mai

Höhepunkte!

1) Die Sonne scheint, obwohl sie gestern Regen angesagt haben.

Tiefpunkte!

1) Habe zehn Minuten nachgedacht und der einzige Höhepunkt, der mir eingefallen ist, ist das Wetter. Wie tief kann man noch sinken??
2) Der Rest.

Heute haben wir die Erdkundearbeit geschrieben. Es war furchtbar. Ich hatte mir am Morgen einen Spickzettel in die Federtasche gelegt, aber in der Erdkundestunde war er auf einmal nicht mehr da. Das Weitere kann man sich ja denken. Selbst mit Spickzettel bin ich in Erdkunde keine Leuchte, aber ohne kann man mich gleich ganz in die Tonne hauen. Und dann noch dieses Thema »Die Tide: Ebbe und Flut«. Etwas Öderes kann man sich kaum vorstellen. Frau Simbrinck gerät darüber immer ganz in Verzückung, aber ich vergesse jedes Mal, wie lange es eigentlich dauert, bis das Wasser kommt und geht.
Sechs Stunden? Zwölf Stunden? Auf jeden Fall hat das Ganze irgendwas mit dem Mond zu tun. Alle paar Stunden läuft das Wasser von der Küste weg und man kann stundenlang im Watt rumlaufen und dann kommt es irgendwann wieder, und wenn

man dann nicht schnell genug wieder an Land ist, ertrinkt man. Eigentlich hatte ich gehofft, dass das an Allgemeinwissen ausreicht, aber die Simbrinck wollte im Test auf einmal alles Mögliche über Springtiden und Nipptiden wissen und insofern war ich voll am Ar… Po.

Nach der Erdkundestunde hat Hanna mich ganz scheinheilig gefragt, wie es denn bei mir gelaufen sei, und da wusste ich, dass mein Spickzettel nicht zufällig verschwunden war.

Unfassbar, oder? Ich kann einfach nicht glauben, dass Hanna und ich früher richtig gut befreundet waren. Bin ich denn total bekloppt gewesen?

Habe eben noch einmal zurückgeblättert.

Okay, ich BIN total bekloppt gewesen. Wenn ich mir durchlese, was ich vorher über Hanna geschrieben habe (von wegen, dass sie ein echter Kumpel ist und so), dann zweifele ich allmählich an meinem Geisteszustand. Hab vorhin noch mal nachgerechnet: Ich hab allein acht Mal in diesem Halbjahr ihre Hausaufgaben gemacht!

Leide anscheinend an Realitätsverlust, gepaart mit mangelndem Rückgrat. Merke noch nicht einmal, wenn man mich total ausnutzt!!

In der Pause stand Hanna dann auch noch mit Ben und seinen Freunden zusammen. Erst hab ich gedacht, sie hätte sich nur dazugestellt, um mich zu ärgern, und Ben wäre gar nicht sonderlich erfreut über ihre Anwesenheit. Aber als ich an ihnen vorbeigegangen bin, hat er sie angelächelt und dann den Arm um sie gelegt. Was zum Donnerwetter soll das?? Sind jetzt auf einmal alle meschugge geworden?? Macht er das nur, um mich zu ärgern? Oder nehme ich mich nur wieder mal viel zu wichtig und er mag Hanna jetzt wirklich? Geht das so schnell bei Jungs?

Draußen in der Pause hätte ich mich gern mit jemandem darüber unterhalten, aber Franzi, Katja und die anderen sprechen noch immer nicht mit mir.

Sophie hat ein paarmal zu mir herübergesehen, aber sie hat sich nicht getraut, zu mir zu kommen. Offenbar noch ein Fall von mangelndem Rückgrat. Kann ich ihr nicht mal verdenken. Zusätzlich scheint irgendjemand (na, wer wohl?) Scharina erzählt zu haben, dass ich in sie verknallt sei. Zumindest vermute ich das, weil ich in der kleinen Pause zu ihr rübergegangen bin, um zu hören, was das vorgestern eigentlich sollte, und da ist sie so schnell aufgestanden und weggegangen, als hätte ich Läuse.

Der Einzige, mit dem ich heute in der Schule ein Wort gewechselt hab, war Jannick-Silbergebiss. Der hat mich in der großen Pause gefragt, ob er was von meinem Schulbrot abhaben könnte. Ich hab gesagt »Ja, klar …« und wollte ihm gerade etwas von meinem Käsebrot abbrechen, da hat Hanna ihm zugerufen, ob er nicht lieber was von ihrem Nutellabrötchen haben möchte. Jannick konnte sein Glück natürlich kaum fassen. (Hab ich schon mal erwähnt, dass 99 % aller Jungs aus unserer Klasse in Hanna verknallt sind?) Na ja, das Ende vom Lied war, dass ich wie ein begossener Pudel dastand und kurz davor war, meine Gouda-Schnitte vollzuheulen. Hanna hat hämisch gelacht und ich hab all meine Kraft gebraucht, um nicht auf sie loszugehen und ihr das blöde Nutellabrötchen, das sie noch immer in der Hand gehalten hat, sonst wohin zu schmieren. Mein Gott, wie konnte mir das nur passieren?! Weinen wegen einem Käsebrot! Was kommt als Nächstes? Losheulen, wenn der HSV gegen Bayern München verliert?

Contenance, Julie, Contenance![11]

17.32 Uhr.

Eigentlich wollte ich heute nichts mehr schreiben, aber das hat sich gerade erledigt. Wenn du denkst, übler kann es nicht mehr werden, passiert doch garantiert noch etwas, was alles toppt …
Mama, Ottilie und ich waren eben zu einem kurzen Spaziergang draußen und wer steht da 50 Meter von unserer Haustür entfernt neben seinem Motorrad??
Kevin, Scharinas Halbbruder. Steht lächelnd an einem Zaun und ruft ganz freundlich rüber: »Hallo Julie, kannst du mal kurz kommen? Dauert nicht lang. Hallo, Frau Ahlberg …«
Ehrlich gesagt, war ich im ersten Augenblick ein bisschen geschmeichelt. Schließlich sieht Kevin mit seinen schwarzen Haaren und den langen Wimpern und den braunen Samtaugen wirklich so aus wie einer der Typen aus der »Bravo«. Ein bisschen verloren und traurig vielleicht, aber auch irre … sexy.

---

[11] *Contenance = Haltung. Hab ich von Mumi gelernt, als ich sechs war. Sie hält viel davon. Als ich klein war, habe ich das manchmal mit »Inkontinenz« verwechselt, aber das bedeutet, dass man es nicht mehr rechtzeitig zur Toilette schafft.*

(Ich benutze das Wort sonst nicht, aber das trifft es irgendwie am besten.) Zwei Mädchen, die gerade um die Ecke bogen, haben auch gleich neugierig zu mir rübergeguckt, so nach dem Motto »Für wen interessiert sich der süße Typ denn da?«. Für eine Sekunde hab ich mir sogar vorgestellt, wie es wohl wäre, wenn sich Scharinas Bruder gestern glühend in mich verliebt hätte und deshalb jetzt auf mich warten würde.
Mama hat mich genauso neugierig angestarrt wie die Mädchen und ich hab ihr schnell gesagt, dass ich gleich wieder da bin. Und dann bin ich rübergelaufen auf die andere Straßenseite.
Als ich vor ihm stand, hat mich Kevin noch immer angelächelt, aber aus der Nähe hat sein Lächeln überhaupt nicht mehr freundlich ausgesehen. Sondern irgendwie merkwürdig. Und dann hat er den Mund aufgemacht und ich hab gedacht, ich hör nicht richtig.
»Weißt du Bitch eigentlich, was ich überhaupt nicht abkann?«
Ich hab ihn mit offenem Mund angestarrt (ich mein, mich hat noch nie jemand »Bitch« genannt, noch nie!!), aber das hat ihn anscheinend nur noch wütender gemacht, denn auf einmal ist er so nah an mich rangekommen, dass ich gemerkt hab, dass er schon wieder nach Bier gerochen hat.
»Kleine Mädchen, die nichts Besseres zu tun haben, als ihren Klassenkameradinnen die Behörden auf den Hals zu hetzen!«
Ich hab ihn noch immer angestarrt wie das siebte Weltwunder, weil ich gar nicht glauben konnte, dass er das gerade wirklich sagt, aber da hat Kevin auf einmal zu Mama geschaut, die noch

immer von der anderen Straßenseite ahnungslos zu uns hinübergelächelt hat. Und dann hat er gesagt, dass ich das nächste Mal vorher nachdenken sollte, ehe ich mich seiner Schwester noch einmal nähere, denn sonst könnte es sein, dass meine Mutter bald nicht mehr so nett lächelt.

»Babytechnisch gesehen. Hast du verstanden?«

Danach hat er noch einen ganz fiesen Blick auf Ottilies Kinderwagen geworfen und ist gegangen.

Ich hab ihm völlig perplex hinterhergestarrt. Und dann habe ich plötzlich voll die Angst bekommen. Oh, Mann, ich fass es echt noch immer nicht!

Wenn ICH mich seiner Schwester noch einmal nähere?

Dabei ist es doch sein Vater, der Scharina verprügelt hat!

Und nun droht Kevin mir damit, meiner Mutter etwas anzutun. Oder Ottilie, **wenn ich seinen Blick richtig interpretiert hab. Und alles nur, weil ich Scharina helfen wollte.** So ein verdammter Mist!

Hätte ich diesen bekloppten Jugendnotdienst doch nie angerufen! So was mache ich nie wieder !!!!!!

Als ich wieder auf die andere Straßenseite zurückgegangen bin, hat Mama sich gewundert, warum ich so blass aussehe. Dann hat sie ganz leise gefragt, ob Ottilie und sie mir vielleicht peinlich seien; schließlich hätte ich sie gar nicht vorgestellt.

Ich sag dir, in dem Moment hätte ich wirklich heulen können. Als ob sie und Ottilie mir peinlich sein könnten! Ich hab den Kopf geschüttelt, aber ich bin mir nicht sicher, ob Mama mir geglaubt hat. Auf einmal hat sie nämlich ganz schuldbewusst ausgesehen und dann hat sie mich ganz doll an sich gedrückt und versprochen, dass sie schon wieder in Form kommt. Und dass sie die ausgeleierte Jogginghose, die sie anhat, gleich entsorgt, sobald wir zu Hause sind.

Ich hab gesagt, dass sie das meinetwegen nicht muss, weil Leggins diese Saison wieder ganz angesagt wären, und da hat sie gelächelt und gemeint, dass sie da aber etwas anderes gehört hätte. Anschließend sind wir noch ein paar Meter weitergegangen, aber am Spielplatz haben wir kehrtgemacht, weil es Mama zu viel wurde.

Auf unserem Spaziergang war ich noch ziemlich ruhig, aber inzwischen werde ich doch panisch. Schließlich wird man nicht alle Tage von dem Bruder einer Klassenkameradin bedroht. Kevin kann doch nicht im Ernst denken, ich würde Scharina mobben, oder? Das würde doch nur Sinn machen, wenn die Sache mit dem Fernseher tatsächlich stimmt!

Aber das war kein Fernseher, den ich da vor Scharinas Tür gehört hab! Hundertpro nicht!!

Die einzige Erklärung, die mir für sein Verhalten einfällt, ist die, dass sein Vater ihn vielleicht hergeschickt hat. Nachdem er seine Frau gestern Abend noch dazu gezwungen hat, bei Frau Simbrinck anzurufen. Oh, Mann. Wenn ich an das denke, was Hanna und Katja über Scharinas Vater erzählt haben, wird mir ganz schlecht …

Ich hab noch nie etwas mit einem wirklichen Schwerverbrecher zu tun gehabt. Wie auch?! Vielleicht lauert der Typ ja

schon unten auf der Straße mit einem Baseballschläger in der Hand? Oder gleich mit einer Axt? Neulich haben sie in den Nachrichten was von einem Axtmörder berichtet, der seinen Opfern aufgelauert hat und sie dann mit einem Schlag …

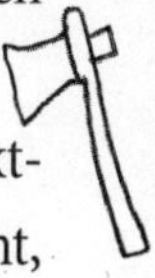

OKAY, OKAY. Ich werde jetzt nicht mehr an irgendwelche Axtmörder denken. Mumi sagt immer, ehe man völlig durchdreht, sollte man die Dinge, die einem Angst machen, so nüchtern und objektiv wie möglich beleuchten. Meistens würden sie dann nämlich etwas von ihrem Schrecken verlieren. Also los! Ich beleuchte das Ganze jetzt ganz nüchtern:

Möglichkeit eins: Ich bin die Böse.
Obwohl es sich akkurat so angehört hat, ist Scharina von niemandem geschlagen worden. Das Ganze fand tatsächlich nur im Fernsehen statt und deswegen glaubt Scharinas Familie auch, ich hätte den Kinder- und Jugendnotdienst nur angerufen, um Scharina zu mobben. Und Kevin hat Mama und Ottilie bedroht, weil er seine Schwester beschützen will.

Argumente dafür: Scharina sagt, es hätte sie niemand geschlagen. Ihr Gesicht sah am Tag darauf ganz normal aus, nicht rot oder verquollen. Scharinas Mutter hat bei Frau Simbrinck angerufen. Und: Scharina wurde schon öfter von Leuten aus unserer Klasse gemobbt.

Möglichkeit zwei: Scharinas Vater ist der Böse.
Kevins Vater hat Scharina doch geschlagen und sie sagt nur, er

hätte sie nicht geschlagen, weil sie Angst vor ihm hat, genau wie ihre Mutter. Kevin will seinem Vater helfen (warum??) und bedroht deshalb meine Familie.

Argumente dafür: Ich hab Scharinas Stimme gehört (allerdings sehr leise und nur vor der Tür). Ich glaube, dass ihr Vater sie geschlagen hat, weil es zu dem passt, was Katja von ihm erzählt hat.

Mhm. Mhhhhmmmm.

So ungern ich es auch zugebe, aber objektiv betrachtet, klingt Möglichkeit eins mindestens ebenso wahrscheinlich wie Möglichkeit zwei. Das Problem ist nur, dass ich Scharinas Vater inzwischen so sehr verabscheue, dass ich einfach nicht mehr objektiv sein kann! Und was Kevin anbelangt … Irgendwie bin ich mir fast sicher, dass sein Vater ihn genauso dazu gezwungen hat, mir zu drohen, wie er Scharinas Mutter dazu gebracht hat, in der Schule anzurufen und so zu tun, als ob nichts gewesen sei.
Aber was für ein Typ Mensch bringt seinen Sohn dazu, eine junge Mutter in Leggings und ein neugeborenes Baby zu bedrohen? Doch nur ein Psychopath![12] Andererseits … Wenn ich mir vorstelle, was Psychopathen alles machen, dann möchte ich die Möglichkeit, dass Scharinas Vater ein echter Psycho-

12 *Psychopath = gefährlicher Verrückter*

path sein könnte, doch lieber nicht weiter überdenken. Schließlich habe ich bei Hanna mal einen Ausschnitt von »Shining« gesehen und das hat mir gereicht. Psychopathen bringen andere wahllos mit irgendwelchen Äxten um, womit wir wieder beim Axtmörder wären, der …

MOMENT!

Habe mir das eben noch mal durchgelesen und glaube inzwischen, dass ich auf dem besten Wege bin, selbst psychopathisch zu werden. Dabei ist noch überhaupt nichts passiert. Im Gegenteil. Mama geht es besser, Papa ist stolz auf »Black Beauty«, Ottilie hat trotz Fläschchen noch nicht das kleinste bisschen Neurodermitis und ich, ich bin … gesund. (Ehrlich gesagt, habe ich lange gebraucht, um den letzten Satz nach dem »ich bin« zu beenden. Aber dann ist mir zum Glück noch eingefallen, dass Mumi immer sagt: »Das Wichtigste ist, man ist gesund.« Und gesund bin ich wirklich. Ich bin eine unglücklich verliebte quasi lesbische, psychopathische Schulversagerin, aber ich bin gesund!)

Donnerstag, der 20. Mai

☺ Höhepunkte!

1) Habe beschlossen, Mumis Vorbild zu folgen und in der Schule eine Schweigewoche einzulegen. Ist schließlich etwas völlig anderes, ob die anderen nicht mit einem reden oder ob man selbst nicht mit den anderen redet. Fühle mich auch gleich schon ein bisschen besser. Schweigen soll ja gut für den inneren Frieden sein und den kann ich zurzeit echt gebrauchen.

☹ Tiefpunkte!

1) Scharina flüchtet noch immer vor mir. Wenn's nicht so traurig wäre, wär's beinahe komisch. Habe überlegt, sie auf ihren Vater anzusprechen (wollte dafür extra eine Ausnahme meiner Schweigeregel machen), aber sie haut immer ab, wenn ich auf sie zukomme.
2) Habe die Mathearbeit zurückbekommen. Positiv ist, dass Herr Clausen diesmal mit dem Korrigieren sehr schnell war. Negativ ist, dass ich eine Sechs habe.
3) Ben hat Hanna in der großen Pause geküsst. Direkt vor meinen Augen. Hatte das Gefühl, dass er mit dem Kuss extra darauf gewartet hat, dass ich die Treppe runterkomme. Aber selbst wenn. Das macht den Kohl auch nicht mehr fett. Ich hab mir nichts anmerken lassen und bin völlig cool weitergegangen. Auf dem Weg zur Cafeteria bin ich dann in Tränen ausgebrochen. (War nicht so cool, hat aber zum Glück niemand gesehen.)

Ich habe noch nie in meinem Leben eine Sechs gehabt. Sharon, die ich vorhin angerufen hab, sagt, die meisten großen Schriftsteller, von denen sie gehört hat, seien schlecht in der Schule gewesen. Insofern sollte ich mir keinen Kopf drum machen. Sie sei auch schlecht in der Schule gewesen und aus ihr sei schließlich trotzdem was geworden. Ehrlich gesagt, war ich danach doch etwas besorgt. Ich mag Sharon wirklich gerne und finde, dass sie in manchen Sachen den totalen Durchblick hat, aber sie verdient ihr Geld damit, dass sie fremden Männern sagt, sie hätten riesige Penisse, und das würde ich später eigentlich nicht so gerne machen.
Ich glaube, Sharon hat mein Zögern bemerkt. Auf jeden Fall hat sie schnell hinzugefügt, dass ich ein tolles Mädchen sei und das fand ich ***wirklich*** nett. Anschließend haben wir noch ein paar Minuten über Hanna und Ben geredet. Ob der Kuss auf Zunge war oder nicht (war er nicht) und ob es sinnvoll wäre, in der nächsten großen Pause auch mit irgendeinem Jungen zu knutschen, um Hanna sauer und Ben eifersüchtig zu machen (sie fand, ja).
Ich hab überlegt, wen man dafür nehmen könnte, und damit war das Thema eigentlich auch schon wieder erledigt. Taschenbillard-Oliver kommt nicht infrage. Bei Silbergebiss-Jannick würde einen der Vater wahrscheinlich gleich wegen sexueller Belästigung verklagen (außerdem bleiben in seiner Zahnspange manchmal Essensreste hängen) und der Rest der Jungs aus unserer Klasse ist kuss-technisch noch unerfahrener als ich, und wenn, dann sollte es ja wenigstens nach was ausse-

hen. (Mal ganz abgesehen davon, dass ich das Ganze praktisch sowieso nicht durchziehen könnte; das ist einfach zu eklig.)
Dann hat Sharon noch gesagt, dass ich sie besser nicht mehr so oft anrufen sollte, weil unsere Telefonate immer ziemlich teuer seien. Ich hab sie beruhigt und ihr geantwortet, dass sie sich darum keine Sorgen zu machen braucht. Ich finde, wenn Papa immer arbeitet und Mama sich immer um Ottilie kümmern und Mumi immer schweigen muss, dann dürfen sie sich nicht darüber beklagen, dass die Telefonrechnung diesen Monat etwas teurer ausfällt. Mit irgendjemand muss ich ja reden! Schließlich kann ich nichts dafür, dass wir nicht katholisch sind. (Beichten wäre wahrscheinlich billiger, aber wir sind leider evangelisch und da geht man nur zu Weihnachten in die Kirche.) Und außerdem: In Amerika gehen die Hälfte aller Kinder zum Psychotherapeuten und das kostet garantiert noch **VIEL MEHR**!
Habe überlegt, ob ich Sharon von Kevins Drohung erzählen soll. Aber jetzt, wo ich eine Nacht drüber geschlafen hab, kommt mir das Ganze total irreal vor. Hat er Ottilie wirklich bedroht? Wie auch immer, ich glaube, ich möchte diese Scharina-Sache am liebsten vergessen. Vielleicht löst sich das ganze Problem ja in Luft auf, wenn ich nicht ständig darüber nachdenke.

20.13 Uhr.

Kann nicht einschlafen. Immer wenn ich die Augen schließe, höre ich wieder dieses Klatschen hinter Scharinas Tür. Das war echt schrecklich. Ob Scharinas Vater Ottilie wirklich was tun würde? Einem winzig kleinen Baby? Ich glaub nicht. So fies kann echt niemand sein.

20.23 Uhr.

Hab eben noch mal zu Bens Zimmer rübergeguckt. Es war dunkel.

20.36 Uhr.

Papa ist eben erst nach Hause gekommen. Er hatte schlechte Laune. Seine Auftraggeber finden die Idee, ihre Slipeinlagen nach einem Pferd zu benennen, scheinbar nicht so toll. Sein Chef hat ihm gedroht, wenn ihm bis übermorgen nichts Besseres einfällt, muss er das Hundefutter übernehmen, und das bedeutet, dass er dieses Jahr wahrscheinlich keine Prämie bekommt. Ich hab Papa gesagt, dass ich das mit der fehlenden Prämie gar nicht so schlimm finde, aber Papa meinte, wenn sein Chef jemandem keine Prämie zahlt, dann bedeutet das, dass er auf der Abschussliste steht. Habe überlegt, ob ich ihm das mit Scharinas Vater erzählen soll, aber als ich gerade loslegen wollte, hat er sich umgedreht und gesagt, wir würden morgen weiterreden, er sei todmüde. Was soll man dazu sagen?

Freitag, der 21. Mai

Höhepunkte!

1) Habe die Lösung gefunden. Sie lautet: Positives Denken. Werde mich jetzt bemühen, alles ausschließlich positiv zu betrachten. Schließlich verhungern in Afrika reihenweise Kinder oder sterben an Aids und dagegen geht's mir echt gut. (Bin mir nicht sicher: Ist der Gedanke an verhungernde Kinder positiv? Eigentlich nicht. Denke, daran muss ich noch arbeiten …)

Tiefpunkte!

Gestrichen wegen siehe oben. Tiefpunkte heißen jetzt Herausforderungen. Das klingt nicht mehr so negativ. Glaube, ich bin auf einem guten Weg.

Schreibe ab jetzt regelmäßig in der großen Pause. Ich finde, das ist eine ziemlich geniale Idee. Wenn ich schon nichts Interessantes machen kann, weil ich immer noch schweige und mich außerdem niemand bei irgendetwas mitmachen lässt (die Clique um Hanna besteht jetzt aus Sophie, Katja und Franzi, die offenbar genauso viel Spaß haben wie wir früher), kann ich die Zeit wenigstens nutzen, um Tagebuch zu schreiben.
Werde auch nicht mehr daran denken, wie schön es war, als Hanna noch nicht in Ben verknallt war und wir vier den japanischen Touristen in der Karaoke-Bar »Oh Tannenbaum« beige-

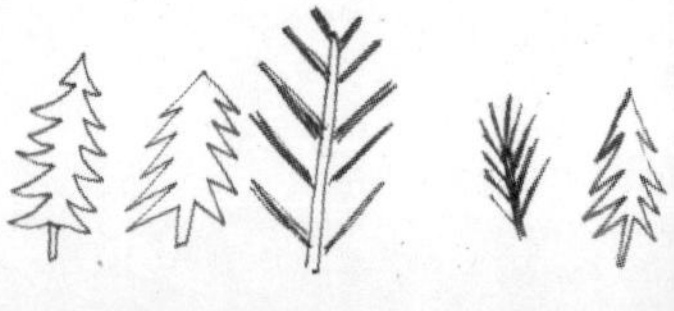

bracht haben. Und wie lustig es immer war, wenn wir gemeinsam Wii gespielt haben. Und wie … Egal. Denke, eine Zeit lang ohne Freunde zu sein, ist für eine angehende Schriftstellerin eine überaus interessante Erfahrung, die meinen späteren Büchern bestimmt eine beeindruckende Tiefe verleiht. (Okay, ich geb's zu. Das klingt ziemlich bekloppt, aber es ist das einzig Positive, was mir dazu eingefallen ist …)

Was das positive Denken ansonsten anbelangt, hat es schon erste Erfolge gebracht. Heute Nacht hab ich vor lauter Panikanfällen in Sachen Axtmörder kaum geschlafen, aber am Morgen fiel mir ein, dass ich – wenn man alles positiv sieht – ja eigentlich gar keine Angst vor Scharinas Vater zu haben brauche.

Scharina sagt schließlich, es ginge ihr gut. Und wenn es ihr gut geht, dann brauche ich mir um sie keine Sorgen mehr zu machen und alles löst sich in Wohlgefallen auf. Vielleicht habe ich das Ganze ja einfach nur falsch verstanden. Vielleicht ist Scharinas Vater eigentlich ja supernett zu ihr. Und sie hat neulich nur so gewimmert, weil sie im Flur zufällig ausgerutscht und hingefallen ist. Oder es war doch der Fernseher. Könnte ja sein, oder?

Manchmal bildet man sich schlimme Dinge ja auch nur ein, weil man völlig übermüdet ist, und das sind wir zu Hause im Moment alle. Ottilie hat diese Nacht nämlich mal wieder durchgeschrien. Papa hat gesagt, so ginge das nicht weiter, er brauche seinen Schlaf. Schließlich nehmen sie ihm die Slipeinlagen weg, wenn ihm heute und morgen nichts Gutes einfällt, und als Nächstes kürzen sie ihm dann bestimmt sein Gehalt. Und dann müssen wir aus dem Haus raus und haben nichts mehr zu essen und können Hartz IV beantragen. Das mit Hartz IV sagt er immer, wenn er im Job eine Krise hat. Also müsste Mama eigentlich daran gewöhnt sein, aber diesmal ist sie in Tränen ausgebrochen und hat gemeint, Ottilie würde nur schreien, weil sie einen wunden Po hat. Und den wunden Po hätte sie nur, weil sie Flaschennahrung bekommt. Und die Flasche bekäme sie nur, weil sie nicht stillen kann. Und eigentlich sei sie also schuld daran, dass Papa seinen Job verliert und wir alle von Hartz IV leben müssen. Im selben Moment hat Ottilie wieder geschrien und Mama ist schluchzend zu ihr gestürzt. Papa hat gesagt, jetzt werden hier ja wohl alle hysterisch, und das fehle ihm noch. Und dann ist er raus und hat die Tür **ZUGEKNALLT.**

Ich fand das nicht sonderlich fair, dass er von »allen« geredet hat, weil ich schließlich nicht hysterisch war, aber Mama hat so geweint, dass ich mich darüber nicht mehr aufregen konnte und sie trösten musste. Na ja und deshalb bin ich dann prompt zu spät zu Deutsch gekommen. Das mit dem Zuspätkommen war etwas schwierig, weil ich mich ja nicht entschuldigen konnte (wegen der Schweigewoche), und jetzt ist Frau Simbrinck auch noch sauer auf mich. Tolle Wurst! Gestern hab ich wirklich gedacht, Mama ist wieder auf dem Damm, und jetzt das …

Oh, es klingelt zum Unterricht. Ich muss wieder rein, weiter schweigen.

14.10 Uhr.

Nach Schulschluss. Sitze auf einer Bank hinter der Schule und kann es noch immer nicht fassen. Von wegen positives Denken. **Kann man tief und fest vergessen.** Hab keine Ahnung, wie man das hier positiv sehen soll …

Eben hatten wir in der letzten Stunde Sport. Scharina hat vor dem Unterricht wieder mal gesagt, dass sie nicht mitmachen kann, weil sie ihre Tage hat. Aber unsere Sportlehrerin hat gesagt, sie muss trotzdem. So oft könne überhaupt kein Mensch seine Tage haben wie Scharina und sie hätte keine Lust, sich von ihr vergackeiern zu lassen. Und ihren langärmeligen Wollpulli solle sie auch ausziehen, weil das einfach unhygienisch sei, immer in so dicken Pullovern Sport zu machen, wie Scharina das tut.
Also musste Scharina sich doch mit uns umziehen. Dabei hat sie sich dann aber so viel Zeit gelassen, dass alle anderen schon vor ihr in der Halle waren. Ich war eigentlich auch schon draußen, aber dann hat Frau Scholing mich gebeten, doch mal nachzugucken, was Scharina so lange treibt. Also bin ich zurück in den Umkleideraum.
Als ich die Tür aufgemacht hab, hat Scharina vor Schreck aufgeschrien und sich ganz schnell ihren Pulli vorgehalten. Aber das hat nichts mehr gebracht. Ich hatte sie nämlich schon gesehen. Die Arme von Scharina. Blau und grün und gelb waren die. Und der Bauch auch. Voller blauer Flecken. Der ganze

Oberkörper sah aus, als wäre sie irgendwo die Treppe runtergefallen und hätte sich überall verbeult. Und plötzlich hab ich gewusst, warum Scharina in letzter Zeit zum Sport immer langärmlige Pullis anhat. Weil ihr das, was ich vor ihrer Tür gehört hab, nicht das erste Mal passiert ist.

Ich hab Scharina angesehen, sie hat mich angesehen und für einen Moment war es ganz still im Raum. Dann haben wir beide gleichzeitig den Mund geöffnet, aber Scharina war schneller.

»Das ist nicht, was du denkst, klar?«

»Ach, nicht?«

»Nein, das war nur ein Versehen. Er wollte das gar nicht …«

Ich hab aufgeschnaubt und dabei den Kopf geschüttelt.

»Das ist doch Blödsinn, Scharina. Ich weiß nicht, was mit deinem Vater los ist, aber …«

»Mit meinem Vater?«

Scharina hat innegehalten und ich hab sie irritiert angeguckt.

»Natürlich mit deinem Vater. Mit wem wohl sonst?«

Scharina hat hysterisch aufgelacht und mich dabei angesehen wie eine arme Irre.

»Du hast echt überhaupt keine Ahnung. Mein Vater …«

Im selben Moment haben wir von jenseits der Tür Frau Scholings Stimme gehört.

»Wo bleibt ihr denn? Scharina, Julie …«

»Scheiße!«

Ich hab mich zur Tür umgedreht, aber im selben Moment hat Scharina schon ihre Sachen zusammengerafft und ist an mir vorbei aus der Tür.

»Warte! Au …«

Beim Rauslaufen hat sie mich voll zu Boden geschubst. Ich hab mich aufgerappelt und wollte gerade hinter ihr her, da ist unsere Sportlehrerin aus der Turnhalle gekommen und hat mich von hinten festgehalten.

»Julie, Scharina, was soll denn das? Scharina, bleib hier! Du kannst doch nicht so einfach …«

Weiter ist sie nicht gekommen, denn Scharina war schon weg. Ich wollte mich losreißen und Scharina hinterher, aber das klappte nicht mehr, weil unsere Sportlehrerin mich noch immer festgehalten hat.

Stocksauer war sie und dann wollte sie natürlich wissen, was los ist. Ich hatte alle Mühe, mir irgendeine Ausrede einfallen zu lassen. Oh, Mann, so eine Kacke! So eine verdammte, oberätzende Megakacke!!!

!!!was tu ich denn jetzt bloß??

15.17 Uhr.

Ich weiß noch immer nicht, was ich machen soll. Habe bei Papa im Büro angerufen, aber seine Sekretärin hat gesagt, er sitzt gerade in einer wichtigen Besprechung und darf nicht gestört werden. Mama ist mit Ottilie und ihrem wunden Po beim Arzt. Ich hab mich nicht getraut, das Thema Scharina bei ihr anzusprechen, weil sie beim Wickeln schon wieder in Tränen ausgebrochen ist. Heute hatte sie auch wieder ihre ausgelabberte graue Jogginghose an, obwohl sie eigentlich versprochen hatte, sie wegzuschmeißen. Kein gutes Zeichen. Der Streit mit Papa scheint ihr noch immer auf dem Magen zu liegen. (Mir übrigens auch.) Insofern habe ich beschlossen, sie mit der ganzen Scharina-Sache nicht weiter zu beunruhigen.

Hab's bei Mumi versucht, aber die schweigt laut Anrufbeantworter noch immer in ihrem Kloster. Bei Sharon war die ganze Zeit besetzt. Freitagnachmittag hat sie immer viel zu tun, da kann man nichts machen. Habe überlegt, noch mal bei der Jugendhilfe anzurufen, aber dann habe ich den Hörer doch wieder aufgelegt.

Was, wenn sich Scharinas krimineller Vater dann wirklich meine Schwester vorknöpft? Bisher fand ich Ottilie zwar ganz schön anstrengend – das viele Schreien und das ganze Heckmeck mit ihrer Haut und so –, aber trotzdem hab ich sie doch ganz doll lieb.

Wenn ich mir vorstelle, dass ein fremder Mann meiner kleinen rosigen Ottiliemaus irgendetwas antut, dann …

Warte! Gerade klingelt es vorne an der Tür! Bin gleich wieder da!

16.10 Uhr.

Mein Gott! Das war Sophie. Als ich die Tür aufgemacht hab, stand sie da und hat sich ganz hektisch nach hinten umgeguckt. So, als ob sie Angst hat, dass jemand sie beobachtet. Ich hab noch nicht mal meinen Mund aufgekriegt, so verblüfft war ich, da hat sie sich schon an mir vorbei ins Haus gedrängt. Im Flur hat sie dann gemeint, sie dürfe eigentlich gar nicht hier sein. Sie hätte Hanna ihr Ehrenwort gegeben, kein Wort mehr mit mir zu reden. Aber inzwischen fände sie Hannas ganze Aktion so daneben, dass sie irgendwas tun müsse. Schließlich würde sie über ihren Bruder, der mit Ben befreundet ist, mitbekommen, wie sehr Ben leidet, und irgendwann müsse auch mal Schluss sein.

Ich hab sie noch immer ziemlich verwirrt angesehen und dann gefragt, was sie damit meint, dass Ben leidet. Als ich ihn das letzte Mal gesehen hab, hatte er seine Lippen nämlich auf Hannas Mund, und das sah ehrlich gesagt nicht sonderlich leidvoll aus.

»Aber das macht er doch nur, um dich zu ärgern! Sozusagen als Rache dafür, dass du ihn so übel verarscht hast!«

Verarscht? Ich soll Ben verarscht haben?? Ich hab Sophie entgeistert angeguckt.

»Könntest du mir mal erklären, wovon du hier eigentlich redest?«

Sophie hat geseufzt und dann den Kopf geschüttelt.

»Na ja, ich rede von Ben und dir. Dass er in dich verknallt ist. Schon seit Monaten.«

Oh, Backe. Ich hab gemerkt, wie mein Gesicht ganz rot und heiß geworden ist. Ben ist in mich verknallt. Schon seit Monaten.

»Aber wieso hat er denn nie … ?«

Sophie hat gestöhnt, als sei ich besonders schwer von Begriff.

»Du weißt doch, wie Jungs sind. Auf jeden Fall hat es jeder gewusst, nur du nicht! Und Hanna ist immer saurer auf dich geworden, weil sie ja auch in ihn verknallt ist. Und deshalb hat sie ihm dann den Brief geschrieben, sozusagen als Test, wie er reagiert. Na ja und wie er reagiert hat, hat sie dann ja auf dem Spielplatz gesehen …«

Stimmt. Er hat mich geküsst. Weil er gedacht hat, der Brief sei von mir. Während ich Sophie noch immer fassungslos angestarrt habe, hat sie schon weitergeredet.

»Als Hanna das gesehen hat, ist sie völlig ausgerastet und hat ihm erzählt, du hättest sie gezwungen, ihm den Brief zu schreiben. Weil du ihn damit verarschen wolltest. Und dann hat sie noch behauptet, du hättest überall rumerzählt, dass er grottenhaft küsst.«

Oh, Gott! Deshalb hat er dem gehirnamputierten Marc das mit dem Mundgeruch erzählt. Weil er gedacht hat, ich hätte jedem gesagt, er würde grottenhaft küssen. Sozusagen Auge um Auge, Zahn um Zahn.

»Diese fiese Schlange!!«

Meine Stimme muss richtig finster geklungen haben, denn Sophie hat auf einmal ganz erschrocken ausgesehen.

»Also, ich muss los, aber du weißt ja jetzt Bescheid. Und … Ich wär echt erleichtert, wenn du niemandem sagst, dass ich hier war, okay?«

Ich hab nur genickt.

»Weißt du, Franzi hat heute Mittag auch gesagt, wie fies sie es findet, dass wir nicht mehr mit dir reden dürfen, nur wegen

Hanna, aber dann hat sich Katja eingemischt und Hanna ist auf Franzi los …«

Sophie hat den Kopf hängen lassen. »Egal, ich muss zum Ballett.«

»Schon gut. Düs los! Wir sehen uns morgen in der Schule.«

Sophie war schon halb aus der Tür, da hab ich sie noch einmal zurückgehalten.

»Sophie? – Danke!«

»Da nicht für.«

Sie hat mich ein bisschen schief angelächelt und dann war sie weg. Sophie ist sonst immer die Stillste in der Clique gewesen, aber das, was sie getan hat, finde ich echt mutig!

Für einen Augenblick war ich ziemlich gerührt, aber dann hab ich die Tür hinter ihr zugemacht und da ist mir erst richtig klar geworden, WAS Sophie mir gerade erzählt hat. Und da hab ich mich gefühlt, als hätte mir jemand voll in den Magen geboxt. Dass Hanna so fies sein kann! Und dass Ben eigentlich in mich …

Ich kann es noch immer nicht fassen. **Ben ist in mich verliebt.** Besser gesagt, er war in mich verliebt. Was natürlich das nächste Problem (oder besser gesagt die nächste Herausforderung) mit sich bringt: Ist Ben nach dem ganzen Schrott noch immer in mich verliebt? Keine Ahnung. Wahrscheinlich nicht.

So ein Mist! Was mach ich denn jetzt? Würde er mir glauben, wenn ich jetzt einfach zu ihm gehe und sage: »Hey, so, wie Hanna das erzählt hat, war das alles nicht?«

Keine Ahnung. Oh, verdammt! Warum passiert nur mir immer so etwas?!

21.13 Uhr.

Habe die Zeit seit dem Abendbrot damit zugebracht, mir das Gehirn zu zermartern und zu heulen. Immer abwechselnd. Jetzt seh ich aus wie ein rotäugiges Kaninchen mit Heuschnupfen. Na, super! Warte noch immer auf Papa, um ihm das mit Scharina zu erzählen. Verstehe nicht, wo er bleibt.
Mama sagt, er hat angerufen und Bescheid gesagt, dass er später kommt, aber so spät??

21.32 Uhr.

»Love is a battlefield«. So heißt eines der Lieblingslieder von Mama.
Die Liebe ist ein Schlachtfeld. Wie wahr! Ich hab eben auf dem zweiten Apparat mit angehört, wie Papa und Mama sich am Telefon gestritten haben, und jetzt schläft Papa bei seinen Eltern, deren Wohnung ja frei ist, weil sie noch immer in der Karibik segeln. Aber ich erzähl wohl lieber der Reihe nach. Also …

Erst fing das Gespräch ganz gut an, aber dann ist Ottilie aufgewacht und hat wieder geschrien. Mama ist in Tränen ausgebrochen und hat gesagt, dass sie das allmählich nicht mehr aushält. Und dass sie manchmal glaubt, dass Ottilie sie einfach nicht mag. Schließlich gäbe es ja kein Naturgesetz, dass Kinder ihre Mütter immer mögen müssen. Papa hat darauf geantwortet, sie solle aufhören, so einen Stuss von sich zu geben, das sei wirklich schwachsinnig. Daraufhin hat Mama gesagt, über Gefühle zu reden, sei keineswegs schwachsinnig, und andere Männer würden ihren Frauen beistehen, wenn sie überfordert sind, und Papa hat geantwortet, er sei von einer Frau, die dauernd heult, auch überfordert, und hat den Hörer aufgeknallt. So viel zum Thema heile Familie …

Ehrlich gesagt, habe ich keine Ahnung, was ich jetzt machen soll. Wenn ich noch mal die Kinder- und Jugendhilfe anrufe, knöpft sich Scharinas Vater vielleicht Ottilie vor. Oder mich. Oder Mama. Jemandem, der seine eigene Tochter grün und blau schlägt, ist alles zuzutrauen. Sharon meint, ich soll bloß nichts auf eigene Faust unternehmen, sondern mir dringend Hilfe holen. Aber das ist leichter gesagt als getan. Mumis Anrufbeantworter schweigt noch immer und Sophie redet zwar wieder mit mir, aber das heißt noch lange nicht, dass sie Scharina mag. Der Einzige, dem ich das Ganze wirklich erzählen will, ist Ben. Ich muss immer wieder daran denken, wie er mir damals nach diesem verkorksten Elternabend auf der Schaukel zugehört hat, trotz Pickel und Ponynachthemd. Und wie er an genau den richtigen Stellen geschwiegen und genau an den richtigen Stellen Fragen gestellt hat.
Aber das mit Ben kann ich ja wohl tief und fest vergessen. Oder doch nicht?

23.12 Uhr.

Kann noch immer nicht einschlafen. Habe eben an ein anderes Lieblingslied von Mama gedacht: »Freedom is just another word for nothing left to lose« von Janis Joplin. Habe zum ersten Mal begriffen, was der Text eigentlich bedeutet: »Freiheit heißt, nichts mehr zu verlieren zu haben«. Wenn eh schon niemand mehr mit mir redet und meine Eltern sich nur noch streiten, kann ich genauso gut zur Heldin werden und Scharina retten. Oder?

Samstag, der 22. Mai

☺ Höhepunkte!

Zurzeit noch keine. (Es ist 7.34 Uhr am Morgen und Ottilie und Mama schlafen noch.)

Tiefpunkte! (= Herausforderungen):

Mein ganzes Leben. Ertappe mich in letzter Zeit öfter dabei, dass ich gern noch einmal fünf Jahre alt wäre. Erinnere mich dunkel daran, dass ein Schokoeis mit bunten Streuseln und Biene Maja im Fernsehen damals jedes Problem lösen konnten. Warum funktioniert das heute nicht mehr??!!

Eben hat es zu nachtschlafenden Zeiten bei uns geklingelt. Als ich die Tür geöffnet habe, lag ein Brief auf der Fußmatte, auf dem stand: »FÜR JULIE, PERSÖNLICH!« Der Brief war ohne Absender, deswegen hatte ich gleich so ein komisches Gefühl. In meinem Zimmer hab ich den Brief dann aufgemacht. Der Inhalt war ziemlich kurz, aber an Scharinas Schrift konnte man sehen, dass sie beim Schreiben geweint haben muss. Die Schrift war nämlich ganz verschmiert.

Liebe Julie (»Liebe« durchgestrichen!),
lass mich und meine Familie in Ruhe! Du machst sonst alles noch viel schlimmer!

Scharina

PS: Das ist mein Ernst! Wenn du irgendjemand was sagst, bist du tot!

Ich hab den Brief gelesen und das, was dann passiert ist, war total merkwürdig. Vorher hab ich die ganze Zeit gegrübelt, was ich jetzt tue und ob ich ÜBERHAUPT etwas tun soll, aber plötzlich war alles sonnenklar. Als ob ich vorher komplett auf der Leitung gestanden hätte.

Ich hab einen Umschlag aus meiner Schublade geholt und daraufgeschrieben: »Für Ben!« Dann hab ich einen Zettel vom Block abgerissen: »Bin unterwegs zu Scharina Strelinski, Gropiusring 67. Brauche eventuell deine Hilfe, Julie.« Anschließend habe ich noch ein PS dazugefügt: »Ich wollte dich nicht verarschen! Echt nicht!!« Eigentlich wollte ich noch dazuschreiben »Hanna ist eine miese Lügnerin«, aber das hab ich mir dann doch verkniffen.

Okay …

Jetzt nehm ich den Zettel und werfe ihn drüben bei Bens Eltern in den Briefkasten. Und dann fahr ich zu Scharina und sage ihr, dass sie keine Angst mehr zu haben braucht. Weil ich ihr nämlich helfen werde.

Ich hab zwar keine Ahnung, wie, aber irgendwas wird mir schon einfallen. Schließlich ist Scharinas Mutter ja auch noch da. Und auch wenn Kevin das mit Ottilie gesagt hat, glaube ich trotzdem nicht, dass er wirklich auf der Seite seines Vaters steht. Und das liegt nicht daran, dass er so gut aussieht. So etwas spürt man einfach, finde ich. Na gut, so, wie er geguckt hat, mit Ottilie und so, das war übel, aber wahrscheinlich hat sein Vater ihn dazu gezwungen. Ich weiß, Mumi würde jetzt bestimmt sagen, dass man sich nicht zu sehr von dem Äußeren eines Menschen beeinflussen lassen darf, aber ein bisschen Menschenkenntnis habe ich ja auch noch. Wie auch immer. Drück mir die Daumen! Ich kann's gebrauchen! Bis gleich!

9.54 Uhr. (Eigentlich aber gefühlte tausend Jahre später.)

Oh, Gott. Oh, Gott. Oh, Gott! So viel zum Thema Menschenkenntnis. Man sollte mich das nächste Mal, wenn ich so einen Schwachsinn verzapfe, am besten gleich in die Tonne hauen! Ich kann einfach nicht glauben, dass ich die ganze Zeit nicht gemerkt hab, wer der wirkliche Schläger in Scharinas Familie ist! Zu allem Überfluss hat Kevin Ben und mich auch noch in einem Heizungskeller eingesperrt! Der Keller ist voller Spinnenweben und irgendetwas piept manchmal ganz merkwürdig. Eine Ratte?! Oder nur die Heizungsrohre? Ganz ruhig, Julie. Nur nicht durchdrehen! Verdammt, jetzt kommt wieder die Decke auf mich runter. Diese bescheuerte Platzangst! Warte … Ich glaub, ich muss spucken …

Ahhhhhhhhhhhhh!!!!!!!!!!!!!!!!!!

10.16 Uhr. Noch immer im Heizungskeller von Scharinas Hochhaus.

Habe mich eben in einer Ecke des Heizungskellers übergeben. Jetzt geht's mir etwas besser. Dafür sieht Bens Gesicht ziemlich grün aus. Kein Wunder. Erst nötige ich ihn vom Frühstückstisch weg, dann wird er meinetwegen in einen Hochhauskeller eingesperrt und zum Schluss reihere ich ihm auch noch die halbe Jacke voll – so hat er sich seinen Samstagvormittag wahrscheinlich auch nicht unbedingt vorgestellt. Oh, liebes Tagebuch, **was für ein Chaos!** Was hab ich uns da nur eingebrockt?! Aber du weißt ja noch gar nicht, was inzwischen alles passiert ist. Am besten erzähle ich erst mal der Reihe nach …

Okay, ich bin also zu Scharina geradelt. Weil ich mir gedacht hab, wenn ihr Bruder zu Hause ist, lässt der mich sowieso nicht rein, hab ich einen Namen tiefer bei einer Familie »Öger« geklingelt und das hat prompt geklappt. Ich bin die Treppe hoch (im Fahrstuhl lag diesmal wirklich ein Kackehäufchen) und hab gerade darüber nachgedacht, wie ich mit Scharina sprechen kann, ohne Kevin oder ihrem Vater zu begegnen, da ist mir ein kleiner Junge entgegengekommen. Und im selben Moment hatte ich eine Idee. Ich hab dem Jungen einen Euro in die Hand gedrückt und ihn gebeten, bei Scharina zu klingeln und, falls ihm Kevin aufmacht, zu sagen, dass gerade jemand dabei ist, sein Motorrad zu klauen. Oder wenn Scharinas Vater aufmacht, eben das Auto. Ich weiß, das war ein Risiko, weil ich ja nur wusste, dass Kevin ein Motorrad hat, aber nicht, ob Scharinas Vater auch ein Auto hat, aber irgendein Risiko muss man im Leben nun mal eingehen – sagt Papa schließlich auch immer. Dann habe ich mich eine Treppe über Scharina versteckt und gelauscht.

Der Junge hat geklingelt. Kurz darauf hat ihm jemand aufgemacht und ich hab Kevins Stimme gehört.

»Ja?«

»Entschuldigung, aber da draußen klaut gerade jemand dein Motorrad.«

»Was??«

BINGO!!! Kevin ist gleich die Stufen runtergerannt in Richtung Erdgeschoss. Ich hab noch einmal bis drei gezählt und bin dann die Treppe runter. Und da stand sie. In einem tierisch unaufgeräumten Flur. Scharina. Ich sag dir, sie sah furchtbar schlecht aus! Die Ringe unter ihren Augen waren so dunkel, als hätte sie seit mindestens drei Wochen nicht mehr geschlafen, und ihre schwarzen Haare waren total verfilzt. Als sie mich gesehen hat, wollte sie die Wohnungstür gleich wieder zumachen, aber ich war schneller und hab meinen Fuß dazwischengestellt. Und dann hab ich wie eine Wilde losgequatscht. So nach dem Motto »Ich hab deinen Brief gelesen und vielleicht hast du ja Lust, mit mir darüber zu reden …«.

Scharina hat mich nur finster angeguckt.

»Ich hab keinen Bock auf blödes Gelabere. Kannst du mich nicht einfach in Ruhe lassen?!«

Na, super. Ehrlich gesagt, war Scharinas Antwort in meiner Fantasie mehr ein »Danke, Julie, das würde ich wirklich gerne …«. Insofern war ich für einen Augenblick etwas aus dem Konzept gebracht. Aber dann habe ich es wild entschlossen noch einmal versucht.
»Wenn du nicht willst, können wir ja auch was anderes machen. Ins Freibad gehen oder ein Eis essen oder …«
»Oh, nee! Hast du's noch immer nicht kapiert? Ich brauch solche Mitleidsnummer nicht, klar?«
Oh, Mann! Allmählich bin ich echt sauer geworden. Schließlich kann ich mir was Besseres vorstellen, als meinen Samstag in einer völlig versifften Wohnung zu verbringen und mich anblaffen zu lassen. Scharina hat den Mund geöffnet, um noch etwas zu sagen, aber im selben Augenblick bin ich ihr schon stocksauer ins Wort gefallen.
»Weißt du, was? Du hast es geschafft! Wenn du unbedingt in Ruhe gelassen werden willst – bitte schön! Soll dich dein Vater ruhig weiter verkloppen. Vielleicht bricht er dir das nächste Mal gleich einen Arm oder ein Bein, aber was soll's. Du scheinst das ja ganz in Ordnung zu finden …«
»Hör auf! Du begreifst überhaupt nichts! Gar nichts begreifst du! Das war überhaupt nicht mein Vater! Das war … Ist auch egal. Wenn meine Mutter wieder da ist, hört er damit auf und dann …«
»Wer hört womit auf? Langsam versteh ich gar nichts mehr. Und wieso überhaupt, wenn deine Mutter wieder da ist? Ist sie denn weg?«

Scharina ist mitten in der Bewegung erstarrt. Ich hab sie irritiert angeguckt, aber sie hat auf irgendeinen Punkt hinter mir geguckt. Also hab ich mich umgedreht. Und da stand Scharinas Bruder, Kevin mit den sanften Augen. Und hat uns angestarrt wie eine Schlange zwei Kaninchen. Und dann hat er Scharina plötzlich voll vor die Brust gestoßen.

»Bist du eigentlich total bescheuert? Was redest du mit der, hä? Willst du deiner Mutter alles kaputt machen? Damit sie ihren Job endgültig verliert?«

»Ich hab nichts gesagt. Wirklich nicht. Sie war auf einmal hier und da …«

Plötzlich hat Kevin die Hand gehoben, so als wollte er Scharina eine knallen, und ich hab gar nicht mehr nachgedacht, ich hab mich einfach dazwischengeschmissen.

»Hör auf! Du darfst sie nicht schlagen! Du musst ihr helfen. Euer Vater …«

»Was ist mit unserm Vater?«

Eine Sekunde lang hab ich gedacht, jetzt mach ich mir vor lauter Angst gleich in die Hose, aber da ist er auch schon auf mich zugekommen und an seinem Gang hab ich gemerkt, dass irgendetwas nicht stimmt.

»Na, was? Hä?? Was? Hat der sich nach fünf Jahren mal wieder gemeldet oder wie?«

Kevins Stimme war ziemlich undeutlich und verwischt, so als hätte er getrunken, obwohl es ja noch früh am Morgen war, und ich hab Scharina einen Hilfe suchenden Blick zugeworfen, aber die war vor lauter Schreck wie versteinert, da ging gar nichts mehr. Einen Moment lang wäre ich am liebsten weggelaufen, aber dann hab ich mich zusammengerissen, weil ich endlich, endlich kapiert habe, was hier läuft.

»Das war gar nicht dein Vater, das warst du, oder?«

Ich hab Kevin angesehen, aber im selben Augenblick hat er schon ausgeholt und mir so doll in den Magen geboxt, dass mir die Luft weggeblieben ist.

»Ah!«

Einen Augenblick war ich völlig perplex. Dann sind mir die Tränen in die Augen geschossen. Ich mein, damit hatte ich wirklich nicht gerechnet. Ich hab angefangen zu weinen, aber Kevin hat nur wütend den Kopf geschüttelt und dabei gebrüllt.

»Denkst du, das macht mir Spaß? Hä? Den ganzen Tag den beschissenen Aufpasser für meine kleine Schwester zu spielen? Nur weil mein Alter sich abgesetzt hat und 'ne andere bumst und ihre Mutter irgendwo in Bayern malocht? Und dazu das ganze Scheiß-Versteckspiel mit den Behörden, nur damit die nicht mitkriegen, dass wir hier alleine wohnen, hm?«

»Kevin, hör auf!«

Scharina ist ihrem Bruder in den Arm gefallen, aber der hat sie abgeschüttelt wie ein lästiges Insekt.

»Ich hör auf, wenn's mir passt, klar? Schließlich kannst du überhaupt nur wegen mir auf deine Scheißschule gehen. Aufs Gymnasium! Ich war ja nur gut für'n Hauptschulabschluss, aber Muttis kleiner Prinzessin reicht das natürlich nicht. Aber ich werd nicht wie so ein Scheiß-Loser im Ghetto verrecken. Das schwör ich dir! Auch wenn mich hier keiner will. Klar??«

»Lass sie in Ruhe!« Ich hab mich vor Scharina gestellt, aber im selben Augenblick hat Kevin mit seinem Fuß die Tür zugemacht und plötzlich war es mucksmäuschenstill im Flur.
»Du mischst dich da nicht ein! Hast du verstanden??«
Ich hab nur noch das Ticken der Kuckucksuhr gehört und dabei ist Kevin ganz langsam auf mich zugekommen und ich hab gewusst, gleich fang ich wieder an zu flennen. Ich hatte schon einen ganz bitteren Geschmack im Mund, aber im selben Moment ist die komische Starre von Scharina abgefallen und sie ist wie eine Furie auf ihren Bruder los und hat richtiggehend auf ihn eingedroschen.
»Hör auf! Sie hat dir nichts getan! Kevin, hast du gehört?!«
Kevin ist einen Moment genauso perplex stehen geblieben wie ich. Und dann hat er sich zu ihr umgedreht und ihr eine Ohrfeige verpasst. Die hat durch den ganzen Flur geknallt.
»Nein!!!«
Ich weiß gar nicht mehr, ob ich geschrien habe oder Scharina. Auf jeden Fall war Scharina plötzlich am Boden und ich wollte mich gerade zu ihr runterbücken, da hat sich ihr Bruder zu mir umgedreht und …

11.14 Uhr. Noch immer im Keller.

Tut mir leid für die Unterbrechung, aber eben hatte ich schon wieder den vollen Platzangstschub. Ich fass es nicht, dass dieser Mistkerl uns hier unten wirklich eingesperrt hat. Wo ich mich zu Hause doch schon grusele, wenn ich länger als fünf

Minuten im Wäschekeller bin. Als die Decke sich wieder auf mich zubewegt hat, hab ich ganz laut gebrüllt und Ben hat sich furchtbar erschrocken. Oh, Mann, ich wette, jetzt hält er mich nicht nur für eine miese Lügnerin, sondern auch noch für eine Verrückte. Und das ist noch nicht alles. Hab ich schon geschrieben, dass Ben glaubt, ich hätte das alles hier inszeniert? Nur um mit ihm allein zu sein? Ich mag gar nicht darüber nachdenken, was Hanna ihm alles Fieses über mich erzählt haben muss, dass er auf solche Ideen kommt. Immerhin hat er versprochen, dass er mir in Sachen Scharina hilft. »Wenn das mit ihrem Bruder wirklich wahr ist« (Originalton Ben).
Aber sein Gesicht dabei – ich weiß nicht mal richtig, wie ich das beschreiben soll …
Vielleicht so, als wenn ich drei **fette,** behaarte Warzen im Gesicht hätte und er sich furchtbar überwinden müsste, mich überhaupt anzugucken. Ach, was soll's. Ich hab verkackt und verkackt ist eben verkackt. Wie gut, dass ich dich, liebes Tagebuch, wenigstens bei mir habe. Wenn ich mir vorstelle, ich hätte dich nicht mitgenommen, wird mir ganz elend. Also, jetzt berichte ich erst mal weiter.

Es war komisch. Als Kevin auf mich zugekommen ist, hab ich das wieder in so einer Art Zeitlupe gesehen. Ich stand vor ihm und konnte mich nicht bewegen, nicht ein Fitzelchen. Im selben Moment hat jemand plötzlich draußen an die Tür geklopft.
»Julie, bist du da??«

Ich hab vor Erleichterung aufgeschluchzt, aber ehe ich noch losschreien konnte, hat Kevin mich und Scharina mit einem »Keinen Mucks, klar?!« schon in die Küche geschubst. Trotzdem muss Ben von draußen wohl irgendetwas mitbekommen haben, denn er hat jetzt noch energischer als vorher gegen die Tür getrommelt.

»Julie? Ich hab deine Stimme gehört. Ich weiß, dass du da bist!!«

Kevin hat auf die Tür gestarrt, als wolle er sie am liebsten verriegeln, aber dann hat er sie doch einen Spalt geöffnet.

»Was willst du hier?«

»Ich suche Julie Ahlberg! Sie ...«

»Hier ist niemand, der so heißt. Also verzieh dich!«

Ich habe noch immer völlig fassungslos dagestanden, aber im selben Moment, als Kevin die Tür wieder schließen wollte, hat Scharina mich am Arm gezogen und mir ins Ohr geflüstert: »Los! Hau ab! Nun mach schon!«

Ich hab gar nicht mehr nachgedacht. Ich bin in den Flur, hab Kevin zur Seite gestoßen und bin raus aus der Tür. Draußen hab ich mir dann Bens Hand geschnappt.

»Komm mit! Los!«

Ben hat mich völlig perplex angeschaut, aber dann hat er kapiert. Von hinten hab ich Kevin schreien hören, aber wir sind einfach weiter, die Treppen runter. Scheinbar hatte Scharina ihrem Bruder mit irgendwas eins übergezogen, aber das hat ihn nur noch wütender gemacht. Auf jeden Fall ist er wie ein angestochener Stier hinter uns her. Ben hat sich im Laufen zu mir umgedreht.

»Verdammte Scheiße, Julie, was ist hier eigentlich los?«

»Später.«

Die nächsten Stufen sind wir geradezu runtergeflogen. Ben war als Erster unten und hat an der Haustür gezogen, aber sie ist nicht aufgegangen. Ich hab auch noch mal daran gerüttelt, aber nix! Die Tür war abgeschlossen! Ahhhh!!! Ich hasse Leute, die tagsüber die Tür abschließen!!!! Ich hab noch immer wie paralysiert[13] auf die Tür gestarrt, aber da ist Ben schon mit mir die nächste Treppe runter in Richtung Keller.

Unten war's stockdunkel. Über uns haben wir noch immer das wütende Gebrüll von Scharinas Bruder gehört, der wie ein Bekloppter an der verschlossenen Haustür gerüttelt hat.

»Und was jetzt?«

Ben hat einen Umzugskarton, der in der Ecke hinter uns stand, umgeworfen und mich dann weiter in den Keller hineingezogen.

»Schnell!«

Eine Sekunde später hab ich einen Schmerzensschrei gehört. Kevin! Scheinbar war er im Dunkeln über den Karton gestolpert und hingefallen.

»Au! Verdammte Scheiße! Das werdet ihr büßen, habt ihr gehört?!«

Wir sind noch weiter nach hinten zurückgewichen, aber auf einmal war da nur noch eine Eisentür und sonst nichts mehr.

---

13 *Paralysiert = eines meiner Lieblingsfremdwörter, bedeutet ungefähr so viel wie gelähmt. Vielleicht mag ich es so, weil das bei mir eine Art Dauerzustand zu sein scheint.*

Ich hab nach dem Türgriff gegriffen und – Bingo! Die Tür war offen! Im selben Moment, als Kevin auf uns zugehumpelt ist, hab ich Ben zu mir nach hinten in den Raum gezogen und die Tür dann so schnell zugeknallt, dass Scharinas Bruder im Dunkeln voll dagegengelaufen ist. **Krawumm!**
»Ich krieg euch, ihr Arschlöcher!«
Kevin hat gegen die Tür getreten, aber Ben hat die Tür von drinnen so fest zugehalten, dass ich mit zitternden Fingern den Schlüssel im Schloss drehen konnte. Puh! Scharinas Bruder hat draußen noch ein paar wilde Drohungen ausgestoßen, aber das hat ihm nichts mehr gebracht. Die Tür war zu und wir waren gerettet. Dachten wir zumindest.
Ben und ich sind in dem dunklen Heizungskeller langsam die Wand runtergerutscht. Für einen Augenblick war es auf der anderen Seite totenstill, aber dann haben wir plötzlich quietschende Geräusche gehört. So als ob jemand etwas ganz Schweres den Betonboden entlangschiebt. Ich hab Ben fragend angesehen.
»Was ist das?«
»Keine Ahnung.«
Ben hat die Schultern gezuckt, aber plötzlich hat es noch mal so gequietscht und da hat Ben meine Hand so fest gequetscht, dass es wehgetan hat.
»Julie? Ich weiß, was er da tut! Er schiebt was vor die Tür. Scheiße!«
Ben ist aufgesprungen und hat den Schlüssel im Schloss gedreht, aber die Tür ist nicht mehr aufgegangen.

»Lass uns raus oder wir rufen die Polizei!«

Ich hab mich mit meinem ganzen Gewicht auf die Klinke gelegt, aber Ben hat recht gehabt. Die Klinke war von außen blockiert.

Für einen Augenblick hat Kevins Stimme etwas unsicher geklungen, aber dann hatte er sich schon wieder im Griff.

»Versucht's doch! Vielleicht versteht ihr euch ja auf Rauchzeichen ...«

»Shit!«

Ben hat sich in die Tasche gefasst und plötzlich ist sein Gesicht ganz blass geworden.

»Ben? Was ist?«

»Mein Handy. Das muss mir eben rausgefallen sein!«

»Oh, nein! Und jetzt?«

Ich hab mich in dem dunklen Kellerraum umgesehen und gedacht, das halt ich nicht aus, und gleichzeitig hat man von draußen gehört, wie Kevins Stimme draußen leiser wurde, so als ob er weggehen würde. »Hasta la vista, Hosenscheißer!«

Dann haben wir nur noch Schritte gehört und danach –

Stille.

14.29 Uhr. Seit 4 Stunden und 44 Minuten im Keller.

Das sind die längsten vierdreiviertel Stunden meines Lebens!

Über uns brennt nur eine fitzelige Glühbirne und die kahlen dunklen Betonwände um uns herum machen die Sache auch nicht besser. Das hier ist genau wie damals, als ich in Mumis Kleiderschrank eingesperrt war. Nur dass ich diesmal wenigstens nicht allein hier hocke, sondern Ben bei mir ist. Und natürlich mein Tagebuch. Gott sei Dank!
Inzwischen haben Ben und ich zwei Stunden gegen die Tür getrommelt – ohne Erfolg. Kein Mensch hat sich hier unten blicken lassen! Anschließend haben mir die Hände so wehgetan, dass Ben eine kurze Pause vorgeschlagen hat, und dabei ist er prompt eingeschlafen. Jetzt liegt sein Kopf auf meiner Schulter und ich traue mich kaum, mich zu bewegen. Seine blonden Locken kitzeln ein bisschen an meinem Arm, aber das macht gar nichts.
Schließlich ist seine Haut ganz warm und seine Atemzüge sind das Beruhigendste, was ich je gehört habe. Noch viel schöner als Wellenrauschen. Wenn ich mich ganz doll auf sie konzentriere, dann kann mir selbst die blöde Platzangst nichts anhaben …
Ich nehme an, dass Ben so müde ist, weil er gestern Nacht vor lauter Wut auf mich und meine vermeintliche Verarschungsaktion kein Auge zugekriegt hat, aber das vermute ich nur, weil er leise im Schlaf redet und dabei schon dreimal »Verdammt noch mal, Julie!« gesagt hat. Offiziell spricht er noch immer nur das Nötigste mit mir, aber wenigstens hat er vorhin zugegeben, dass er jetzt doch nicht mehr glaubt, dass ich das alles hier mit Absicht eingefädelt habe – dafür er-

scheint ihm meine Platzangst zu »echt«. Puh. Hätte nie gedacht, dass ich meiner Platzangst mal dankbar sein würde.

15.02 Uhr. Seit 5 Stunden und 17 Minuten im Keller.

Habe die knappe halbe Stunde, seit Ben schon schläft, dafür genutzt, unbeobachtet in ein Marmeladenglas zu pinkeln. Was für eine Wohltat! Mag mir gar nicht vorstellen, was passiert, wenn ich hier in diesem Kellerloch mal groß muss. Abgründe unter sich! Denke, es ist besser, den Gedanken nicht weiter zu vertiefen. (Es gibt hier nur ein klitzekleines Fenster kurz unter der Decke ohne Griff – schätze, selbst ein Pups würde den sofortigen Erstickungstod auslösen.)

15.48 Uhr. Seit 6 Stunden und 3 Minuten im Keller.

Ben schläft noch immer. Habe auch versucht, einen Mittagsschlaf zu machen, hat aber nicht geklappt, weil ich die ganze Zeit an Mama und Papa denken musste. Ob sie sich wohl sehr große Sorgen um mich machen? Immerhin bin ich noch nie so lange weggeblieben, ohne Bescheid zu sagen. Verdammt! Eigentlich wollte Mama mit mir dieses Wochenende etwas Schönes machen. Ich darf gar nicht dran denken … Habe inzwischen ein megaschlechtes Gewissen, was Mama anbelangt. Denke, ich hätte ihr mit Ottilie einfach mehr helfen sollen. Dann wäre sie nicht so überfordert gewesen und dann hätte Papa letzte Nacht nicht den Hörer aufgeknallt. So ein Mist!

Ob Scharina mitgekriegt hat, dass ihr Halbbruder uns hier unten eingesperrt hat? Wahrscheinlich nicht. Sonst hätte sie uns bestimmt längst befreit.

Oh, Gott, wenn ich mir vorstelle, was Kevin mit ihr gemacht hat, als er wieder hochgekommen ist … Ich hoffe, sie ist in der Zwischenzeit einfach abgehauen!

Bens Kopf liegt seit einer halben Stunde wieder an meiner Schulter. Inzwischen ist mein linker Arm schon taub, aber das ist mir egal. Ehrlich gesagt, befürchte ich mittlerweile, dass ich noch doller in Ben verknallt bin als vermutet. Habe mich schon viermal dabei ertappt, wie ich ihm eine Locke aus dem Gesicht gestrichen habe. (Er schläft ziemlich tief, insofern besteht keine Gefahr, dass er's merkt.) Hab ich schon erwähnt, dass Ben lange blonde Locken hat, die ihm total gut stehen? Außerdem hat er knallblaue Augen und so ein klitzekleines Grübchen in der linken Wange. Von der Seite sieht er ein bisschen aus wie Orlando Bloom in Blond. Hatte das letzte Mal, als ich ihm übers Haar gestrichen habe, das dringende Bedürfnis, ihn aufs Ohrläppchen zu küssen, und bin jetzt ganz erschrocken über mich selbst.

Wir befinden uns in **einer echten Krisensituation** und das Einzige, woran ich ständig denken muss, ist, wie es wohl wäre, wenn er mich noch mal küsst. Das ist doch krank! Habe neulich gelesen, dass es in Hollywood eine Klinik für Sexsüchtige gibt. Tippe, ich kann mich da jetzt schon mal auf die Warteliste setzen lassen …

16.52 Uhr. Seit 7 Stunden und 7 Minuten im Keller.

Ben hat sich im Schlaf bewegt und ich konnte meinen Arm unter ihm rausziehen. Der kribbelt jetzt wie ein ganzer Ameisenhaufen. Bin inzwischen furchtbar durstig, aber wenn ich nicht meinen eigenen Urin trinken will (Allein schon die Vorstellung! Ähhh!!!), kann ich mir das mit der Flüssigkeitsaufnahme wohl abschminken. Wie lange kann man eigentlich, ohne zu trinken, überleben? Einen Tag? Zwei Tage? Sonderlich lange auf jeden Fall ni…

Uahhh! Jetzt hat sich die Decke doch wieder bewegt. Außerdem hat es noch mal so merkwürdig gefiept. Diesmal ganz nah. Irgendwo am Boden unter den Heizungsrohren. Shit!

Ob Ben wohl sehr sauer ist, wenn ich ihn wecke? Schätze schon. Andererseits ist das hier ein echter Notfall! Ich könnte ja ganz aus Versehen eins von den leeren Gläsern fallen lassen, die neben dem Heizkessel stehen, sodass es richtig scheppert und er dann aufwacht …

Mist, er hat sich nur kurz umgedreht und ist dann gleich wieder eingeschlafen. War echt 'ne Schwachsinnsidee! Jetzt liegen hier überall Scherben! Mann, Julie … Okay, dann werde ich eben Schafe zählen. Letztes Mal bin ich bis 1.564 gekommen, dann hatte ich keine Lust mehr. Hoffentlich klappt es dieses Mal besser …

17.12 Uhr. Seit 8 Stunden und 33 Minuten im Keller.

Noch immer nichts zu trinken oder zu essen in Sicht. Dafür ist aber etwas anderes passiert. Ben ist aufgewacht! Endlich! Und er redet auch wieder mit mir. Gott sei Dank! Ein noch längeres Schweigen hätte ich auch nicht ausgehalten! Ich hab Ben von Mamas Lieblingslied erzählt (dem über die Freiheit, die man erst richtig hat, wenn man nichts mehr zu verlieren hat) und Ben hat es prompt gekannt. Er meinte, das sei ein Klassiker und die Sängerin Janis Joplin wäre zwar schon ewig tot, aber sehr cool. Ben kennt sich unglaublich gut mit Musik aus. Klar, er spielt ja selbst E-Gitarre und außerdem komponiert er fast alle Lieder für seine Band. Frage mich zunehmend, was Ben eigentlich an mir findet. (Besser gesagt: gefunden hat.) Eigentlich bin ich in ziemlich vielen Dingen durchschnittlich, wenn ich so drüber nachdenke. Hm. Hmmm. Ehrlich gesagt, ist das Einzige, worin ich mich wirklich auskenne, Schokolade. Macht den Kohl nicht unbedingt fett, oder? Obwohl ich in Sachen Schokolade wirklich gut bin. Papa hat mir sogar mal vorgeschlagen, damit bei »Wetten, dass ...« aufzutreten. So nach dem Motto »Begrüßen Sie mit mir Julie Ahlberg! Sie erkennt dreißig verschiedene Vollmilch-Schokoladensorten mit verbundenen Augen!«.

Dummerweise kann ich mir nicht vorstellen, dass das ein Grund sein könnte, sich

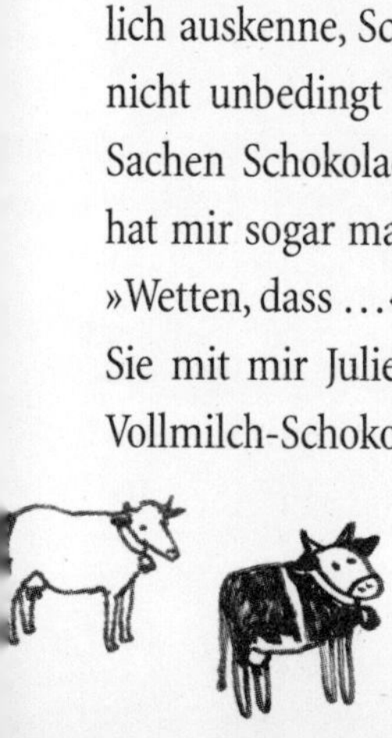

in jemanden zu verlieben. Ich mein, Hanna sieht aus wie Heidi Klum mit 13 und ist eine super Hockeyspielerin, Katja hat das Gold-Abzeichen im Schwimmen und Jette hat zumindest den Vorlese-Wettbewerb in der Vierten gewonnen. Und ich? Ich kann Milka von Hachez unterscheiden. Tolle Wurst.

Na, egal. Ben ist gerade auf den Heizkessel geklettert. Er versucht, das kleine Fenster darüber einzuschlagen, damit uns draußen jemand hört, wenn wir um Hilfe rufen. Finde, das ist eine hervorragende Idee. (Ärgere mich nur ein bisschen, dass ich nicht darauf gekommen bin. Hätte Ben gerne gezeigt, dass ich nicht so einfallslos bin, wie er vielleicht denkt …)

19.52 Uhr.

JAAAAAAAAAAAAAAAAAAAAAAAAAAAA!!!!!!!!!!!!!!!!

Unglaublich, aber wahr! **Wir sind frei!!!!** (Obwohl unsere Retterin sich ruhig noch ein **paar** Minuten mehr Zeit hätte lassen können, aber dazu später …)

Ben ist gerade mit Frau Fromberg (so heißt unsere Retterin beziehungsweise die ältere Dame, die uns entdeckt hat und in deren Wohnung wir jetzt sind) im Flur, um seine Eltern anzurufen. Während Ben draußen telefoniert, hocke ich hier auf Frau Frombergs dunkelgrünem Samtsofa und verdrücke ein Glas Selters nach dem anderen. Mann, tut das gut. Aber der Reihe nach. Also …

Nachdem Ben unten im Keller das kleine Fenster eingeschlagen hatte, sind wir auf den Heizkessel raufgeklettert und haben um Hilfe gerufen. (Mehr ging nicht, das Teil hatte höchstens Taschentuch-Größe.) Irgendwann meinte Ben dann, wir sollten erst mal eine Pause machen (stundenlanges Schreien, ohne zwischendrin was zu trinken, macht nämlich heiser, wie man sich ja denken kann), und da hab ich mir ein Herz genommen und die Sache mit dem Liebesbrief noch mal angesprochen. Und diesmal hat Ben nicht gesagt, ich solle meine Klappe halten. Er hat sogar gemeint, vielleicht sei es ja ganz gut, die Geschichte endlich zu klären.

Also hab ich ihm das Ganze aus meiner Sicht erzählt. Alles, von Anfang bis Ende, auch das, was Sophie mir über Hanna erzählt hatte. Dass Hanna in ihn verknallt war und deshalb eifersüchtig auf mich und dass ich davon nichts wusste und so weiter und so weiter.

Je mehr ich geredet hab, umso stiller ist Ben geworden. Und irgendwann hat er dann den Kopf geschüttelt und gesagt: »Oh Mann, was für ein Durcheinander!« Ich hab auch den Kopf geschüttelt und geantwortet: »Das kannst du laut sagen!« Und dann haben wir uns angeguckt und plötzlich mussten wir beide lachen. Und wie! Nachdem wir erst mal angefangen hatten, konnte keiner von uns mehr damit aufhören, aber irgendwann hat Ben doch aufgehört und mir ganz tief in die Augen geguckt und ich hab gemerkt: Auweia, gleich passiert was. Ich hab auch nicht mehr gelacht, sondern seinen Blick erwidert und dabei ist mir wieder mal aufgefallen, was für wunderschöne Augen er hat. Ganz hellblaue mit einem Mini-Einsprengsel Grün. Und dann hat er sich zu mir rübergebeugt und mich an sich gezogen und ich hab meine Lippen geöffnet und die Augen geschlossen. Und eine Sekunde, bevor meine Lippen seine Lippen berührt haben …

… haben wir von oben aus Richtung Fenster die Stimme von Frau Fromberg gehört.

»Hallo? Ist da jemand?«

Ich war noch immer wie in Trance und hab gar nicht geschaltet, aber Ben ist sofort aufgesprungen und in Richtung Heizkessel gelaufen. Und dabei hat er ganz laut gerufen.

»Ja! Wir sind hier! Im Heizungskeller!«

Na ja und das war's dann quasi. Wir haben tierisches Glück gehabt. Eigentlich liegt das Fenster vom Heizungskeller nämlich an einer Stelle vom Garten, wo sonst niemand hinkommt. Aber zum Glück ist Frau Frombergs Katze vor zwei Stunden ausgebüxt und Frau Fromberg musste sie suchen und so hat sie unsere Schreie gehört. Erst hat sie geglaubt, sie hätte sich unsere Rufe nur eingebildet, aber dann ist sie nach einer Viertelstunde noch mal zurück und – **BINGO!** Sie hat dem Hausmeister Bescheid gesagt und der hat dann die Tür von der anderen Seite frei geräumt und wir konnten endlich rau…

Tut mir leid! Ich muss Schluss machen! Ben ist vom Telefon zurück und jetzt bin ich dran, meine Eltern anzurufen. Ich schreib später weiter!!!!

21.16 Uhr. In Mumis Gästezimmer.

Oh, wie schön ist es, nicht mehr auf dem kalten Betonfußboden zu hocken, sondern bei Mumi im Bett zu liegen! Mit einem Glas Wasser auf dem Nachttisch und der Toilette gleich nebenan. Auch wenn es nicht unsere ist. Ich übernachte heute nämlich bei Mumi. Und Ottilie auch. Warum das so ist, habe ich nicht ganz begriffen. Scheinbar sind Mama und Papa spontan für ein paar Tage verreist, aber es ist alles etwas mysteriös.

Mumi hat uns vorhin von Frau Fromberg abgeholt. Zu Hause ist nämlich niemand ans Telefon gegangen und da hab ich dann ihre Nummer gewählt. Kaum waren wir zu Hause bei Mumi, da hat Papa angerufen und war ganz erleichtert, meine Stimme zu hören. Ich fand es ziemlich merkwürdig, dass Mama und er mich nicht abgeholt haben. Wo ich doch gedacht habe, sie sind halb krank vor Sorge. Schließlich verschwinde ich ja nicht jeden Tag so mir nichts, dir nichts für über zehn Stunden, ohne Bescheid zu sagen, wo ich bin. Aber Papa klang eben am Telefon sowieso ziemlich durcheinander. Und mit Mama hab ich überhaupt noch nicht gesprochen. Ich hab Papa gefragt, ob er mir mal Mama geben kann, aber das konnte er nicht. Er meinte, sie sei gerade spazieren. Allein. Ehrlich gesagt, glaube ich ihm das nicht. Mama geht nie allein spazieren. Und sie würde Ottilie auch nicht einfach so bei Mumi abgeben, um mal eben kurz Urlaub zu machen. Schließlich ist Ottilie erst ein paar Wochen alt. Außerdem hat Papa gesagt, sie sind auf

Usedom, dabei stand auf dem Display die Telefonnummer meiner Großeltern. Und die wohnen – wenn sie nicht gerade in der Karibik segeln, wie jetzt – eindeutig in Hamburg und nicht auf Usedom. Also, wenn das nicht strange[14] ist, weiß ich auch nicht …

In der Sache mit Kevin hab ich auch noch keinen Schimmer, was ich tun soll. Ben meint, wir sollten Kevin bei der Polizei anzeigen, damit er seine Finger von Scharina lässt, aber immerhin ist er ihr Bruder (oder vielmehr Halbbruder) und richtige Beweise haben wir nicht, und wenn Scharina alles abstreitet, dann glauben die uns nie im Leben. Und außerdem … Vielleicht ist das Schlagen von Geschwistern ja auch gar nicht strafbar. Schließlich verprügeln sich die Geschwister bei der Super Nanny auch immer und da ruft keiner die Polizei. Irgendwie ist das zwischen Scharina und Kevin was anderes, finde ich, weil Kevin fast zwei Köpfe größer und bestimmt doppelt so schwer wie Scharina ist, aber wer weiß … Ben findet, wir müssen wenigstens Scharinas Mutter sagen, was da bei ihr zu Hause abgeht, aber das wird wohl auch nichts – schließlich haben wir keine Ahnung, wo sie ist. Vielleicht sollte ich einfach mit Mumi über das Ganze reden. Dafür muss ich allerdings erst einen geeigneten Moment abpassen. Und was

---

14 *Strange ist englisch, wird »streynsch« ausgesprochen und heißt so viel wie seltsam. Mumi hat mir vor ein paar Monaten mal gesagt, dass ich nicht immer dieselben Wörter benutzen soll (das tun gute Schriftsteller nämlich nicht), und eben, als ich mir das hier noch mal durchgelesen habe, habe ich mir vorgenommen, nicht mehr alles »seltsam« und »merkwürdig« zu finden.*

ich dann mache, wenn sie sagt, dass wir doch die Polizei informieren sollen, weiß ich auch nicht.
Ehrlich gesagt habe ich inzwischen nämlich richtig Angst vor Kevin. Ich kann einfach nicht vergessen, wie er aussah, als er mir in den Magen geboxt hat. Sein ganzes Gesicht war so von Hass verzerrt, dass ich für einen Moment wirklich das Gefühl hatte, ich wäre schuld daran, dass Scharina und er so wenig Geld haben. Und dann geht mir im Moment auch ständig im Kopf herum, wie er Ottilie neulich angeguckt hat ... Was, wenn er ihr wirklich etwas antun würde?! Dafür müsste er schließlich nur ihren Kinderwagen die Treppe runterstoßen oder so was. Nüchtern würde er das vielleicht nicht machen, aber wenn er wieder angetrunken ist?
Oh, Shit. Am besten wäre es gewesen, ich wäre überhaupt nie bei Scharina vorbeigefahren!!! Das nächste Mal, wenn ich irgendjemand »retten« will, sperr mich bitte in mein Zimmer ein und wirf den Schlüssel weg, versprochen?

22.34 Uhr. In Mumis Gästezimmer.

Das war ja klar. Jetzt kann ich nicht einschlafen! Immer, wenn ich die Augen schließe, sehe ich Kevins Gesicht vor mir. Und dann rieche ich wieder seinen Bieratem und mir wird schlecht.
Mumi scheint noch fernzusehen, denn aus dem Flur hört man ab und zu Schüsse. Wahrscheinlich ein Tatort. Ich hab früher nie darüber nachgedacht, aber irgendwie ist es doch abartig,

dass sich die meisten Erwachsenen am besten entspannen, wenn sie sich kurz vorm Zubettgehen noch Mord und Totschlag reinziehen, oder? Als wenn Tote irgendetwas Beruhigendes hätten. Zugegeben, bisher fand ich die meisten Krimiserien auch cool, aber da war das alles schön weit weg.
Im Moment geht in meinem Kopf alles drunter und drüber. Wenn ich mir vorstelle, dass Kevin Scharina früher als Baby vielleicht mal genauso zärtlich auf dem Arm gehalten hat, wie ich jetzt Ottilie, dann wird mir ganz anders. Ob ich Ottilie später vielleicht auch mal vorwerfe, dass sie viel besser in der Schule ist als ich? Vielleicht macht sie mich dann ja auch so wütend, dass ich sie schlage und … Nee, ich glaube, über so was will ich nicht nachdenken.
Was meinst du, soll ich Mumi fragen, ob ich noch ein bisschen mit ihr kuscheln kann? Mumi ist zwar nicht unbedingt der »Kuschel«-Typ und ich bin schon 12 1/2, aber was soll's? Muss ja niemand erfahren …

Montag, der 24. Mai

☺ Höhepunkte!

1) Habe Ottilie eben die Flasche gegeben und bin noch immer ganz hin und weg. Ottilie ist *wirklich zehnmal süßer* als jedes andere Baby auf der Welt und ich werde ihr nie etwas zuleide tun, egal, was sie anstellt. (Mumi meint, darüber würde sie noch mal mit mir reden wollen, wenn Ottilie das erste Mal mein Zimmer zerlegt hat, aber so was sagt sie immer …)
2) Dachte, ich würde nach dem Keller-Trauma nichts runterbringen, aber von wegen! Habe eben beim Frühstück vier (!!) Brötchen mit Schokostreuseln verputzt. Mama wäre ausgerastet. Vielleicht ist es doch nicht so schlimm, dass Mama und Papa für ein paar Tage weggefahren sind.

☹ Tiefpunkte!

1) Ich muss heute wieder zur Schule. Das heißt, ich sehe Ben (Höhepunkt). Aber auch Scharina (Tiefpunkt). Und Hanna (Megatiefpunkt).
2) In zwei Tagen beginnt die blöde Klassenreise. Freue mich darauf ungefähr so doll wie auf eine Warzenvereisung.

Hätte Mumi gestern beim Kuscheln auf dem Sofa beinahe die ganze Sache mit Scharina erzählt. Im Fernsehen lief noch der Abspann vom »Tatort« und ich war kurz vor dem entscheidenden Moment mit Scharinas blau geflecktem Oberkörper in der Mädchenumkleidekabine, da hab ich gemerkt, dass Mumi ne-

ben mir zu schnarchen angefangen hat. So viel zum Thema Zuhören.
Irgendwie scheint das bezeichnend für meine Familie zu sein: Immer, wenn man mit ihnen reden will, sind sie zu müde oder schlafen gleich ganz ein.

Was die Schule anbelangt … Shit! Mumi kam eben rein und meinte, die Uhr in der Küche geht nach. Das heißt, ich muss laufen, sonst komm ich zu spät. Ich düs los …

8.36 Uhr. Gegenüber des Schulhofs.

Scheiße! Scheiße! Scheiße!
Wenn das stimmt, was Hanna eben gesagt hat, dann kann ich mich gleich neben Scharina einsargen lassen. Muss dringend mit Mama, Papa oder Mumi sprechen, aber bei Mumi geht niemand ans Telefon und zu Hause auch nicht …

8.42 Uhr. Noch immer gegenüber des Schulhofs.

Eben hat's endlich geklingelt und der Schulhof ist jetzt wieder leer.
Gott sei Dank. Ich will echt niemanden sehen! Nie wieder! Da hab ich gedacht, nach der Sache im Keller kann mich nichts mehr erschüttern, und jetzt das!

9.01 Uhr. Noch immer … na, du weißt schon.

Fange langsam an, mich wieder zu beruhigen. Die Seite ist ganz durchgeweicht vom Heulen, deshalb schreibe ich jetzt auf der nächsten Seite weiter. Die ist nicht ganz so sabschig. Also: Bitte umblättern!

Hanna ist so eine fiese Pute! Ich hätte nie gedacht, dass ich mal jemanden wirklich hassen würde, und jetzt hasse ich gleich zwei: Hanna und Kevin. Wenn sie jetzt vor mir stände, ich glaub, ich würde mich wirklich auf sie stürzen und ihr eine verpassen. Und dann, wenn sie heulend vor mir läge, würde ich ihren Gameboy auf den Müll werfen und ihr iPhone und ihre ganzen Markenklamotten und dann …

Okay, ich hör jetzt auf. Versprochen! Du weißt ja noch überhaupt nicht, was passiert ist, und denkst wahrscheinlich, jetzt dreht sie völlig durch. (Na, super. Jetzt vermute ich schon, dass du denken kannst. Dabei bist du nur ein Buch und … Ach, egal.) Also, es war so …

Ich bin wegen Mumis blöder Uhr wirklich zu spät gekommen. Insofern hatte ich auch keine Ahnung, ob Ben Hanna wegen der Liebesbriefgeschichte schon zur Rede gestellt hat oder nicht. Die Gänge in der Schule waren leer und ich hab leise an die Tür unseres Klassenzimmers geklopft. Von drinnen kam ein »Ja, bitte« von Frau Simbrinck und darauf bin ich rein. Die anderen waren gerade dabei, die letzten Dinge wegen der Klassenreise zu besprechen, insofern hat niemand besonders auf mich geachtet. Zum Glück. Weil Scharinas Platz leer war, hab ich für einen kurzen Moment sogar gehofft, das Ganze könnte ein ganz normaler Schultag werden, so wie früher, aber im selben Moment, als ich mich mit einem »Entschuldigung« an meinen Tisch gesetzt habe, hat Hanna sich gemeldet.

»Ja, Hanna, was ist?«, hat Frau Simbrinck gefragt.

»Entschuldigung, aber ich hätte da noch eine Frage zu den Zelten. Wie machen wir das denn jetzt, wo Julie nicht mitkommt?«

Ich hab mich verdutzt zu Hanna umgedreht und Frau Simbrinck hat sich genauso verdutzt zu mir umgedreht.

»Das ist mir neu. Du kannst nicht mitkommen, Julie??«

Ich hab Hanna sauer angeblitzt und dann energisch den Kopf geschüttelt.

»So ein Blödsinn. Natürlich komme ich mit.«

Ich wollte Hanna gerade einen Vogel zeigen, da hat sie sich wieder zu Frau Simbrinck umgedreht und ganz mitleidig geguckt.

»Oh, das tut mir jetzt leid. Ich dachte, wo ihre Eltern sich doch getrennt haben und ihre Mutter in der Irrenanstalt ist ...«

In der Klasse war es plötzlich ganz still. Wahnsinn, wenn man bedenkt, was für ein Lärmpegel sonst bei uns herrscht. Ich hab förmlich gespürt, wie alle mich angestarrt haben. Meine Wangen haben geglüht und dabei hab ich Hanna noch immer angeguckt wie ein UFO. Selbst Frau Simbrinck ist nichts mehr eingefallen. Für eine Sekunde war es so, als hätte jemand die Zeit angehalten und wir wären alle mitten in der Bewegung erstarrt.

»Meine Mutter ist ganz bestimmt nicht in einer ...«

Irgendwie hab ich das Wort nicht über meine Lippen gebracht, aber das war auch gar nicht nötig, denn inzwischen ist die Starre von Frau Simbrinck abgefallen und sie hat sich mit einem eisigen Blick zu Hanna umgedreht.

»Hör sofort auf, so einen Unsinn zu verbreiten, Johanna!«

»Aber meine Mutter hat doch selbst gesehen …«

»Noch ein Wort, Johanna, und du findest dich draußen auf dem Flur wieder. Hast du mich verstanden?«

»Entschuldigung. Ich wusste ja nicht, dass …«

»Du wusstest sehr wohl und damit ist das Thema hier beendet. Was Julie und ihre Eltern anbelangt, so geht das nur sie und ihre Familie etwas an. Holt eure Hausaufgaben heraus! Falls jemand noch Fragen zur Klassenreise hat, klären wir die in der letzten Stunde. Also bitte. Wer liest vor?«

Silbergebiss-Jannick hat angefangen, den Aufsatz zum Thema »Unser Lieblingsbuch« vorzulesen, den wir aufhatten, und allmählich haben alle wieder in ihre Hefte geguckt. Nur ich nicht. Ich hab starr geradeaus gesehen und dabei sind meine Augen ganz feucht geworden, immer feuchter, bis Sophie mir von hinten ein Taschentuch gereicht und dafür einen bösen Blick von Hanna kassiert hat. Aber das hat mich auch nicht sonderlich getröstet.

Während die anderen über »Die Pfefferkörner« (Sophie) und »Lüstern und heiß wie der Steppenwind« (der rothaarige Oliver, war ja klar) geredet haben, musste ich die ganze Zeit an das denken, was Hanna gesagt hatte.

Wo ihre Eltern sich doch getrennt haben und ihre Mutter in einer Irrenanstalt ist.

Auf einmal passte alles zusammen. Dass meine Eltern mich nicht abgeholt hatten, obwohl sie sich doch hätten Sorgen machen müssen, als ich den ganzen Tag spurlos verschwunden war. Und dass Papa gesagt hat, sie seien auf Usedom, während er aus der Wohnung seiner Eltern telefoniert hat.

9.15 Uhr. Noch immer auf dem Schulhof.

Eben war ich mir noch ganz sicher, dass Hanna die Wahrheit gesagt hat, aber jetzt zweifle ich doch. Schließlich hat sie schon ziemlich oft gelogen. Außerdem war Mama in der letzten Zeit vielleicht etwas durch den Wind, aber sie ist bestimmt nicht verrückt! Und wenn sich Eltern mal streiten, muss das ja nicht gleich bedeuten, dass sie sich scheiden lassen, nicht wahr? Und was diesen Anruf von Papa anbelangt ... Vielleicht sind Mama und Papa ja doch auf Usedom und aus irgendwelchen Gründen war nur das Display von dem Telefon kaputt. Kann doch sein. Und dass Mama sich bisher nicht bei mir gemeldet hat, kann ja tausend Gründe haben. Zum Beispiel könnte sie nach dem Spaziergang am Strand krank geworden sein. Ich mein, nicht psychisch krank, sondern mehr ... magenkrank oder so. Vielleicht hat sie das Essen auf Usedom nicht vertragen und liegt jetzt spuckend in irgendeinem Hotelzimmer an der Ostsee, während ich mich hier von dieser bescheuerten Hanna in Angst und Schrecken versetzen lasse. Ja, genau. Wahrscheinlich hat Hanna sich das alles nur ausgedacht, um mich zu ärgern. Und ich Idiotin fall darauf rein.
Außerdem sollte ich mir lieber Gedanken um Scharina machen. Ich meine, im Vergleich zu Scharinas Problemen ist das bei mir zu Hause jawohl Pipifax, oder etwa nicht?! Okay.

Also, ich gehe jetzt zurück in die Klasse und dann …

Andererseits schadet es ja nicht, mal kurz bei Papa in der Werbeagentur vorbeizusehen und zu gucken, ob sein Auto auf dem Firmenparkplatz steht. Wenn es nicht da ist (was es bestimmt nicht tut, schließlich ist er mit Mama auf Usedom), bin ich zur dritten Stunde auf alle Fälle wieder hier. Und dann kann ich in Bio sagen, dass ich nach der ersten Bauchweh bekommen und die ganze zweite Stunde auf der Toilette verbracht habe. Na ja oder irgendwie so was. Okay, ich düse los. Bis gleich!

9.28 Uhr. Vor Papas Agentur.

Es ist da. Papas Auto. Auf seinem Firmenparkplatz. Das heißt, er ist nicht auf Usedom. Was wiederum bedeutet, dass er mich angelogen hat und Mama … Nein. Papa würde mich nie anlügen. Das weiß ich einfach. Vielleicht hat er das Auto nur hier geparkt, weil … weil er hier keinen Strafzettel bekommt. Genau. Weil sie mit dem Zug nach Usedom gefahren sind und der Bahnhofsparkplatz voll war.

9.53 Uhr. Noch immer vor Papas Agentur.

Er ist hier. Habe ihn eben durchs Fenster gesehen. Er steht mit dem Rücken zu mir und telefoniert. Und was jetzt?

10.13 Uhr.

Habe beschlossen, reinzugehen und ihn zur Rede zu stellen. Hoffe für ihn (und mich), er hat eine einleuchtende Erklärung.

13.02 Uhr.

VON WEGEN einleuchtende Erklärung! Ha! Allmählich habe ich das Gefühl, dass mein Leben ein einziger Lügenhaufen ist, nur dass ich das bisher nicht mitbekommen habe. Aber bevor ich mich noch mehr aufrege, berichte ich erst mal, was passiert ist …

Ich bin mit dem Fahrstuhl in den dritten Stock zu Papas Agentur gefahren. Beim Empfangstresen habe ich mich dann nach ihm erkundigt, aber die Empfangsdame (so eine dick geschminkte Blondine hinter einer riesigen hässlichen Blumenvase) hat gemeint, sie könne ihn jetzt nicht stören. Er hätte nämlich in zwei Minuten eine ganz wichtige Besprechung. Ich hab ihr geantwortet, dass die Besprechung bestimmt nicht so wichtig ist wie das, was ich ihm zu sagen habe, aber im selben Augenblick war von hinten Papas Stimme zu hören.

»Doris, kannst du das Layout bitte noch mal an Dirk mailen? Der wartet darauf schon seit …«
Ich bin herumgefahren und im selben Moment hat Papa mich

gesehen. Und bei seinem Anblick hab ich plötzlich gewusst, dass alles wahr ist, was Hanna gesagt hat. Alles.

Papa hat Mama verlassen, weil es ihm zu viel geworden ist, mit Ottilie und den schlaflosen Nächten und mir. Und Mama ist darüber verrückt geworden und Ottilie und ich bleiben jetzt wahrscheinlich bis zum Nimmerleinstag bei Mumi. Oder wir kommen in ein Heim. Beziehungsweise in ein Internat. Was im Grunde auf dasselbe hinausläuft, nur dass es etwas freundlicher klingt.

Papa hat irgendwas gestottert, das so klang wie »Oh, Julie, was machst du denn hier?«, aber da hab ich schon gemerkt, dass ich mich gleich nicht mehr beherrschen kann. Ich hab gesagt, das sollte ich wohl besser ihn fragen, schließlich hätte er mir gestern Abend erzählt, er wäre auf Usedom.

»Ich weiß. Das Ganze tut mir schrecklich leid, Julie. Ich hab gleich eine Besprechung, aber vielleicht wartest du erst mal bei mir im Büro und dann …«

»Und dann was? Dann lügst du mich wieder an?«

Inzwischen ist ein Kollege von Papa aus seinem Büro gekommen und hat zwischen uns hin und her geschaut, ganz fasziniert war der. Papa hat seine Stimme gesenkt, weil er nicht wollte, dass der Kollege unseren Streit mitbekommt, aber das hat mich nur noch wütender gemacht. Also hab ich laut gesagt, dass ich ein Recht darauf habe zu erfahren, warum er mich anlügt, und dass ich sofort wissen will, wo Mama ist – **SOFORT!** Papas linkes Auge hat bei dem »Sofort!« komisch zu zucken angefangen, so wie es das manchmal tut, wenn er sich aufregt, und er hat plötzlich ganz verzweifelt ausgesehen. »Glaub mir, Julie, es ist komplizierter, als du denkst. Ich verstehe das Ganze ja selber nicht! Ich hab schon x-mal versucht, deine Mutter zu erreichen, aber scheinbar hat Mumi sie …«

Im selben Moment ist die Tür von der anderen Seite aufgegangen und Papas Chef ist mit einem »Na, dann wollen wir mal …« auf uns zugekommen. Hinter ihm ist noch ein ganzer Pulk von Papas Kollegen durch die Tür spaziert. Das Ganze sah aus wie eine Chefarzt-Visite im Krankenhaus. Vorweg geht der König und hinter ihm die Schleppenträger. Der Chefarzt-König und seine Schergen sind an uns vorbei und Papas einer Kollege (der, der so interessiert zugehört hatte) ist ihnen schnell in Richtung Konferenzraum gefolgt. An Papas Blick hab ich gemerkt, dass er da eigentlich auch hinterhermüsste, aber inzwischen war ich nicht mehr in der Stimmung, ihn so einfach davonkommen zu lassen. Also hab ich meine Arme vor der Brust verschränkt und gemeint, er könne sich ja überlegen, wer ihm wichtiger ist: sein Chef oder ich. Papa hat gestöhnt und im selben Moment hat sich Herr Teubner, Papas Chef, ziemlich gereizt zu uns umgedreht.

»Kommen Sie, Herr Ahlberg, oder brauchen Sie eine Extra-Einladung?«

Papa ist rot geworden und dabei hat sein Auge wieder gezuckt, aber ich bin keinen Millimeter zur Seite gewichen. Soll dieser Blödmann von Chef doch merken, dass er mit mir nicht so umspringen kann wie mit seinen Angestellten! Herr Teubner hat Papa auffordernd angesehen, die anderen Kollegen haben sich neugierig umgedreht und auf einmal war es fast so wie im Theater. Als wenn Papa und ich auf einer Bühne gestanden wären. Alle Blicke haben sich auf uns gerichtet und ich hab gemerkt, wie Papa fieberhaft überlegt hat, was er jetzt machen soll: mich anmeckern oder lieber nett bleiben. Na, und dann hat er sich für die softe Variante entschieden.

»Julie, bitte! Ich verspreche dir, wir reden später. Könntest du nicht erst mal …?«

Für eine Sekunde hat Papa mir fast leidgetan. Ich war wirklich versucht, einen Schritt beiseitezutreten und ihn vorbeizulassen, aber dann ist Papas Chef auf mich zugekommen und hat alles kaputt gemacht.

»Ich glaube, mein Mädchen, du vergisst, wo du hier bist. Das hier ist ein Büro und kein Kinderspielplatz! Auch wenn dein Vater scheinbar vergessen hat, dir das beizubringen. Wir haben hier zu arbeiten und du gehörst ja wohl um diese Zeit in die Schule …«

Herr Teubner hat meinen Arm genommen, um mich beiseitezuschieben, und im selben Moment bin ich explodiert. Mir ist ganz heiß geworden, ich hab Papas Chef weggeschubst und dann habe ich mich zu meinem Vater umgedreht und ihn angebrüllt. Aber so richtig laut.

»Jetzt weiß ich endlich, wie viel wir dir wert sind, Mama, Ottilie und ich! Nichts! Gar nichts sind wir dir wert! Geh doch zu deiner bescheuerten Besprechung und kriech diesem Blödmann in den Arsch!!! Aber erzähl mir nie wieder was von Mut und Ehrlichkeit! Nie wieder!!!«

Okay, ich weiß, das mit dem Arschkriechen war nicht unbedingt eine sprachliche Meisterleistung, ich war halt so wütend! Papas Chef wollte mich packen, aber im selben Moment hab ich nach der scheußlichen Vase vom Empfangstresen gegriffen und sie ihm mitten vor die Füße geknallt. Das hat vielleicht gescheppert! In der Werbeagentur von Papa haben sie nämlich so eine Art Marmorfußboden und alles, was da rauffällt, knallt so laut wie zehn Düsenflieger beim Durchbrechen der Schallmauer.

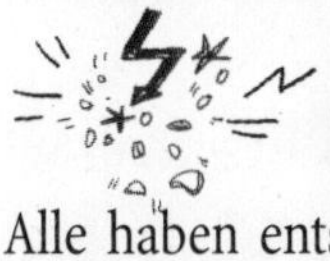

Krawumm!

Alle haben entsetzt auf den Boden gestarrt, wo jetzt überall Scherben lagen, und ich hab mich heulend umgedreht und bin einfach weggelaufen. Papa wollte mit einem »Julie, warte!« hinter mir her, aber sein Chef hat ihn festgehalten und seine ganze Wut an ihm ausgelassen.

»Das ist doch unglaublich!« und »Das wird ein Nachspiel haben!« hat er gebrüllt, aber da war ich schon halb auf der Treppe.

Was meinst du? Ob Papa jetzt meinetwegen seinen Job verliert? Weißt du, ich wollte ihm wehtun, so doll, wie er mir wehgetan hat, aber dass er meinetwegen arbeitslos wird, das wollte ich nicht! Wirklich nicht! Irgendwie sah er nämlich richtig schlecht aus. Und ganz rote entzündete Augen hat er auch gehabt. Oh, verdammt!

14.10 Uhr.

Ich glaub, ich schleich mich noch mal zurück in die Agentur und entschuldige mich bei Papa. Okay, er hat gelogen und feige war er auch, aber immerhin hat er ja auch eine Familie zu ernähren und schließlich ist er noch immer der einzige Papa, den ich habe – selbst wenn er lügt.

16.10 Uhr. Wieder bei Mumi.

Ein Glück, dass ich zurückgegangen bin! Das Gespräch mit Papa war wirklich gut. So ganz verstehe ich die Sache zwar noch immer nicht, aber zumindest weiß ich jetzt, dass Papa nicht wirklich schuld an dem ganzen Kuddelmuddel ist. Also, es war so …

Ich hab gewartet, bis die dick geschminkte Empfangsdame aufs Klo verschwunden ist. Dann bin ich heimlich in Papas Büro gehuscht. Ich dachte natürlich, dass er noch in dieser Wichtig-Wichtig-Besprechung ist, aber stattdessen lag er auf seinem schwarzen Design-Ledersofa, auf das er immer so stolz ist, und hat geheult. Mein cooler »Der-Indianer-kennt-keinen-Schmerz-Vater«! Unglaublich.
Ich wollte mich gleich wieder rausschleichen, weil ich mir gedacht hab, dass er bestimmt nicht will, dass ich ihn so sehe, aber er muss wohl gemerkt haben, dass jemand hereingekommen ist, denn auf einmal hat er etwas in Richtung Tür gebrüllt.

»Ich hab doch gesagt, ich will nicht gestört werden …«

Ich hab mich ganz schnell wieder umgedreht, um zu verschwinden, aber plötzlich hat er »Oh, Gott, Julie!« gesagt und dann hat er angefangen zu schluchzen. Oh, Mann. Ich sag dir. Das war echt heavy.[15] Ich hab eine Sekunde wie erstarrt im Türrahmen gestanden und dann bin ich einfach auf ihn zugelaufen und hab ihn umarmt. Ich hab ihn ganz fest an mich gedrückt und er hat mich ganz fest an sich gedrückt und wir haben beide geheult und es war irgendwie richtig schön. Später hab ich mich dann dafür entschuldigt, dass ich die Vase runtergeworfen habe, und er hat gesagt, das sei schon okay. Er hätte die eh immer hässlich gefunden, aber sein Chef hätte die für ein Wahnsinnsgeld auf irgendeiner Vernissage[16] erstanden. Als er sich an das Gesicht von seinem Chef erinnert hat, musste er plötzlich lachen und ich musste auch lachen und dann konnten wir gar nicht wieder aufhören und dazwischen haben wir wieder ein bisschen geweint und dann noch mal gelacht, bis wir nicht mehr konnten. Anschließend hat er mir die Tränen von der Wange gewischt und gemeint, wir wären **zwei richtige Heulsusen.**

Und da hab ich noch mehr lachen müssen. Weil es irgendwie lustig ist, wenn sich ein 1,90 Meter großer Mann, der sonst

---

15 *Heavy = Eigentlich heißt das wörtlich hart, aber heavy trifft's einfach besser.*

16 *Vernissage = Kunstausstellung. Mama und Papa haben mich mal zu einer mitgenommen. Das war in einem ganz hohen Raum mit riesigen Fenstern und ziemlich viele Menschen dort haben schwarz umrandete Brillen getragen. Sah ganz merkwürdig eulenmäßig aus. Niemand hat gelacht oder gelächelt und alle haben stundenlang mit todernsten Gesichtern über irgendwelche »Kontrapunkte« geredet. Glaube, ich hab mich noch nie so gelangweilt!*

immer supererwachsen tut, plötzlich als Heulsuse bezeichnet. Irgendwann hat Papa mich gefragt, ob ich ihm diese blöde Usedom-Lüge verzeihen könnte. Ich hab genickt und gemeint, das ginge in Ordnung, wenn er von jetzt an nur noch die Wahrheit sagt. Und da hat wiederum Papa genickt und gemeint, das sei ein fairer Deal. Na, und dann hat er eben erzählt, wie die Dinge liegen …

Anscheinend ist es so, dass Mama wirklich für ein paar Tage in so etwas wie einem Sanatorium ist. Erst habe ich gedacht, dass ich daran schuld bin, weil Mama sich solche Sorgen um mich gemacht hat, als ich den ganzen Samstag eingesperrt bei Scharina im Keller war. Aber Papa sagte, das hätte sie zum Glück gar nicht mehr mitbekommen. Die Bombe sei nämlich schon am Samstagmorgen geplatzt, als ich auf dem Weg zu Scharina war. Was die »Bombe« genau ist, hat Papa nicht gesagt. Das Einzige, was ich aus seinen Worten herausgehört habe, ist, dass Mama Papa, als er am Samstag mit Versöhnungsbrötchen nach Hause gekommen ist, damit begrüßt hat, dass sie die Scheidung will. Papa meinte, er wäre völlig perplex gewesen, aber scheinbar hat sie ihm kaum Zeit gelassen, die Sache, die Grund für den Streit war (und die Papa mir nicht sagen will) zu erklären. Stattdessen hat sie seine Klamotten und seine gesamte CD-Sammlung aus dem Fenster geschmissen! (Und die Sammlung ist ziemlich groß.) Und dabei hat sie furchtbar geweint und gesagt, er sei ein Schwein. Na ja und das haben dann natürlich alle Nachbarn mitbekommen und Papa wusste nicht mehr, was er tun sollte. Er hatte Angst, dass einer der Nachbarn vielleicht die Polizei ruft, weil ja inzwischen auf der Straße tausend kaputte CDs herumlagen. Also hat er Mumi angerufen und die ist gekommen und hat mit Mama geredet und anschließend hat sie Papa eine Ohrfeige verpasst (**!!**), vor allen Nachbarn (**!!!**). Tja, und daher ist ihm nichts anderes übrig geblieben, als in sein Auto zu steigen und in die Wohnung seiner Eltern zu fahren. Mumi hat ihn am Abend noch einmal angerufen, um ihm zu sagen, dass sie Mama in dieses Sanatorium gebracht hat und dass er mir sagen soll, dass sie beide auf Usedom sind, bis sich die ganze Sache etwas beruhigt hat.

Puh! Unglaublich, oder? Ich hab Papa gefragt, ob er die Telefonnummer von Mama hat, aber Mumi gibt sie ihm nicht und Mamas Handy ist auch ausgeschaltet.

Denke, ich muss unbedingt mit Mumi reden!!! Schließlich ist dieser Streit eine Sache, die nur Mama und Papa was angeht, und wenn Papa Mamas Telefonnummer haben will, dann, finde ich, muss sie sie ihm auch geben.

18.34 Uhr. Noch immer in Mumis Wohnung.

Habe soeben mit Mumi gesprochen. Halt dich fest! Sie sagt, Papa hätte Mama quasi betrogen! Mit einer anderen Frau! Und das hätte Mama rausgekriegt und deshalb hätte sie einen Nervenzusammenbruch bekommen! Soll ich dir was sagen? ***DAS GLAUBE ICH NIE UND NIMMER!*** Nicht, nachdem ich vorhin mit Papa gesprochen habe. Mumi sagt, es gäbe dafür Beweise, aber was für Beweise das sind, wollte sie mir nicht sagen. Ist das nicht ungeheuerlich?! Und was heißt überhaupt »quasi«? Wie kann man jemanden »quasi« betrügen?? Also wenn du mich fragst, haben die hier alle einen an der Waffel! Aber gewaltig!!!

21.13 Uhr.

Kann schon wieder nicht einschlafen. Habe versucht, Ben zu erreichen, aber der ist – laut Aussage seiner Eltern – noch im Probenraum seiner Band. Verstehe nicht, warum er sich bei mir nicht meldet.
Dabei fällt mir ein – vielleicht hat er es ja versucht? Schließlich bin ich seit der Kellergeschichte gar nicht zu Hause gewesen. Vielleicht hat er auf unseren Anrufbeantworter gesprochen und wundert sich nun, dass ich nicht zurückgerufen habe. Oh, Mann, ich vermisse ihn ganz schrecklich! Das einzig Gute ist, dass ich wegen der ganzen Sache mit Mama und Papa in den letzten Stunden nicht an Kevin denken musste. Immerhin.

22.34 Uhr.

Muss unbedingt in Sachen Scharina aktiv werden. Was ist, wenn ihr besoffener Bruder sie inzwischen krankenhausreif geprügelt hat?

Dienstag, der 25. Mai

☺ Höhepunkte!

1) Durfte eben mit Mama telefonieren. Ihr geht's gut und sie kommt morgen oder übermorgen nach Hause. Ein Glück!

☹ Tiefpunkte!

1) Mama sagt, sie möchte vorerst nicht, dass Papa wieder bei uns einzieht. Habe ihr gesagt, dass er garantiert keine Freundin hat, aber sie meinte, das wüsste sie und darum ginge es auch gar nicht. Herr im Himmel, worum denn dann?
2) Habe von Ben geträumt. Ich hab ihn gefragt, ob er meinen Busen anfassen möchte, und er hat Nein, danke gesagt. Verstehe ich nicht. **Nein, danke????** Bin mir nicht klar, was mir mein Unterbewusstsein damit sagen will. Fand meinen Busen bisher eher normal.
3) Morgen beginnt die Klassenreise.

Die Schule war so lala. Scharina ist nicht wieder aufgetaucht. Frau Simbrinck meinte, Scharina läge mit einer leichten Grippe im Bett, aber sie hätte mit ihr telefoniert – morgen zur Klassenreise sei sie bestimmt wieder fit. Hm …

Eine halbe Stunde später.

Habe eben mit Sharon telefoniert. Hatte das Gefühl, als wollte sie mir irgendwas Wichtiges über sich selber erzählen, aber dann hat sie es doch nicht getan. Stattdessen hat sie gesagt, wir

sollten der Polizei unbedingt wegen Scharinas Bruder Bescheid sagen. Weil Geschwister sich zwar manchmal übel streiten, aber niemand seine Schwester über Wochen so verprügeln darf, dass ihr ganzer Oberkörper grün und blau ist. Und weil es auch nicht geht, dass ein Siebzehnjähriger ständig betrunken ist und seine Mutter einfach abhaut und die Kinder sich selbst überlässt. Ich musste Sharon versprechen, etwas zu unternehmen, also habe ich beschlossen, noch mal mit Ben darüber zu reden.
Bens Klasse macht heute einen Ausflug ins Planetarium. Insofern habe ich ihn noch immer nicht gesehen. Habe aber vor, gleich nach dem Mittagessen bei ihm im Probenraum vorbeizugucken. Bin ehrlich gesagt deswegen etwas aufgeregt. Schließlich weiß ich noch immer nicht, ob wir jetzt offiziell zusammen sind oder nicht. Wie begrüße ich ihn am besten? Mit einer Umarmung? Aber was ist, wenn ihm das peinlich ist? Ob er überhaupt (schon wieder? noch immer?) in mich verliebt ist? Aber wenn nicht, warum wollte er mich dann im Keller, kurz bevor Frau Fromberg uns entdeckt hat, küssen???

17.32 Uhr.

Ben ist einfach so … Aber warte, ich berichte von Anfang an: Nach dem Mittagessen hab ich mir ein Herz gefasst und bin mit meinem Fahrrad zum Jugendhaus gefahren, da, wo Ben, Sophies Bruder Fiete und der bekloppte Marc ihren Probenraum haben.

Vor dem Jugendhaus standen schon Unmengen Fahrräder und ich hab mein Rad dazugestellt und bin rein.
Ganz vorne haben ein paar Mädchen getöpfert, daneben haben ein paar kleinere Kinder an einer Kletterwand herumgetobt und von hinten hörte man schon, dass Ben und seine Freunde da probten.
Zuerst hab ich mich nicht getraut, die Tür aufzumachen, aber dann hab ich's doch getan. Fiete saß auf einer kleinen Bühne weiter hinten im Raum und hat auf dem Schlagzeug herumgehämmert. Marc und noch zwei aus der Neunten waren auch da, aber von Ben war weit und breit nichts zu sehen. Erst als ich mich umgeguckt hab, hab ich ihn entdeckt. Er hat hinten in der Ecke gestanden und mit irgendeinem blonden Mädchen geredet, das mir den Rücken zugedreht hatte. Sonderlich harmonisch wirkte das Ganze nicht: Das Mädchen hat ständig mit dem Fuß aufgestampft und Ben hat die ganze Zeit den Kopf geschüttelt.
Einen Moment lang habe ich überlegt, ob ich nicht am besten wieder gehe, aber im selben Augenblick hat sich das Mädchen umgedreht und ich hab gesehen, wer es war. Es war – Hanna! Bingo! Du kannst dir ja vorstellen, was mir durch den Kopf gegangen ist. Ich wollte nur noch verschwinden, aber im selben Moment hat die Band aufgehört zu spielen. Und mitten in die Stille hat Fiete ein verdutztes »Hey, Julie, was machst du denn hier?!« herübergerufen. Na, und da sind Ben und Hanna natürlich herumgefahren und ich bin im Gesicht so rot angelaufen wie eine Tomate. War ja auch echt peinlich.

Ich hab ein zögerndes »Hallo!« rausgequetscht, aber ehe ich noch flüchten konnte, hat Ben Hanna schon stehen gelassen und ist auf mich zu gelaufen.

Und dann hat er mir einen Kuss gegeben und mich in den Arm genommen! Vor Hannas Augen!! Und der ganzen Band !!!

Das fühlte sich so gut an! Fiete, Marc und die anderen haben gegrinst und ich hätte endlos weiter so dastehen können, aber dann hab ich gemerkt, dass Hanna gleich anfängt zu heulen. Also hab ich Ben ein Stückchen von mir weggeschoben und mich verlegen zu ihr umgedreht. »Hey, wollen wir nicht einfach noch mal über alles reden und dann …?«

»Nein, danke.«

Hanna hat sich ein gequältes Lächeln abgerungen und anschließend den Kopf geschüttelt.

»Ist wahrscheinlich besser so. Ich wünsch euch viel Glück.«

Dann ist sie zur Tür gegangen oder vielmehr gelaufen. Ich hab kurz überlegt, ob ich ihr folgen soll, aber im selben Augenblick hat mich der bekloppte Marc am Ärmel zurückgehalten.

»Ey, Julie, warte mal!«

Ich bin stehen geblieben und hab gedacht: Na, super. Was kommt denn jetzt? Ich hab schon befürchtet, dass Marc wieder irgendwas Fieses von sich gibt, aber stattdessen hat er auf einmal ziemlich verlegen ausgesehen.

»Na ja, also, ich wollte dich fragen, ob du Fiete und mir den blöden Spruch da neulich auf dem Schulhof verzeihen kannst. Von wegen Mundgeruch und so. Du weißt schon …«

Ich hab auf Marcs und Fietes hochrote Köpfe gestarrt und war ziemlich baff. Mumi hat mir früher, wenn ich mich über jemanden geärgert habe, immer geraten, es wie die Indianer zu machen: »Setz dich an die Biegung des Flusses und warte, bis die Leichen deiner Feinde vorbeiziehen.« Damals war ich noch im Kindergarten und hab nicht so richtig verstanden, was der fiese Till aus der orangen Gruppe mit irgendwelchen Indianern zu tun hatte, aber allmählich wird mir die Sache klar. Ha! Manchmal braucht man nur abzuwarten und die Dinge lösen sich von ganz allein.

»Klar. Kein Problem. Ich glaub, wir waren alle ein bisschen von der Rolle …«

Ich hab Fiete und Marc versöhnlich zugenickt – glaub mir, manchmal kann ich auch großzügig sein – und daraufhin hat Fiete mir vor lauter Erleichterung so doll auf die Schulter gehauen, dass ich zusammengezuckt bin. »Mann! Wir sind echt froh, dass das mit Ben und dir endlich geklappt hat. Länger hätten wir das ganze verknallte Gequatsche über deine Augen und deine Haare nicht mehr ausgehalten, was, Alter?!«

Fiete hat Ben in die Seite geboxt und Marc hat den Daumen nach oben gehalten. Aus den Augenwinkeln hab ich gesehen, wie Ben rot geworden ist, und auf einmal war für ein paar Sekunden alles gut. Wirklich alles! Ich hab nicht mehr an die Trennung meiner Eltern gedacht und nicht mehr an Scharinas Arme und ihren bescheuerten Bruder, sondern nur noch an

Ben, den liebsten, schönsten und nettesten Jungen auf der ganze Welt!!!! Das ist er nämlich wirklich! Der tollste überhaupt!

21.34 Uhr. In Mumis Gästezimmer.

Irgendwie kann ich's noch immer nicht fassen. Ben und ich sind ein Paar! Früher hab ich mich oft gefragt, wie das wohl ist, mit den Schmetterlingen im Bauch, aber jetzt weiß ich es ganz genau. Es fühlt sich so an, als ob der ganze Magen nur noch aus herumflatterndem Glück besteht. Und man ist so voll davon, dass man platzen könnte! Und herumtanzen! Und die ganze Welt umarmen!!!! Unglaublich! Dabei habe ich noch nicht mal alles erzählt! Das Beste kommt ja noch …

Nachdem Marc und Fiete sich bei mir entschuldigt hatten, sind sie wieder auf die Bühne zurück, aber Ben ist unten bei mir stehen geblieben. Ich wusste nicht so richtig, was ich jetzt machen sollte, aber zum Glück wusste Ben das umso besser. Er hat mich einfach in seine Arme gezogen und mir dann einen Kuss auf die Stirn gegeben.
»Mann, du bist mir echt 'ne Marke! Kannst du dir vorstellen, was ich mir für Sorgen um dich gemacht habe?«
»Im Ernst?«
Ich hab ihn ganz verzückt angelächelt, aber er hat mir nur einen Nasenstüber verpasst und dann gemeint, dass er vor lauter Angst halb gestorben sei.

»Ich hab letzte Nacht mindestens fünfmal bei euch geklingelt und dreimal auf den Anrufbeantworter gesprochen, weil ich ja nicht mal deine Handynummer hab. Und als um Mitternacht noch immer niemand da war, hab ich mir sonst was ausgemalt …«

Ich hab mich in seine Arme gekuschelt und mir dabei Mühe gegeben, nicht allzu erfreut auszusehen.

»Na ja, ehrlich gesagt, ist seit gestern auch ziemlich viel bei uns passiert …«

Ich hab Ben die Sache mit meinen Eltern in einer Kurzversion erzählt, aber selbst die hat schon ausgereicht, um ihn sprachlos zu machen.

»Das heißt, deine Eltern haben gar nichts von der ganzen Kelleraktion am Samstag mitbekommen?«

»Nee. Zum Glück nicht. Mama hat Papa wohl schon gleich morgens früh wegen ihrer komischen Freundinnen-Idee rausgeworfen und danach …«

Ich hab die Schultern gezuckt. Ben hat mich zweifelnd angesehen und an seinem Blick hab ich gemerkt, dass er das mit Papas vermeintlicher Freundin für nicht ganz so absurd hält wie ich. Allerdings kennt er meinen Vater ja auch nicht sonderlich gut. Also hab ich mich verpflichtet gefühlt, die Sache noch mal klarzustellen.

»Mein Vater hat wirklich keine Freundin! Ganz bestimmt nicht! Selbst meine Oma hat gesagt, er hätte nur quasi so etwas wie eine Freundin und Mumi traut ihm sonst immer das Schlimmste zu.«

»Wenn du meinst …« Ben hat weiter zweifelnd geguckt und ich hab beschlossen, lieber das Thema zu wechseln. Schließlich beunruhigt mich die ganze »Freundinnen-Sache« auch so schon genug. Da brauche ich nicht noch einen Schwarzseher mehr. Zum Glück hat Fiete uns im selben Augenblick sowieso unterbrochen.

»Hey, Ben? Was ist? Willst du's ihr nicht langsam vorspielen?«

Ich hab Ben fragend angeguckt.

»Was denn vorspielen?«

Marc, Fiete und die anderen haben sich wissend angegrinst, aber Ben hat ihnen nur einen gereizten Blick zugeworfen. Dann hat er sich schnell zu mir umgedreht und die Schultern gezuckt.

»Nichts.«

»Nichts?«

»Von wegen! Als wenn wir hier seit Wochen an nichts herumklimpern würden …«

Marc hat sich seine E-Gitarre umgehängt und einen Akkord angeschlagen und Fiete ist mit seinem Schlagzeug gleich darauf eingestiegen. Ben hat gequält aufgestöhnt, aber die anderen haben darauf keine Rücksicht genommen. Sie haben einfach angefangen, ein Stück zu spielen, das klang so super – du glaubst es nicht! Erst rockig und dann wieder sanft und wunderschön. Ich hab völlig fasziniert auf die Band gestarrt und plötzlich hat Ben gesagt: »Ach, was soll's …«

Und dann ist er rauf auf die Bühne und hat sich das Mikro geschnappt und gesungen. Auf einmal wurde es jenseits der

Tür, wo die Kleinen vorher tierisch laut waren, ganz leise. Ich hab Ben da oben singen hören und mir ist ganz warm geworden und immer wärmer und dann hab ich erst gemerkt, was er da gesungen hat. »Julie, my love for you is bigger than a house, bigger than a street, bigger than a town, bigger than the world …«

Ja, wirklich! Er hat ein Lied für mich komponiert! Für mich! Für Julie! Und was für eines! Das schönste Lied, das ich je in meinem Leben gehört habe! Es war so … so … Was ich da gefühlt hab, war einfach … **Unbeschreiblich.**

Ehrlich gesagt, bin ich im Moment so glücklich, dass mir selbst die Sache mit Scharina ganz weit weg zu sein scheint, aber das ist natürlich total egoistisch von mir. Zum Glück hat sich wenigstens Ben in der Zwischenzeit Gedanken über Scharina gemacht und dabei auch gleich einen Entschluss gefasst. Ich soll ihn morgen von der Klassenreise anrufen, und wenn Scharina nicht mit in der Bahn nach Sylt sitzt, will er schnurstracks zur nächsten Wache marschieren und die Polizei informieren.

Ich hab ihm gesagt, dass ich mir unsicher bin, ob das so eine gute Idee ist (Was, wenn Kevin Ottilie aus Rache dafür was antut?), aber dafür hat er sich auch schon eine Lösung überlegt.

Er will der Polizei einfach nichts von mir erzählen, weil er mich und meine Familie nicht in Gefahr bringen will. Ich war echt

baff, als ich das gehört hab!!!! Vermute, ich habe mich in den letzten noch lebenden Gentleman auf Gottes weitem Erdboden verliebt.
Blöderweise komme ich mir jetzt gegenüber Ben ziemlich feige vor. Schließlich wäre er ohne mich gar nicht erst in den ganzen Schlamassel hineingeraten. Und jetzt hab ich das Gefühl, dass ich ihn im Stich lasse, wenn er Kevin allein anzeigt. Zurzeit tröstet mich da nur die Hoffnung, dass Scharina morgen auf dem Bahnhof auftaucht, wie Frau Simbrock gesagt hat, und wir die ganze Sache irgendwie anders klären können. (Wobei ich keine Ahnung habe, wie.)

Weißt du, was ich am allerliebsten machen würde? Einfach krank werden. Nicht so wirklich schlimm krank, sondern nur ein bisschen. Eben so, dass man im Bett liegen muss und von Mumi heiße Milch mit Honig kredenzt bekommt. Oder vielleicht doch ein bisschen mehr. Eine Lungenentzündung zum Beispiel. Oder was mit den Nieren? Am besten so schlimm, dass Mama und Papa sich aus lauter Sorgen um mich sofort wieder versöhnen. Und Ben würde jeden Tag zu Besuch kommen und Scharinas Bruder … der würde eine Lehrstelle in Timbuktu angeboten bekommen und nie wieder nach Deutschland zurückkehren. Das wär's, oder? Soll keiner sagen, es gäbe nicht für jedes Problem eine Lösung …

Mittwoch, der 26. Mai

☺ Höhepunkte!

1) Hatte heute früh 37,1 Grad Temperatur. Da das schließlich fast Fieber ist, habe ich mit dem Warmwasserhahn noch etwas nachgeholfen. Anschließend habe ich Mumi erklärt, dass ich mich furchtbar schlecht fühlen würde und deshalb leider zu Hause bleiben müsste. Der Plan war nicht schlecht, leider …

☹ Tiefpunkte!

1) … hat Mumi darauf bestanden, anschließend noch mal selbst zu messen, und da waren es nur noch 36,9 Grad. Nun gut. Einen Versuch war es wert.

8.54 Uhr. Hauptbahnhof. Auf dem Bahnsteig.

Tut mir leid, meine Schrift ist ein bisschen krakelig, aber alle Stühle auf dem Bahngleis sind besetzt. Insofern kauere ich hier ziemlich unbequem auf dem Boden. Um mich herum ist die Hölle los. Alle laufen hektisch durcheinander, um sich noch von ihren Eltern und Geschwistern und ich weiß nicht wem zu verabschieden. Die Bahn soll in zehn Minuten abfahren, aber von Scharina ist noch immer nichts zu sehen. Verdammt! Neben mir heult Jannick-Silbergebiss, weil Oliver zu ihm gesagt hat, wenn er noch eine Flanke vergurkt, kann er auf Sylt alleine kicken, und Jette schluchzt etwas weiter hinten den Mantel ihrer Mutter voll, weil sie bereits jetzt Heimweh hat.

Mumi ist schon weg (sie sagt, sie hält nichts von langen Abschieden) und ich fühle mich inmitten der ganzen Heulerei doch ein bisschen allein. Eigentlich hatte Mama versprochen, dass sie mich zur Bahn bringt, aber die Ärzte in ihrer Klinik haben sich mit dem Entlassungsbericht so lange Zeit gelassen, dass sie es doch nicht mehr geschafft hat. Echt doof.
Papa wäre eigentlich auch gern gekommen, aber Mumi hat gesagt, der soll ihr nur unterkommen, dann kann er was erleben, und da habe ich ihn doch besser gebeten, zu Hause zu bleiben. Mumi musste früher mal zur Polizei, weil sie jemandem, der ihr den Parkplatz weggenommen hat, gedroht hat, seinen Schniedel abzuschneiden. Insofern ist ihr alles zuzutrauen und das muss man ja nicht unbedingt riskieren.
Shit! Jetzt sind es nur noch vier Minuten bis zur Abfahrt. Die meisten steigen schon ein, aber von Scharina ist nichts zu sehen. Hoffentlich kommt sie noch! Hoffentlich, hoffentlich!

9.07 Uhr. Im Abteil.

So ein Mist! Scharina ist nicht gekommen. Zumindest nicht, so weit ich sehen konnte. Eigentlich muss ich Ben jetzt anrufen, aber ich trau mich nicht. Ich will nicht, dass er allein zur Polizei geht! Schließlich sind wir ein Team. Außerdem habe ich um ihn genauso viel Angst wie um mich. Wer weiß, was Kevin aus Rache mit ihm anstellt? Vielleicht verprügelt er ihn. Oder – noch schlimmer – er bedroht ihn mit einem Messer. Oder mit einer Axt. So wie in meinem Albtraum neulich. Und dann …

9.09 Uhr. Im Abteil.

JAAAA!!!! Sie ist da! Herr Clausen, der als zweiter Erwachsener mitfährt, war eben bei mir drin und hat gefragt, ob sich Scharina nachher zu mir setzen könnte – drüben, wo die anderen aus der Klasse sitzen, sei es so voll! Yeah!!! Rufe jetzt erst mal Ben an und gebe Entwarnung.

9.21 Uhr. Noch immer im Abteil.

Du glaubst nicht, wer eben da war. Nicht Scharina, sondern Sophie und Franzi, um mich zu fragen, ob ich mit rüber ins Großraumabteil kommen möchte, wir könnten auch zu dritt auf einen Zweierplatz.
Das fand ich ziemlich nett in Anbetracht der Tatsache, dass sie ewige Verbannung von Hanna fürchten müssen. Aber ich habe dann trotzdem den Kopf geschüttelt, weil Scharina ja gleich kommt.

9.32 Uhr. Noch immer im Abteil, sprachlos.

Wahrscheinlich ist der Nächste, der ins Abteil kommt, der Kaiser von China. Weißt du, wer jetzt bei mir war? Wieder nicht Scharina, sondern Hanna!
Um sich zu entschuldigen. Weil das Ganze doch eigentlich nur ein – halt dich fest! – Missverständnis war. Ha! Bei dem Wort »Missverständnis« bin ich richtig sauer geworden, aber gerade,

als ich so richtig loslegen wollte, haben sich ihre Augen mit Tränen gefüllt. Und dann hat sie angefangen zu schluchzen.
»Oh, Julie! Ich weiß, du hast allen Grund dazu, aber hass mich bitte nicht! Das könnte ich nicht ertragen!!«
Ich hab Hanna perplex angesehen, aber ehe ich was dazu sagen konnte, ist sie auf mich zugestürzt und hat mich wie eine Ertrinkende umklammert.
»Es tut mir so leid! Wirklich! Lass uns wieder Freundinnnen sein, ja? So wie früher. Wir waren doch echt ein Dreamteam, wir alle zusammen. Bitte!«
Ich hab sie einen Augenblick verdattert angeguckt und im selben Moment ist der Groschen bei mir gefallen. Sie hat also mitbekommen, dass Franzi und Sophie wieder mit mir sprechen, und hat jetzt Schiss, dass sie plötzlich genauso alleine dasteht wie ich in den letzten Tagen.
»Äh, also eigentlich …«
Ich wollte gerade sagen, dass ich noch immer ziemlich sauer auf sie bin und dass das mit dem Wieder-Freundinnen-Sein in Anbetracht ihrer Irrenhaus-Bemerkung über meine Mutter auch keine so goldene Idee ist, da hat sich mich schon wieder losgelassen und gemeint, dass sie unendlich froh wäre, dass wir uns endlich ausgesprochen hätten und dass sie es ganz toll fände, wie verständnisvoll ich reagieren würde, und dass wir zur Feier unserer Versöhnung morgen unbedingt alle zusammen ins Westerländer Schwimmbad gehen sollten.
»Weißt du noch, wie wir letztes Jahr im Spaßbad die schwarze Rutsche verkehrt herum gerutscht sind? Das war so cool …«

»Ja, kann sein, aber …« Ich hab Luft geholt, um endlich auch mal zu Wort zu kommen, aber im selben Moment hat sie plötzlich einen Blick auf ihre Armbanduhr geworfen und hektisch den Kopf geschüttelt.

»Oh, Shitness. Ich muss wieder zu den anderen. Bis nachher, Juliechen! Und noch mal danke!«

Damit ist sie abgedüst in Richtung Großraumabteil und ich saß da wie jemand, der gerade unter eine Dampfwalze geraten ist.

Ich mein: »Juliechen!« Was sagt man dazu?! Wahrscheinlich: »Oh, Shitness«!

Vier Minuten später. Im Abteil.

Bin noch immer ziemlich geplättet, aber auch ein klitzekleines bisschen stolz. Vielleicht bin ich doch nicht so rückgratlos wie vermutet! Gut, ich hätte mich eben von Hanna nicht so zuquatschen lassen sollen, aber immerhin habe ich ihr auch nicht gesagt, dass jetzt alles wieder vergeben und vergessen ist. So leicht kommt sie mir nämlich nicht davon! Komisch, wie sich die Sichtweise plötzlich verschieben kann, oder? Wenn man mit Hanna befreundet ist, gehört man automatisch zum Kreis der Beliebten in der Klasse und bis vor Kurzem war mir das noch total wichtig. Aber in der Zwischenzeit ist so viel passiert, dass ich Hanna und ihr Getue einfach nur noch ätzend finde …

Oh, warte! Jetzt kommt Scharina! Ich schreib nachher weiter!

18.34 Uhr. Auf dem Westerländer Campingplatz. Im Zelt.

Tut mir leid, dass ich mich erst jetzt wieder melde, aber Scharina und ich haben die ganze Bahnfahrt und den ganzen Nachmittag (wir waren am Ellenbogen spazieren, das ist ein privater Strand, der so aussieht wie ein Ellenbogen, daher der Name) miteinander gequatscht und das war wichtig. Wirklich wichtig. Jetzt weiß ich nämlich, warum ihre Mutter schon so lange so weit weg ist und warum Scharina ihr nicht schon längst gesagt hat, dass Kevin sie schlägt und ihr das ganze Geld zum Leben, das eigentlich für sie beide da ist, wegnimmt. (Das tut er nämlich! Daher hat er auch das Geld für seine teuren Klamotten und das viele Bier!)
Scharinas Mutter ist eigentlich gelernte Friseurin, aber vor zwei Jahren hat sie einen ganz starken Ausschlag an den Händen bekommen und der Arzt hat gesagt, das kommt von den Färbemitteln, und deshalb konnte sie nicht mehr als Friseurin arbeiten. Und weil Scharinas Vater keinen Unterhalt zahlt, hat das Arbeitsamt ihr dann eine Umschulung zur Kosmetikerin bezahlt. Als Kosmetikerin hat sie dann aber keine Arbeit gefunden, weil die meisten Hotels fanden, dass sie für den Beruf schon zu alt ist, und da ist sie dann wieder arbeitslos geworden. (Stelle gerade fest, dass in meinen Sätzen ganz schön viele »dann« vorkommen. Dabei hat Herr Clausen neulich im Deutschunterricht gesagt, das wäre ganz schlechter Stil. Muss bei Gelegenheit unbedingt nachsehen, wie viele »dann« Dian Fossey in ihren Memoiren benutzt hat.)

Also auf jeden Fall hat Kevin ~~dann~~ ungefähr zu der Zeit angefangen rumzuspinnen. Laut Scharina war Kevin früher eigentlich ganz nett und in der Zeit, bevor ihr Vater sich von ihnen getrennt hat, hat sie sich sogar ziemlich gut mit ihm verstanden (schwer vorstellbar, oder?). Aber dass sein Vater ~~dann~~ einfach in so einer Nacht-und-Nebel-Aktion abgehauen ist, das hat er irgendwie nicht verkraftet. Erst ist er beim Klauen erwischt worden und dann hat er sich immer öfter volllaufen lassen. Blöderweise hat Scharinas Mutter davon aber nichts mitgekriegt, beziehungsweise, sie hat es vielleicht mitgekriegt, wollte es aber nicht wahrhaben, weil sie selber mit ihrer Arbeitslosigkeit und den ganzen unbezahlten Rechnungen so viel zu tun hatte, dass sie einfach keine Energie mehr hatte, sich auch noch um ihren Stiefsohn Sorgen zu machen.

Kurz nachdem Kevin ~~dann~~ das zweite Mal beim Klauen erwischt worden ist, hat Scharinas Mutter ein Jobangebot aus Bayern bekommen. Eigentlich wollte sie es schon ablehnen, aber es war wohl ein ganz tolles Angebot und deshalb hat Scharina sie überredet, den Job anzunehmen. Na ja, Scharina meinte, ihre Mutter hätte erst nicht gewollt, aber dann ist ihnen der Strom abgestellt worden und Kevin hat gesagt, wenn sie von Hartz IV leben müssen, dann schmeißt er sich vor einen Zug. Also hat ihre Mutter sich einen Ruck gegeben und gesagt, immerhin wäre Kevin ja schon fast achtzehn, und wenn Scharina das in Ordnung fände, würde sie den Job erst mal probehalber annehmen.

Scharina hat mir erzählt, sie hätte damals wirklich geglaubt,

dass es klappt, das mit dem Alleinwohnen mit Kevin. Und sie hat sogar ein bisschen gehofft, dass Kevin und sie das Ganze wieder so zusammenschweißt wie früher, als er ihr abends unter der Bettdecke immer Gruselgeschichten erzählt hat.
An der Stelle, wo sie das mit den Gruselgeschichten erzählt hat, sind ihre Augen ganz feucht geworden und da habe ich begriffen, dass sie ihren Bruder immer noch gernhat – trotz der Sauferei und der Schläge und alldem. Verrückt, oder? Ich meine, ich hab nie einen großen Bruder gehabt, und wenn ich mir Kevin als meinen großen Bruder vorstelle, krieg ich das große Schreien, aber scheinbar ist da zumindest von Scharinas Seite aus so was wie … Geschwisterliebe. Auch wenn das nach dem, was passiert ist, bescheuert klingt.
Anschließend hat Scharina ~~dann~~ noch berichtet, wie Kevin sich vor fünf Jahren, als ihr Vater die Familie verlassen hat, heulend in sein Zimmer eingeschlossen hat und drei Tage lang nicht mehr rausgekommen ist. Unglaublicherweise hat Kevin mir in dem Moment, als sie das erzählt hat, sogar fast ein bisschen leidgetan, aber auch nur fast. Schließlich war Papas Chef als Kind vielleicht auch mal nett, aber das ändert nichts daran, dass er heute ein ungerechtes Ar… na ja, Poloch ist, und genauso seh ich das bei Kevin auch.

19.06 Uhr. Wieder im Zelt.

War eben nur kurz auf der Toilette. Zum Glück sind die Klos hier auf dem Campingplatz ziemlich sauber, aber dafür sind die Wände so dünn, dass man leider auch Dinge hört, die man nicht hören will. (Ich weiß jetzt, dass die Frau aus Gelsenkirchen in dem Zelt vorne am Eingang extreme Verdauungsschwierigkeiten hat. Denke, ich werde ihr nie mehr in die Augen sehen können.)

Okay, wo war ich? Genau, bei Scharina und mir und der Sache mit Kevin und ihrer Mutter. (Scharina versucht im Waschraum gerade, einen Riesenbatzen Vogeldreck von ihrer Jacke zu schrubben – warum, erzähl ich später –, also hab ich noch ein bisschen Zeit zu schreiben.)
Als wir eben mit der Klasse am Ellenbogen spazieren waren, sind die anderen vorgegangen und Scharina und ich sind als Letzte hinterhergedackelt. Dabei hat sie mir den Rest erzählt. Dass Kevin keinen Finger gerührt hat, als ihre Mutter weg war, und sich um nichts gekümmert hat und sie den ganzen Haushalt schmeißen musste – samt Einkaufen und Kochen und Waschen. (Deswegen hatte sie auch Jungsunterhosen an, weil sie es ganz oft nicht geschafft hat, rechtzeitig die Wäsche aufzuhängen, und ihre Unterhosen deshalb noch nass waren.) Irgendwann hat Kevin dann angefangen, seine Freunde einzuladen und für alle regelmäßig den Pizzaservice zu bestellen. Und weil die Freunde immer öfter gekommen sind und immer mehr Bier und Schnaps trinken wollten, ist das Geld immer knapper geworden. Und als Scharina sich bei ihrem Bruder beschwert hat, weil er sich von ihrem Ersparten eine sauteure Jogginghose gekauft hat und sie noch nicht mal mehr Geld fürs

Pausenbrot hatte, da ist er das erste Mal ausgeflippt und hat sie geschlagen.

Na ja, anschließend hat er ein schlechtes Gewissen gekriegt, aber danach ist dasselbe trotzdem noch mal passiert und dann noch mal und deswegen sieht Scharinas Oberkörper inzwischen so aus, wie er aussieht.

So weit ungefähr in Kürze.

In Wirklichkeit hat es Stunden gedauert, bis ich die ganze Geschichte aus Scharina rausgekriegt habe, aber als sie fertig war, hat Scharina richtig erleichtert ausgesehen. So, als ob es ihr gut getan hätte, den ganzen Schmodder loszuwerden. Anschließend hat sie mich gebeten, nicht mehr allzu sauer auf Kevin zu sein, weil ihm das mit dem Schlag, den er mir verpasst hat, bestimmt leidtun würde. Und da hab ich nur noch mit den Ohren geschlackert. Ich mein, **ER** haut mir eine rein!!!! Und **SIE** bittet mich dafür um Verzeihung????

»Das ist doch nicht dein Ernst?! Der Einzige, der sich dafür entschuldigen müsste, ist ja wohl Kevin und nicht du …«

Scharina hat geseufzt und dann schnell zu Boden geguckt.

»Ich weiß, aber …«

Ich hab sie noch immer ungläubig angestarrt und dann entnervt den Kopf geschüttelt.

»Also nur, damit ich das richtig kapiere … Dein Bruder kauft sich von DEINEM Ersparten Markenklamotten und du hast noch nicht mal Geld fürs Pausenbrot. Richtig?«

»Was soll ich denn machen? Mama überweist das Geld immer auf sein Konto und da komm ich nun mal nicht ran.«

»Was für ein Schwein!«
Ich hab empört aufgeschnaubt, aber Scharina hat noch immer unglücklich nach unten gestarrt.
»Eigentlich ist es erst so richtig schlimm geworden, als Kevin geglaubt hat, ich erzähl rum, dass wir allein leben.«
»Aber das hast du doch gar nicht.«
Scharina hat den Kopf hängen gelassen. »Nein, aber dieser Typ von der Jugendhilfe war trotzdem da.«
Ich hab mir auf die Lippen gebissen und mich für einen Augenblick ziemlich schlecht gefühlt, aber dann hab ich gedacht, dass dieser blöde Sozialarbeiter ja auch hätte merken können, dass mit Scharina etwas nicht stimmt. Sind die nicht genau für so was ausgebildet?
Dann ist mir noch etwas eingefallen.
»Was war eigentlich mit dem Anruf deiner Mutter bei Frau Simbrinck? Ich meine, als Kevin dich an dem Tag geschlagen hat – hast du ihr auch erzählt, das wäre der Fernseher gewesen?«
Scharina hat den Kopf geschüttelt.
»Ich habe Mama nur gesagt, dass du uns jemanden vom Sozialamt nach Hause geschickt hast, weil du mich ärgern wolltest«, hat sie geflüstert. »Und sie hat dann gefragt, ob sie nicht bei Frau Simbrinck anrufen kann, damit du mich nicht weiter so schikanierst. Tut mir leid. Aber ich konnte doch nicht sagen, dass Kevin …«
Scharina hat abgebrochen und ich hatte echte Mühe, vor lauter Empörung nicht zu platzen. Stattdessen habe ich nur ungläubig die Luft ausgestoßen.

»Das heißt, erst schlägt Kevin dich und dann lügst du auch noch für ihn?«
»Aber sonst wäre Mama doch zurückgekommen und hätte ihren Job verloren! Die war sowieso drauf und dran, als die Jugendhilfe sie angerufen hat. Und da ist Kevin die Erklärung mit dem Mobbing eingefallen.«
Scharina hat mich angeschaut, richtig flehend sah das aus.
»So schlimm ist er eigentlich gar nicht. Er hat mir am nächsten Tag sogar einen Teil von meinem Ersparten zurückgegeben. Und eine neue Jacke hat er mir auch geschenkt.«
»Toll, die hatte er wahrscheinlich gerade frisch geklaut.«
Scharina hat daraufhin gar nichts mehr gesagt, sondern nur noch auf die Wellen gestarrt und ich habe mit ihr auf die Wellen gestarrt, und als ich mich wieder zu ihr umgedreht habe, hab ich gemerkt, dass ihre Augen ganz verheult waren, und da hat sie mir wieder furchtbar leidgetan. Also hab ich ihr gesagt, dass ich ihr eben nicht wehtun wollte.
»Wirklich nicht. Die ganze Sache macht mich nur so wütend ...«
Ich hab einen Blick auf ihre geschwollene Unterlippe geworfen (von der leider ziemlich klar ist, wer sie verursacht hat) und dann leise geseufzt.
»Dabei fällt mir ein, hat Kevin dir eigentlich den Umschlag mit dem Klassenreisengeld gegeben, den ich dir vorbeigebracht habe?«
»Klassenreisengeld?«
Mist. Das war ja klar. Scharina hat mich noch einen Moment fragend angesehen, aber dann ist der Groschen bei ihr gefallen.

»Aber Mama hat gesagt, sie schickt das Geld Frau Simbrinck direkt nach Hause! Ich hab ihr das extra noch mal am Telefon eingeschärft, damit Kevin bloß nichts davon mitkriegt, denn dann hätte ich nicht nach Sylt mitgekonnt, und Mama hat mir versprochen, den Umschlag auch gleich zur Post zu bringen …«

»Na ja, das hat sie auch, aber … Vergiss es. Wenn ich Kevin den Umschlag nicht selber in die Hand gedrückt hätte …«

Ich hab den Satz nicht beendet. Scharina hat mir noch einen Blick zugeworfen und dann geschluckt.

»Oh. Tja dann. Was Kevin hat, das gibt er nicht so schnell wieder her …«

Für einen Augenblick hat Stille geherrscht und dann hat Scharina mich plötzlich ganz merkwürdig angesehen.

»Weißt du, was komisch ist? Seit ein paar Tagen denke ich zum ersten Mal, dass der ganze Scheiß in den letzten Wochen auch was Gutes gehabt haben könnte.«

Ich hab fragend zurückgesehen.

»Und was?«

»Na ja, dich.«

»Oh.«

Ich muss ziemlich dämlich aus der Wäsche geschaut haben, denn bei meinem Anblick hat Scharina zum ersten Mal seit Ewigkeiten wieder gelächelt.

»Hey, guck nicht so! Ich hab doch nur gesagt, dass ich dich mag. Und jetzt denk bloß nicht, dass ich auf Mädchen steh oder so …«

»Ich mag dich auch.«

Ich weiß gar nicht, wie mir das so schnell rausgerutscht ist, aber im selben Moment, wo ich das gesagt hatte, wusste ich, dass es stimmt. Ich mag Scharina.

Scharina hat gegrinst.

»Weißt du noch, wie du mich damals nach meinem selbst gezeichneten Comic gefragt hast?«

»Klar. Du warst ungefähr so freundlich wie ein Bullterrier.«

Scharina hat entschuldigend die Schultern gezuckt.

»Ich weiß. Ich war einfach nicht gewohnt, dass einer aus der Hanna-Clique mich anspricht. Aber anschließend hab ich mich echt gefreut«. Sie zögerte einen Moment lang. »Ich hab am nächsten Tag einen ganzen Haufen von meinen Zeichnungen mitgebracht, weil ich dir die, die dir am besten gefällt, schenken wollte. Aber auf dem Schulhof hat Hanna gemeint, dass ich mir bloß nichts einbilden soll. Weil du nur aus Mitleid mit mir geredet hättest.«

»Oh.«

»Na ja und dann hat sie noch gesagt, dass ich meine Assi-Zeichnungen wieder einstecken soll. Meine Figuren würden nämlich alle aussehen wie …«

»Wie …?«

Ich hab Scharina fragend angesehen. Sie hat geschluckt.

»… billige Nutten.«

»Oh.«

Allmählich hätte mir mal was Besseres einfallen können als

immer nur »Oh«, aber ich war einfach zu perplex. Hanna kann so was von fies sein! Aber wem sag ich das?

Ich hab Scharina verlegen angesehen und den Kopf geschüttelt. »Tut mir echt leid. Wenn ich das gewusst hätte, dann ...«

»Ist schon gut. Du kannst ja nichts dafür.«

Für einen Moment war nur das Meeresrauschen zu hören. Scharina hat wieder aufs Wasser geguckt und ich auch. Dann hab ich mir ein Herz gefasst und mich geräuspert.

»Weißt du, was ich noch immer nicht verstehe? Was hat Hanna eigentlich gegen dich? Ich meine, mal abgesehen von dieser Sache damals in der Grundschule, als du ihr das Armband geklaut hast?«

»Was?«

»'tschuldige. Ich weiß, es ist doof, dass sie mir das erzählt hat, aber ...«

»Moment mal. Sie hat dir erzählt, ich hätte ihr Armband geklaut?«

»Hast du nicht?«

Ich hab Scharina irritiert angeguckt und sie hat so energisch den Kopf geschüttelt, dass ihre eine schwarze Haarsträhne an der Stirn kleben geblieben ist. Und dabei ist sie so rot geworden wie eine Bombe, die gleich explodiert.

»Nein! Es war genau andersrum. Sie hat MEIN Armband geklaut. Ein silbernes, das meine Mutter mir zur Einschulung geschenkt hat. Unsere Lehrerin hat es durch Zufall bei ihr im Ranzen gefunden und sie musste sich vor der ganzen Klasse bei mir entschuldigen. Danach hat sie angefangen mit diesem

Schneewittchen-Mist und … Verdammt, ich fass es nicht! Und sie hat dir gesagt, ich hätte es ihr geklaut?? Diese blöde Kuh!!«

Scharinas Stimme ist ganz laut geworden und ich hab Mühe gehabt, sie daran zu hindern, Hanna und den anderen hinterherzustürmen.

»Warte! Bleib hier! Scharina, nein! Nicht!«

Ich hab Scharina zurückgehalten, weil ich gedacht hab, wenn sie jetzt auf Hanna losgeht, dann schickt Frau Simbrinck sie garantiert wieder zurück nach Hamburg, aber zum Glück hat Scharina im selben Moment eine Möwe auf die Schulter

gekackt und wir haben beide vor Schreck aufgeschrien wie die Blöden.

»Ahhh!«

»Oh, nein! So ein Mist!!«

Scharina hat sich hektisch um die eigene Achse gedreht, weil sie gucken wollte, wo die Vogelkacke genau gelandet ist, und ich hab in meiner Tasche nach Papiertüchern gesucht.

»Warte, ich hab welche. Ganz sicher … Ich weiß nur nicht, wo …«

Ich hab alles Mögliche aus meinen Rucksack geholt und dabei geflucht wie ein Rohrspatz und irgendwann hat Scharina zwischen meinen ganzen »Verdammt, wo sind die denn?« plötzlich angefangen zu lachen. Ich hab sie erst ganz verdattert angesehen, wie sie da stand mit ihren windzerzausten Haaren und der weißen Vogelkacke auf der Jacke, und dann hab ich auch angefangen zu lachen.

»Oh, Mann, das ist alles so bescheuert. Ich kann der blöden Zicke noch nicht mal hinterherrennen, ohne gleich vollgekackt zu werden!«

»Aber wenigstens soll Vogelkacke Glück bringen.«

»Na, super. Andere gewinnen im Lotto und ich krieg stattdessen den Kackeorden verliehen.«

Ich hab Scharina angeguckt und wieder losgekichert und dann haben wir so lange gelacht, bis wir ganz leer gelacht waren. Anschließend haben wir noch einen Moment still dagesessen. Man hat nur noch die Geräusche der Wellen und ein paar vereinzelte Möwenschreie gehört und dann hab ich gesagt, dass es mir leidtut, dass ich in den letzten Monaten so bescheuert zu ihr war, und sie hat genickt.

»Schon okay. Dabei fällt mir ein, vorhin in der Bahn ... Ich hab gesehen, dass sie bei dir im Abteil war. Hanna, meine ich. Seid ihr jetzt wieder befreundet oder ...?«

Scharina hat mitten im Satz abgebrochen und ich hab einfach nur den Kopf geschüttelt. Wieder war es ganz still und dann hat Scharina ein bisschen aufgeatmet.

»Übrigens, dass du dich letzte Woche getraut hast, noch mal bei mir vorbeizukommen, das fand ich ganz schön cool. Wo ich dir doch diesen Brief geschrieben hab. Ich war so froh, dass Kevin euch nicht mehr erwischt hat. Dich und deinen Freund, mein ich ...«

Nicht mehr erwischt? Eine Sekunde war ich verwirrt, aber im selben Moment hat Scharina noch mal nachgehakt. »Er hat euch doch nicht mehr erwischt, oder?«

Scharina hat mich fragend angesehen und da habe ich erst begriffen, dass sie von der ganzen Keller-Einsperrgeschichte nichts mitbekommen hat. Einen Moment lang hab ich überlegt, ob ich ihr alles erzählen soll, aber dann hab ich mich dagegen entschieden. Schließlich würde sie sich bestimmt Vorwürfe machen und das bringt ja nun wirklich nichts. »Wie bist du eigentlich aus der ganzen Sache rausgekommen? Kevin war doch garantiert stocksauer, oder?«, hab ich schnell gefragt.
Scharina hat gelächelt. »Ich bin erst mal abgehauen, aber als ich abends wieder nach Hause gekommen bin, war er total nett zu mir. Das ist er eigentlich immer, wenn er mich vorher geschlagen hat.«
Durch die Dünen fegte ein Windstoß und mir ist auf einmal ein kalter Schauer über den Rücken gelaufen, so schrecklich fand ich ihren letzten Satz. »Du musst deiner Mutter die Wahrheit sagen, Scharina. Wirklich!«
Das ist mir einfach nur so herausgerutscht, aber im selben Moment habe ich gewusst, dass das die einzige Lösung ist. So wie es ist, kann es nicht bleiben. Das geht nicht.
Scharina hat auf die Muscheln gestarrt, die überall um uns herumlagen, und als sie wieder hochgeguckt hat, hatte sie Tränen in den Augen. Eigentlich wollte ich sie in den Arm nehmen, aber im selben Moment haben sich ihre Gesichtszüge schon wieder verhärtet und sie ist aufgesprungen.
»Du denkst immer noch, dass alles ganz einfach ist, oder?«
Scharina hat ihre Stimme verstellt und dann in gespielter Aufregung mit den Händen geflattert.

»Mami, Mami, der Kevin hat mich geschlagen …«
Ich hab entnervt die Schultern gezuckt. Vergackeiern kann ich mich schließlich alleine.
»Na, und? Immerhin wüsste deine Mutter so, was los ist. Und vielleicht könnte sie dann einfach aus München kommen und sich Kevin mal so richtig zur Brust nehmen und dann …«
»Du kapierst es einfach nicht! Meine Mutter ist in Bayern noch in der Probezeit! Das bedeutet, dass sie keinen Urlaubsanspruch hat. Außerdem arbeitet sie da in zwei Schichten. Das heißt, sie hat nicht mal so eben ein Wochenende frei. Die Bahnfahrt nach Hamburg dauert allein fast acht Stunden. Sie hätte höchstens zwei, drei Stunden, bevor sie zurückmüsste. Es sei denn, sie riskiert ihren Job, was heißt, dass wir in der Gosse landen. Hast du schon mal von Hartz IV gelebt? Wenn Mama rausbekommen würde, dass das hier oben mit Kevin und mir nicht klappt, dann wäre alles umsonst gewesen.«
»Aber …«
»Wenn sie das halbe Jahr Probezeit schafft, dann holt sie uns nach Bayern nach und …«
»… und so lange willst du dich noch von Kevin schikanieren lassen?«
»Wenn's sein muss, ja.«
Scharina hat mich böse angeblitzt und ich hab erst mal geschwiegen. Normalerweise hasse ich es, wenn jemand so tut, als wäre ich ein Landei, das von nichts eine Ahnung hat, aber diesmal habe ich mich anders gefühlt. Irgendwie komisch.
Ich glaub, ich hab mich geschämt. Wobei ich noch nicht mal

richtig weiß, für was. Kann man sich dafür schämen, dass man in einer Reihenhaussiedlung in einem ziemlich guten Stadtteil groß geworden ist? Mit einer Mutter, die einen jeden Tag fragt, was man essen will (na ja, mal abgesehen von letzter Zeit), und einem Vater, der einem seit zwölf Jahren jeden Abend eine Gutenachtgeschichte vorliest? Und dass man deshalb keine Ahnung hat, wie es ist, allein mit seinem betrunkenen Bruder in einer zugemüllten Hochhauswohnung zu leben? Eigentlich doch nicht. Und trotzdem …

Im selben Moment hab ich einen stechenden Schmerz in meinem rechten Fuß gespürt und Scharina entgeistert angestarrt.

AU! Das war mein Fuß!«

»Tut mir leid. Wenn ich sauer bin, muss ich einfach gegen irgendwas treten.« Scharina hat mich schluckend angesehen und auf einmal hat ihre Stimme gar nicht mehr wütend geklungen, sondern nur noch verzweifelt. »Ich versuch immer, mir das abzutrainieren, aber das klappt irgendwie nicht. Manchmal werde ich so sauer, dass mir das richtig selber Angst macht. Das kommt wie angeflogen und dann sehe ich plötzlich rot …«

Ich hab gesagt, dass ich auch manchmal tierisch wütend werde, so wütend, dass ich aus den Ohren rauche, aber das wollte sie mir nicht glauben.

Also hab ich ihr die Geschichte von der Kassiererin erzählt. Ich hab nämlich mal vor lauter Wut eine Frau an der Supermarktkasse ins Bein gebissen. Und die hat später behauptet, sie hätte gesehen, wie dabei Dampf aus meinen Ohren gequollen wäre. Okay, ich war damals erst drei Jahre alt

und die Kassiererin trug eine ziemlich dicke Brille und glaubte an die Wiedergeburt Satans, aber immerhin. Scharina hat gelacht und gemeint, so etwas hätte sie mir gar nicht zugetraut.
»Tja, kannst mal sehen …«
Ich hab gegrinst und anschließend haben wir uns wieder in den Sand gesetzt und die belegten Haferbrötchen, die Mumi mir eingepackt hatte, weggehauen. Die anderen aus der Klasse waren schon längst hinter der nächsten Kurve verschwunden, aber egal, von hier aus war es nicht mehr weit zum Zeltplatz und wir hatten Frau Simbrock nur versprechen müssen, zum Abendessen wieder da zu sein.
Scharina hatte keine Brote mit, aber dafür hab ich die Tüte Chips zur Verfügung gestellt, die ich an Mumi vorbei in meinen Rucksack geschmuggelt hab. Nach den Chips haben wir noch eine Tafel Vollmilchschokolade verputzt, die Scharina zu Hause bei sich gefunden hatte (war eine billige, die ich sonst nicht so gern mag, aber das habe ich Scharina natürlich nicht erzählt) und zwei Dosen Limonade. Anschließend war mir schlecht. Aber es war trotzdem schön! Scharina findet es toll, dass ich später nach Afrika gehen will, sie will nämlich auch ins Ausland, nach Japan und da Manga-Comics zeichnen und …

19.58 Uhr. Im Zelt.

Hatte eben ein Schreibkrampf in der rechten Hand. Mann, tat das weh! Ist ja auch kein Wunder. So viel am Stück hab ich wahrscheinlich noch nie geschrieben. Und gerade als der Krampf vorbei war und ich weiterschreiben wollte, gellte ein lauter Schrei über den Zeltplatz. Klang echt so, als würde gerade jemand abgestochen werden. Habe erst befürchtet, Scharina hätte sich jetzt doch noch Hanna wegen der Armband-Lüge vorgeknöpft, aber Sophie und Franzi, die eben bei mir im Zelt waren, meinten, es wäre nur Silbergebiss-Jannick gewesen, der sich beim Zeltaufbau mit dem Hammer auf den Daumen gehauen hat. Jannick kann einem echt leidtun (ich glaube, es gibt keinen Jungen, der so tollpatschig ist wie er), aber immerhin hatte sein Unfall auch was Gutes. Schließlich sind Sophie und Franzi extra zu mir ins Zelt gekrabbelt, um mir davon zu erzählen.

Scharina ist noch immer im Waschraum. Sie versucht, ihre Jacke sauber zu kriegen. Ob Sophie und Franzi auch zu mir ins Zelt gekommen wären, wenn sie da gewesen wäre? Ich glaube schon. Bei genauerer Betrachtung war eigentlich immer nur Hanna diejenige, die Scharina wie eine Aussätzige behandelt hat.

Wie auch immer. Auf jeden Fall bin ich dank Sophie und Franzi jetzt voll im Bilde über sämtlichen Klatsch in der Klasse und auf dem Zeltplatz und ehrlich gesagt – **GOTT, hab ich das vermisst.** Muss mir merken, dass ein Beruf mit Schweigepflicht für mich definitiv nicht infrage kommt. Dafür bin ich viel zu neugierig!!!

Okay, Folgendes gibt es zu berichten:

Ein paar Reihen hinter uns scheint eine siebte Klasse aus Kiel ihre Zelte aufgebaut zu haben. Katja findet einen der Jungs megasüß, was sie natürlich nur Sophie, Hanna und Franzi anvertraut hat, während Oliver gleich eines der Mädchen angebaggert hat. Meine Güte, dieser Typ hat **WIRKLICH** Triebstau. Unfassbar! Allerdings immer noch besser, als mit über vierzig mit einem Foto seines Haustiers in der Brieftasche herumzulaufen, wie Herr Clausen das tut. Im Ernst! Franzi ist vorhin beim Spaziergang neben ihm gegangen und da hat er ihr erzählt, dass er ein Foto von seinem Hasen dabeihat. Franzi meinte, sie hätte erst noch gedacht, was für bekloppte Kosenamen sich Männer manchmal für ihre Frauen ausdenken, aber dann hätte Herr Clausen ein Foto aus seinem Portemonnaie geholt und darauf war keine Frau Clausen, sondern – ein weißer Hase mit Puschelschwanz! Ohne Worte. Betrachte Männerbrieftaschen seit Franzis Enthüllung mit ganz neuen Augen. Wenn mein Lieblingslehrer einen Hasen mit sich in der Tasche herumträgt, wer weiß, was unser schauriger Biolehrer in petto hat. Vielleicht eine Vogelspinne?

Gleich gibt's Abendbrot. Unglaublich, aber ich hab schon wieder Hunger. Vermute, ich werde später mal furchtbar dick, wenn ich nicht aufpasse. Ob Ben mich dann noch mögen würde? Hoffentlich.

Bis nachher. Oder falls ich zu müde bin, bis morgen!

0.23 Uhr. Im dunklen Zelt mit Taschenlampe.

Bin aufgewacht, weil irgendein Idiot gegen unser Zelt gepinkelt hat. Wollte Scharina wecken, aber die ratzt so selig, dass ich sie schlafen gelassen hab. Bis ich mich aus dem Schlafsack geschält hatte, war der Pinkler natürlich schon wieder weg. Bin mir nicht sicher, ob es einer aus unserer Klasse war. (Unser Zelt steht etwas abseits, da kommen die anderen eigentlich nicht dran vorbei.) Wenn, war es garantiert Oliver. Oder Christian. So was ist immer einer der beiden. Bin jetzt auf jeden Fall hellwach und kann nicht wieder einschlafen. Außerdem muss ich wieder an Kevin denken. Und an Scharina und die Sache mit dem Comic damals.

Eigentlich lag Hanna nämlich nicht ganz falsch. Ich hab Scharina wirklich nur nach ihrem selbst gezeichneten Comic gefragt, weil sie mir leidgetan hat. Früher hab ich immer gedacht, Mitleid sei ausschließlich etwas Gutes, aber inzwischen denke ich, dass das wahrscheinlich zu einfach ist. Scharina sagt zum Beispiel, sie hasst es, wenn jemand sie bemitleidet, weil das ja eigentlich voraussetzt, dass dieser Jemand denkt, er wäre etwas Besseres. Oder er hätte es irgendwie besser.

Und das stimmt. Ich hab zwar damals nach ihren Zeichnungen gefragt, aber ich hätte mich nie mit Scharina verabredet. Nicht nur, weil es sich nie ergeben hat, sondern vor allem, weil Scharina in der Beliebtheitsskala bei uns in der Klasse ziemlich weit unten steht und ich relativ weit oben und weil ich mir deshalb immer einen Mini-Tick als was Besseres vorgekommen bin. Ganz schön herablassend, oder?

Zum Glück ist das mit dem Mitleid jetzt vorbei. Scharina ist nämlich richtig nett! Und witzig! Und ab heute ist es mir scheißegal, wo jemand in der Beliebtenrangliste steht. Hauptsache, ich mag ihn. Und ich mag Scharina!

Inzwischen haben wir auch richtig viele Gemeinsamkeiten entdeckt. Sie findet Geometrie genauso blöd wie ich und bei Gummibärchen mag sie am liebsten die orangen, genau wie ich, und vor Spinnen hat sie auch Angst und deshalb hab ich ihr gleich das Fremdwort für unsere Phobie verraten! Gerade noch rechtzeitig, denn kurz vor dem Schlafengehen haben wir eine **ganz fette** im Zelt gefunden. Keine Phobie, sondern eine Spinne. Das war vielleicht widerlich!

Als wir unsere Taschenlampen schon ausgemacht hatten, hab ich ihr im Dunkeln dann erzählt, was bei mir zu Hause los ist, von wegen Papas Auszug und so.

Und dabei habe ich festgestellt, dass Scharina richtig gut zuhören kann. Anders als Sharon. Die kann das zwar auch super, aber bei Scharina hab ich mehr das Gefühl, dass sie haargenau nachempfindet, wie es mir geht. Keine Ahnung, woran das liegt. Obwohl … Vielleicht doch. Schließlich sind unsere Probleme ziemlich ähnlich. Zumindest ungefähr.

Was macht man, wenn man dringend Hilfe braucht, aber die Eltern nicht um Hilfe bitten kann, weil sie genügend eigene

Probleme haben? Ich habe in solchen Situationen immer Sharon angerufen, aber für Scharina ist das wohl nichts. Wahrscheinlich würde Sharon ihr nur raten, ihre Mutter zu informieren. Und damit wären wir wieder beim Hauptproblem: Kann man Scharinas Mutter sagen, was los ist? Und damit riskieren, dass sie sich aufregt und nach Hamburg kommt und deswegen ihren Job verliert?

Hm. Weißt du, was mir gerade auch noch einfällt? Was ist, wenn … Nee, das kann nicht sein, oder? Aber wenn doch … Also, was wäre, wenn Scharina sich endlich traut, ihrer Mutter die Wahrheit zu erzählen, und ihre Mutter ihr nicht glaubt, dass Kevin sie geschlagen hat? Und stattdessen sagt, dass Scharina sich das Ganze nur ausgedacht hat? Oder wenn sie Scharina zwar glaubt, aber sagt, dass Kevin bestimmt nur einen schlechten Tag gehabt hat und dass ein paar Schläge noch niemandem geschadet haben? Ich mein, eigentlich gibt es natürlich keine Entschuldigung für einen Siebzehnjährigen, der seine zwölfjährige Schwester grün und blau schlägt. Ist ja klar. Schließlich ist er zehnmal stärker als sie und groß gegen klein ist sowieso unfair. Und selbst wenn er das nur macht, wenn er betrunken ist – ich kann ja auch keinen umbringen und dann hinterher sagen, oh, tut mir leid, ich war ja betrunken.

Und außerdem lernt ja schon jedes Kind im Kindergarten, dass Schlagen keine Lösung ist, egal ob man nun was getrunken hat oder nicht.

Andererseits weiß ich, dass mindestens drei Kinder aus unserer Klasse ab und zu mal eine gelangt kriegen. Zwar nicht von

ihren älteren Geschwistern, aber dafür von ihren Eltern. Und das ist fast noch schlimmer, finde ich. Oliver zum Beispiel. Und Christian auch. Obwohl seine Eltern früher selber in einem Kinderladen waren und es bei ihm zu Hause nur biologisch-dynamisches Essen gibt. Und Jana hatte neulich eine richtig rote Wange, weil ihrer Mutter die Hand ausgerutscht ist. (Eigentlich ein komisches Wort, oder? Ausrutschen. Klingt, als ob man gar nichts dafür kann. Dabei kann man ja sehr wohl etwas dafür.)
Oliver hat neulich im Klassenrat erzählt, dass er zu Hause nur eine Tracht Prügel kassiert, wenn er's auch verdient hat. Das fand ich noch komischer. Ich hab gefragt, was man denn getan haben muss, um das zu verdienen, und er hat gesagt, zum Beispiel, ohne vorher Bescheid zu sagen, zu spät nach Hause kommen. Also, ich bin auch schon ein paar Mal zu spät nach Hause gekommen, aber meine Eltern sind noch nie auf den Gedanken gekommen, mir dafür Dresche zu verabreichen. Ich finde, überhaupt kein Kind auf der Welt hat es verdient, geschlagen zu werden. Egal, was es angestellt hat. Schlagen tut man einfach nicht.

Donnerstag, der 27. Mai

☺ Höhepunkte!

1) Habe in der Nacht eine *grandiose Idee* gehabt und sie heute früh auch gleich Scharina präsentiert. Mir ist nämlich eingefallen, dass sie vorerst zu uns ziehen könnte, bis die Sache mit ihrer Mutter und Kevin geklärt ist. Dann ist sie aus dem Schussfeld und ihre Mutter wird, wenn sie ihr das mit Kevin und dem Schlagen erzählt hat, vielleicht nicht so panisch, weil sie weiß, dass es Scharina bei uns gut geht. Erst hab ich befürchtet, Scharina zeigt mir gleich einen Vogel, aber dann hat sie mich plötzlich ganz doll umarmt. Und anschließend hat sie gesagt, sie würde es sich überlegen. Yeah!

2) Mama hat eben angerufen und Bescheid gesagt, dass sie wieder zu Hause ist und dass es ihr gut geht. Ottilie und Mumi sind auch da und für einen Moment war ich total erleichtert, weil Mamas Stimme nicht mehr so verloren klang, sondern fast normal. Gott sei Dank! (Ich hab mich nicht getraut, über Papas und ihren Streit zu reden, und sie hat das Thema auch nicht erwähnt. Keine Ahnung, ob das jetzt ein gutes oder ein schlechtes Zeichen ist …)

3) Bei dem ganzen Durcheinander habe ich ganz vergessen zu erzählen, dass ich gestern beim Auspacken ein Päckchen von Ben in meinem Rucksack gefunden hab. In dem Päckchen war ein **kleiner selbst geschnitzter Delfin. Mein Lieblingstier! Ist das nicht supersüß??**

Tiefpunkte!

1) Wurde heute um 6.30 Uhr von grauenvollen Geräuschen geweckt. Vermutete im Halbschlaf, der Pinkler wäre zurückgekehrt, aber es war Jannick mit seinem Akkordeon. Scheinbar wollte er »Dancing Queen« von »Abba« spielen, aber es klang eher wie »Alle meine Entchen« auf Drogen. Frau Simbrinck hat ihn beim Frühstück für seine »originelle« Weckaktion gelobt, aber die Klasse sah das definitiv anders. Vermute, wenn er das morgen noch mal macht, wird er gelyncht.

2) Oliver hat ein Heft mit nackten Frauen mit und die Hälfte der Jungs ist nach dem Frühstück ab in die Dünen, um sich das Teil gemeinsam anzugucken. Habe früher gedacht, dass es nichts Peinlicheres gibt als Jungs aus der Fünften, scheine mich aber geirrt zu haben. Jungs aus der Sechsten sind noch hundertmal peinlicher.

Laut Plan sollten wir heute eine Wattwanderung machen, aber die ist jetzt auf morgen verschoben. Stattdessen steht heute Vormittag die Dorfbegehung von Keitum auf dem Programm. Anschließend besuchen wir das Heimatmuseum und heute Nachmittag haben wir zwei Stunden zur freien Verfügung. Eigentlich würde ich die Zeit lieber mit Scharina verbringen, aber Sophie hat mich gefragt, ob ich mit nach Westerland ins Schwimmbad komme. Und obwohl ich genau weiß, dass

Hanna dabei sein wird, habe ich zugesagt, weil sonst Sophie vielleicht glaubt, ich würde sie nicht mehr mögen, nur weil sie noch mit Hanna herumzieht.
Sophie war die Einzige, die zu mir gehalten und mir die Sache mit Ben erklärt hat, und das werde ich ihr **NIE** vergessen!!!!!
Und deswegen gehe ich mit. Habe Scharina gefragt, ob sie nicht auch Lust hat, aber sie hat gesagt, sie würde lieber bei Jannick bleiben und sich um seinen verletzten Daumen kümmern. Habe nicht weiter nachgefragt, weil ich annehme, dass sie nur nach einer Ausrede gesucht hat. (Dass sie dabei rot geworden ist, kann unmöglich etwas mit Jannick zu tun haben. Schließlich ist Jannick ungefähr so erotisch wie Ottilies Schnuller …)

17.13 Uhr. Nach dem Schwimmen. Wieder im Zelt.

Mein Gott! Was für zwei Stunden!
WARUM LÄUFT IN MEINEM LEBEN NUR ALLES FALSCH??????
Erst mache ich mir wochenlang Sorgen, was ist, wenn Hanna nicht mehr meine Freundin sein will. Und jetzt, wo ICH sie gar nicht mehr will, kriege ich sie quasi aufgenötigt.
Der Besuch im Schwimmbad war einfach grauenvoll! Die ganze Zeit hat Hanna den anderen von unserer Freundschaft vorgeschwärmt, von wegen wie toll die wäre und was wir schon alles zusammen durchgestanden hätten, und sie hat überhaupt nicht kapiert, dass das längst Vergangenheit ist. Zuerst habe ich noch versucht, dagegen zu reden, aber das hat das Ganze nur

noch schlimmer gemacht, weil sie plötzlich so getan hat, als hätte ich gerade meine Tage und sei deshalb nur ein bisschen gereizt. (Dabei weiß sie genau, dass ich die noch nicht habe!!) Irgendwann war ich so sauer, dass ich ihren Arm abgeschüttelt habe, richtig grob, und dann wollte ich ihre Armband-Lüge vor allen aufs Tablett bringen, aber da ist Herr Clausen auf uns zugeschwommen und ich hab mir die Sache doch wieder verkniffen. Ich mein, nicht dass sie es nicht verdient hätte, aber sie vor einem Lehrer bloßzustellen … Das ist dann doch etwas anderes.
Also habe ich mir vorgenommen, heute Abend, wenn wir beim Kartoffelschälen nur zu viert sind, reinen Tisch mit ihr zu machen. Entweder sie entschuldigt sich bei Scharina und nimmt alles zurück, was sie über sie gesagt hat, oder sie kann sich warm anziehen!

17.42 Uhr.

War eben bei Sophie und Hanna im Zelt und habe Bescheid gesagt, dass Scharina mit Kartoffeln schält. (Wir grillen nämlich heute Abend und jeder muss was mit vorbereiten.) Hanna hat mich erst ungläubig angeguckt und dann gemeint, sie könne unmöglich mit Scharina im selben Zelt Kartoffeln schälen, weil Scharina nach Schweiß stinken würde, und davon würde ihr schlecht werden. Ich habe Hanna erwidert, dass mir von ihren blöden Bemerkungen auch schlecht wird. Anschließend war Stille. Dann bin ich abgerauscht.

18.09 Uhr.

Hanna war eben bei uns im Zelt. Sie hat Scharina drohend angefunkelt und dann gemeint, dass es so nicht weitergeht. Ich wollte ihr gerade sagen, dass sie damit absolut recht hat, weil sie nämlich endlich aufhören soll, ständig irgendwelche fiesen Lügengeschichten über andere zu verbreiten, da hat sie sich zu mir umgedreht und theatralisch ihre Arme ausgebreitet.

»Du musst dich entscheiden. Entweder Schneewittchen – oder ich!«

Ich hab gedacht, jetzt dreht sie völlig durch. Schließlich hab ich mich ja längst entschieden, nur dass sie das nicht wahrhaben will. Gerade als ich ihr stecken wollte, dass wir uns hier nicht in einer ihrer bescheuerten Fernsehsoaps befinden, hat Scharina ihre Jacke genommen und ist in Richtung Ausgang gekrabbelt. Ich hab versucht, sie zurückzuhalten, aber sie hat meinen Arm einfach abgeschüttelt.

»Schon gut, Julie. Ist besser, wenn ihr das erst mal alleine regelt.«

Ich hab entgeistert den Kopf geschüttelt und dann gemeint, da gäbe es überhaupt nichts zu regeln. Und außerdem hätte Hanna ja vor allem ihr Unrecht getan und das würde jetzt ein für alle Mal geklärt werden.

»Du bleibst hier, das ist ja wohl klar. Und was Hanna anbelangt ...«

Im selben Moment hat Hanna von hinten herübergezischt, ich solle Scharina bloß gehen lassen, dann würde die Luft hier

drinnen auch besser werden, und da ist mir endgültig der Geduldsfaden gerissen. Ich bin herumgefahren und hab zu Hanna gesagt, wenn hier einer verschwindet, dann ja wohl sie. Meine Stimme hat richtig gezittert vor Wut. Hanna hat mich angestarrt wie eine Furie, aber ich hab einfach weitergeredet.
»Immerhin weiß ich inzwischen, wer hier wem in der Grundschule das Armband geklaut hat! Und damit das klar ist: Scharina ist meine Freundin, kapiert? Und wenn du dich nicht sofort bei ihr entschuldigst, dann ... «
Eigentlich wollte ich noch weiterreden, aber bei Hanna muss irgendwas ausgerastet sein. Plötzlich hat sie ausgeholt, als ob sie mir eine knallen wollte, aber zum Glück war ich diesmal schneller als auf dem Spielplatz und bin nach hinten ausgewichen, sodass sie das Gleichgewicht verloren hat und voll auf den Zeltboden geknallt ist. Krawumm!
Ich hab völlig perplex auf den Boden gestarrt, wo Hanna sich langsam wieder aufgerappelt hat. Scharina hat die Hand ausgestreckt, um ihr zu helfen, aber Hanna hat sie nur mit einem »Fass mich nicht an!« zurückgestoßen und ist aus dem Zelt gestürzt.
Unglaublich, oder? Meine Eltern wollen sich scheiden lassen, Scharina muss in zwei Tagen zurück zu einem Bruder, der sie schlägt, und Hanna hat nichts anderes zu tun, als die Dramaqueen zu geben. **Ahhhhhhhhhhhh**

hhhhhhhhh!!!!!!

21.08 Uhr. Nach dem Abendessen. Wieder im Zelt.

Oh, Mann, ich sag dir. Das Grillen am Strand war echt anstrengend. Mumi hat mir mal was über die Aura eines Menschen erzählt. Aura ist quasi so etwas wie Ausstrahlung. Freundliche, zufriedene Menschen haben eine gute Aura und gereizte eher eine schlechte. Damals fand ich das etwas abgedreht, aber was eine schlechte Aura ist, ist mir nach dem heutigen Abend absolut klar. Dazu musste man sich nur Hanna angucken. Die hat eine so giftige Atmosphäre um sich herum verbreitet, dass selbst Katja sich von ihr weggesetzt hat.
Den anderen aus der Klasse scheint es ähnlich gegangen zu sein. Auf jeden Fall saß Hanna plötzlich ganz allein am Feuer und niemand hat sich mehr groß um sie gekümmert. Sophie hat Scharina und mich gefragt, ob wir nicht zusammen das Stockbrot auf die Stöcke drehen wollen, und Jette hat sich bei Scharina erkundigt, wie sie ihre Comicfiguren eigentlich genau zeichnet. Scharina hat uns mit einem Stock eine Figur in den Sand vorgezeichnet und alle waren schwer beeindruckt.

Anschließend haben wir uns noch richtig nett unterhalten. Jette hat von ihrer Mutter erzählt, die ständig nur darüber redet, wie viel sie abnehmen müsste, um den richtigen BMI zu haben (das ist irgendeine Art Verhältnis zwischen Gewicht und Größe, genau kapiert hab ich's nicht), und Sophie hat uns

anvertraut, dass sie Marc, den Freund von Fiete und Ben aus der Band, total süß findet. Ja, du hast richtig gehört. Den bekloppten Marc. Findet sie »süß«. Na ja. Wie gut, dass Geschmäcker verschieden sind.
Hanna saß derweil ab vom Schuss und hat geschmollt. Ab und zu hab ich ihren hasserfüllten Blick im Rücken gespürt, fast so, als wär's ein Laserstrahl, aber ich hab mich einfach nicht umgedreht. Ist schon erstaunlich, was man so alles ignorieren kann, wenn man es will.

23.14 Uhr nachts. Allein im Zelt.

Ich glaube, ich hab Mist gebaut. Scharina ist irgendwo draußen allein am Strand und ich liege hier in meinem Schlafsack und ärgere mich über mich selbst. Dabei hat der Abend so schön angefangen …

Nach dem Grillen sind Scharina und ich zurück in unser Zelt und haben es uns richtig gemütlich gemacht. Wir haben den Wecker für die Wattwanderung morgen gestellt und dann die Schlafsäcke bis ganz oben zugezogen und uns vors Zelt gelegt und der Brandung zugehört, die man vom Meer her hören konnte. Der ganze Himmel war rosa-gelb gesprenkelt und die Sonne war ein einziger roter Feuerball, der ganz langsam hinter den Dünen versunken ist. Als es ganz dunkel war, sind wir ins Zelt gekrabbelt und Scharina hat eine Kerze angezündet. Ich hab noch einen Rest Proviant von Mumi in meiner Tasche entdeckt und dann haben wir Kekse gegessen und dabei lauter Blödsinn gequatscht. Wen wir später wohl mal heiraten werden und all so was.

Je länger wir über Jungs und Verliebtsein geredet haben, umso mehr Sehnsucht habe ich nach Ben bekommen, und als Scharina noch mal rausgeklettert ist, um aufs Klo zu gehen, hab ich ihn heimlich auf seinem Handy angerufen. Ich hatte richtig Herzklopfen, weil mir erst während des Klingelns bewusst geworden ist, wie spät es schon ist. Zum Glück ist er aber gleich rangegangen, fast so als ob er auf meinen Anruf gewartet hätte. Ich hab gesagt »Hallo, hier ist Julie von Sylt« und er hat geantwortet »Hallo, hier ist Ben aus Hamburg« und dann mussten wir beide lachen. Ich hab gedacht, wenn ich ihm jetzt sage, wie sehr ich ihn vermisse, findet er das bestimmt schwülstig. Also habe ich ihm alles Mögliche über das Wetter erzählt: dass es heute den ganzen Vormittag leicht genieselt hat und so weiter. Ben hat gesagt, dass es in Hamburg auch genieselt hat, und dann hat er sich nach der Wassertemperatur von Westerland erkundigt. Ich hab ihm sämtliche Wassertemperaturen von Westerland, List und Hörnum genannt (darüber haben wir nämlich gestern im Museum geredet) und dann ist mir nichts mehr eingefallen. Für einen Augenblick herrschte eine total peinliche Stille. Ich hab verzweifelt nach irgendetwas gesucht, was ich sagen könnte, aber zum Glück hat Ben sich in dem Moment ein Herz gefasst und gemeint, das wäre doch alles Bullshit.

»Ehrlich gesagt, interessiert mich die Wassertemperatur von

Sylt die Doppelnull. Es sei denn, sie interessiert dich. Weil das Einzige, an das ich ständig denken muss, bist nämlich du.«

»Oh.«

Danach war Stille (aber gar keine peinliche, sondern eine schöne) und dann hat Ben mir erzählt, dass er heute sogar ein Foto von mir in seinen Gitarrenkasten geklebt hat. Ben hat mich gefragt, ob ich das kitschig finde (die anderen aus der Band haben nämlich gesagt, das wäre der totale Schmalz), aber ich habe geantwortet, nicht ein bisschen! (Erinnere mich daran, dass ich Ben in Hamburg unbedingt nach einem Foto von sich frage!!!)

Anschließend haben wir noch über Scharina geredet. Ben hat gemeint, dass wir endlich Nägel mit Köpfen machen müssen, damit Scharina nicht wieder zu ihrem Bruder zurückmuss, und ich habe ihm versprochen, gleich noch mal mit ihr darüber zu reden. Ben meinte, ich sollte damit besser bis zum nächsten Morgen warten, wenn wir alle ausgeschlafen sind, aber irgendwie war ich auf dem Trichter »Was du heute kannst besorgen, das verschiebe nicht auf morgen«. Na und das ist dann prompt nach hinten losgegangen.

Als Scharina vom Waschraum zurückgekommen ist, habe ich sie gefragt, ob das mit dem Zu-mir-Ziehen jetzt klargeht. Sie hat ein bisschen rumgedruckst und dann gemeint, dass sie nicht sicher sei, ob das wirklich so eine gute Idee wäre.

»Nach dem, was du erzählst hast, haben deine Eltern im Moment doch bestimmt keinen Bock auf Fremde im Haus.

Und außerdem … ich wette, die wären total geschockt, wenn du auf einmal mit jemanden wie mir ankommst …«

Scharina nestelte nervös an ihren Fingernägeln herum und ich hab gemerkt, dass ich jetzt schnell etwas sagen muss, wenn ich nicht will, dass sie sich wieder in ihr Schneckenhaus verkriecht. Also hab ich ihr erzählt, dass meine Eltern sie bestimmt sehr nett finden und dass sie sich darüber sowieso gar keine Sorgen machen muss, weil ich nämlich schon mit denen geredet hätte und von deren Seite alles klar sei. (Okay, das war eine Notlüge, aber manchmal braucht man die eben.)

Ich hab gedacht, dass Scharina jetzt bestimmt erleichtert aufatmet, aber das hat sie nicht getan. Stattdessen hat sie wieder zu Boden geguckt und sich dabei auf die Lippen gebissen. Und da hab ich gemerkt, dass ihr noch etwas anderes auf der Seele liegt.

»He, ansonsten alles in Ordnung? Soll ich vielleicht dabei sein, wenn du mit deiner Mutter telefonierst? Falls du Schiss hast, kann ich ja einfach neben dir stehen und … Scharina?«

Ich hab Scharina fragend angeguckt, aber die hat nur auf ihren Schlafsack gestarrt und dabei nervös ihre Finger knacken lassen.

»Alles in Ordnung?!«

»Meinst du, dass das mit dem Telefonieren wirklich nötig ist?«

Ich hab Scharina verdutzt angeguckt, aber sie hat meinen Blick nicht erwidert, sondern verlegen den Reißverschluss von ihrem Schlafsack auf- und wieder zugezogen.

»Ich könnte meiner Mutter doch einfach erzählen, deine Eltern hätten mich für ein paar Tage zu euch eingeladen, weil wir gemeinsam ein Referat vorbereiten müssen, und dann …«

»Und dann WAS? Dann gehst du nach ein paar Tagen wieder zu Kevin zurück?! Und alles bleibt so, wie es ist?!«

Scharina muss an meiner Stimme gehört haben, was ich von ihrer Idee gehalten habe, denn statt einer Antwort hat sie sich gereizt zur Seite umgedreht, sodass ich nur noch ihren dunklen Haarschopf sehen konnte. Und dann hat sie gemurmelt, dass das Ganze ja wohl noch immer ihre Sache sei.

»Vielleicht lässt Kevin mich ja in Ruhe, wenn ich erst mal eine Zeit weg bin. Vielleicht sollte ich das Ganze einfach nicht so hochkochen lassen, ich mein, das mit dem Stuhlbein hat er ja früher nicht gemacht, vielleicht war das nur so 'ne Art Ausrutscher …«

»Stuhlbein? Er hat dich mit einem Stuhlbein geschlagen?«

»Na ja, er hatte ein paar von seinen komischen Freunden da und wir hatten kein Bier mehr im Kühlschrank und da wollte er, dass ich was unten aus dem Laden hole, aber ich hatte keinen Bock und da …«

»Das ist jetzt nicht dein Ernst, oder?? Der Typ verprügelt dich mit einem Stuhlbein, weil du ihm kein Bier holst, und du meinst, er hört damit auf, wenn du ein paar Tage weg bist? Wie blöd bist du eigentlich??«

Eigentlich wollte ich gar nicht so wütend werden und sie auch nicht anbrüllen, aber die Geschichte mit dem Stuhlbein war einfach eins zu viel. Plötzlich hab ich gewusst, dass sie sich nie trauen wird, irgendwas gegen ihren Halbbruder zu unternehmen. Und dass es immer so weitergehen wird mit den Schlägen und den Geschenken als Entschuldigung und dann wieder den Schlägen, es sei denn, ich würde es schaffen, sie jetzt wachzurütteln. Also hab ich meine Beine aus dem Schlafsack gezogen, mich kurz entschlossen aufgesetzt und sie an der Schulter gepackt.

»He, was soll denn das?! Lass mich los!«

»Du hörst mir jetzt zu!«

Scharina hat wie eine Wilde um sich gestrampelt, aber ich hab mich einfach auf sie draufgesetzt und dabei ihre Hände, mit denen sie mich abschütteln wollte, festgehalten. Und dann hab ich wie eine Geisteskranke auf sie eingeredet.

»Kapierst du's nicht? Kevin wird nicht von allein damit aufhören! Es sei denn, du redest endlich mit deiner Mutter! Schließlich kann sie dir nur helfen, wenn sie weiß, was los ist …«

»Und wenn nicht? Wenn sie mir nicht hilft?«

»Aber wieso sollte sie dir nicht …«

Ich hab Scharina perplex angesehen, aber im selben Moment hatte sie mich schon von sich runtergeschubst und ist mitsamt ihrem Schlafsack zum Zeltausgang gestürzt.

»Du hast keine Ahnung! Kevin ist doch ihr beschissener Held. Der ihr immer so leidtut, weil er ja keine Mutter mehr hat. Und den sie deshalb sowieso viel lieber hat als mich! Scheiße …«

»Scharina? Bleib hier! Bitte!!«

Ich bin, so schnell ich konnte, hinter ihr hergekrabbelt, aber draußen vorm Zelt bin ich über einen der Heringe gestolpert und das war's dann. Als ich mich wieder aufgerappelt hatte, war von Scharina weit und breit nichts mehr zu sehen. Oh, Mann …

15 Minuten später.

Inzwischen hab ich den Campingplatz zweimal nach ihr abgegrast, aber nichts! So ein verdammter Mist! Ich bin echt der größte Idiot aller lebenden Idioten! Jetzt redet sie morgen garantiert kein Wort mit mir und das mit dem Bei-mir-Einziehen kann ich wahrscheinlich auch vergessen. **HERZLICHEN GLÜCKWUNSCH**, Julie. **noch mehr** verbocken kann man so eine Sache wohl nicht. Das war mal wieder eine Glanzleistung!

Freitag, der 28. Mai

☺ Höhepunkte!

1) Ob du's glaubst oder nicht: Scharina ist auf dem Weg zu ihrer Mutter, um mit ihr über Kevin zu reden! Yippieyippieyeah!

☹ Tiefpunkte!

1) Bei all der Aufregung in der Nacht habe ich prompt verschlafen. Frau Simbrinck ist garantiert **stocksauer** auf mich, weil wir uns heute alle pünktlich um 7.00 Uhr zur Wattwanderung treffen wollten. Jetzt ist es 7.34 Uhr! So eine Kacke!

7.58 Uhr. Im Bus.

Ich verstehe das nicht. Eigentlich hatte ich den Wecker gestern Abend pünktlich auf 6.30 Uhr gestellt (glaub ich zumindest), aber heute Morgen stand er nicht mehr an meinem Kopfende, sondern einen halben Meter weiter links. Geklingelt hat er auch nicht. Vermute, dass das eine fiese Nummer von Hanna ist, weil ich irgendwann im Morgengrauen das Gefühl hatte, dass jemand um unser Zelt schleicht. Bin mir aber nicht ganz sicher. Oder hab ich den Wecker doch nicht gestellt?

Auf jeden Fall sitze ich jetzt im Sylter Insel-Bus in Richtung Hörnum und hoffe, dass die anderen am vereinbarten Treffpunkt auf mich warten! Frau Simbrinck und Herr Clausen haben zwar gestern Abend gesagt, wenn jemand mehr als zehn Minuten

zu spät kommt, gehen sie ohne ihn los, aber ich kann mir nicht vorstellen, dass sie das wirklich machen.

Okay, vom Campingplatz sind sie tatsächlich ohne Scharina und mich losgegangen, aber ich nehme mal an, dass das nur eine pädagogische Maßnahme von Frau Simbrinck war. Manchmal hat sie damit echt einen Tick, da ist ihr selbst so was wie die Verletzung der Aufsichtspflicht egal. Na gut, was soll's. Wahrscheinlich warten sie jetzt alle in Hörnum auf mich und ich kassiere zu Hannas Freude gleich den Anschiss meines Lebens.

Komischerweise macht mir das aber gar nicht so viel aus, weil ich so froh darüber bin, dass Scharina endlich auf dem Weg zu ihrer Mutter ist. Aber ich erzähle lieber alles der Reihe nach …

Nachdem Scharina weggelaufen war, lag ich noch ziemlich lange wach und hab darauf gewartet, dass sie zurückkommt, aber irgendwann sind mir doch die Augen zugefallen. Ganz früh am Morgen, als es draußen noch dunkel war, bin ich dann davon aufgewacht, dass jemand leise meinen Namen gerufen hat.

»Julie?«

Ich machte die Augen auf und da saß Scharina neben mir und hat mich gefragt, ob ich sie nachher bei der Wattwanderung bei Frau Simbrinck entschuldigen könnte. Ich hab mich verdutzt in meinem Schlafsack aufgerichtet und sie dabei angeguckt wie ein Auto.

»Wieso das denn? Bist du krank?«

Scharina hat den Kopf geschüttelt und dann gesagt, dass sie über das von gestern Nacht noch einmal nachgedacht hätte. »Irgendwie hast du vielleicht doch recht. Mit Kevin, mein ich. Das mit dem Stuhlbein, das war echt schlimm und … Na ja, auf jeden Fall hab ich meine Mutter vor ein paar Stunden angerufen und gefragt, ob wir uns am Wochenende auf halber Strecke zwischen München und Hamburg treffen können.«

Ich hab mir den Schlaf aus den Augen gewischt und da erst gemerkt, dass Scharina komplett angezogen war und ihren Rucksack auf dem Rücken hatte.

»Und wo trefft ihr euch jetzt?«

»In Hamburg. Ich wäre auch sonst wohin gefahren, aber sie hat gesagt, sie hätte Samstag ausnahmsweise frei, sodass sich die lange Bahnfahrt sogar lohnt. Ich hole sie um kurz nach eins vom Zug ab, denn dann hab ich noch ein bisschen Zeit mit ihr allein, bevor Kevin dazukommt. Sie hat gesagt, das würde gut passen, weil sie mir auch noch irgendwas erzählen will.«

»Und was ist mit der Klassenreise? Du kannst doch nicht so einfach abhauen! Ich meine, willst du nicht wenigstens warten, bis es hell ist? Immerhin ist es noch mitten in der Nacht und Frau Simbrinck kriegt bestimmt den Überkreisch, wenn du auf einmal nicht mehr da bist …«

Scharina hat den Kopf geschüttelt.

»Nee. Ich muss jetzt gleich hin, verstehst du? Sonst trau ich mich nachher vielleicht doch nicht.«

Ich hab genickt und sie dann zögernd angesehen. »Und was soll ich Frau Simbrinck sagen?«

Scharina hat die Schultern gezuckt. »Keine Ahnung. Dringende familiäre Angelegenheiten oder so was. Ich lass mir bis Montag in der Schule irgendwas einfallen. Aber jetzt muss ich los. Die erste Bahn fährt nämlich gleich, ich hab die Auskunft angerufen …«

»Oh. Klar. Na, dann …«

Ich hab Scharina noch mal ganz fest in den Arm genommen und sie gefragt, ob ich nicht doch mitkommen soll, aber sie hat den Kopf geschüttelt und gemeint, da müsse sie jetzt alleine durch. Und dann ist sie gegangen. Ist das nicht super? Ich sag dir, ich drück ihr dermaßen die Daumen, dass das auch alles gut geht … Oh, Shit, wir sind da! Ich muss aussteigen!

8.34 Uhr. Am Watt.

Sie sind schon los! ***Sie sind wirklich ohne mich gegangen!*** So richtig kann ich's noch immer nicht glauben, aber die Frau in dem Kurtaxenhäuschen hat es mir gerade bestätigt.

Meine Klasse hat sich hier mit dem Wattführer getroffen und deswegen hat die Frau das Ganze sozusagen live mitbekommen. Anscheinend hat irgendjemand Frau Simbrinck heute Morgen auf dem Zeltplatz gesagt, dass Scharina und ich schon vorgefahren wären und hier auf sie warten würden, und als wir nicht gekommen sind, ist sie ganz nervös geworden und wollte schon alles abblasen und mit der Klasse wieder zurückfahren. Aber dann hat ein blondes Mädchen, das ein bisschen so aus-

sah wie Heidi Klum (Na, wer das wohl war? Mit 100%iger Sicherheit Hanna!), Frau Simbrinck gesagt, dass sie Scharina und mich belauscht hätte und dass wir heute allein bei Gosch am Hafen von List frühstücken gehen wollten. Weil wir keinen Bock gehabt hätten auf die Wattwanderung.
Na ja und daraufhin ist Frau Simbrinck natürlich stocksauer geworden und hat gesagt, das würde Konsequenzen haben. Und dann hat sie sich mit dem anderen Lehrer (das muss Herr Clausen gewesen sein) beraten. Die beiden hätten gebrodelt vor Wut, sagte die Frau im Kurtaxenhäuschen, an meiner Stelle würde sie sich warm anziehen.
Mein Lehrer wäre dann zur Bushaltestelle gegangen, offenbar um uns in List aufzugabeln, während meine Lehrerin zusammen mit dem Wattführer und der Klasse in Richtung Amrum aufgebrochen sei.
Nicht zu fassen, oder? Bekomme Hanna bezüglich gerade Aggressionen, die auf keine Kuhhaut mehr gehen. Was zum Donnerwetter soll ich jetzt nur machen?

8.46 Uhr. Am Watt.

Habe beschlossen, meiner Klasse hinterherzugehen. Hinten am Horizont erkennt man einen kleinen Trupp Menschen und ich wette, das sind sie. Ich kann Frau Simbrinck in ihrem gelben Mantel von hier aus ziemlich genau erkennen. Und wenn ich jetzt nach List fahre, brauche ich bestimmt zwei Stunden, und vielleicht ist Herr Clausen dann schon wieder weg. Außerdem stelle ich mir gerade Hannas Gesicht vor, wenn ich plötzlich im Watt auftauche und Frau Simbrinck sage, dass Hanna sich das mit dem Frühstückengehen nur ausgedacht hat.

Die Blamage hat sie echt verdient. Also gut, ich finde, das gibt den Ausschlag. Ich ziehe mir jetzt meine Schuhe aus und laufe los.

9.13 Uhr. Im Watt.

Die Gruppe, auf die ich erst zugelaufen bin, war gar nicht meine Klasse, sondern nur eine Ansammlung merkwürdiger Pfähle! Einer davon war gelb angestrichen, kann man das fassen? Um mich herum ist kein Mensch. Glaube, ich geh lieber zurück.

9.42 Uhr. Auf einer Sandbank im Watt.

Ruhe mich gerade ein bisschen aus. Warum hat eigentlich niemand gesagt, dass Wattwandern **so anstrengend** ist? Meine Füße fühlen sich an, als ob sie dreißig Kilo schwer sind, so tief sinke ich immer ein.

10.19 Uhr.

Mache schon wieder Pause. Musste eben um einen dieser Flüsse im Watt herumgehen. Der war ganz schön lang. Ein paar Möwen fliegen die ganze Zeit über mir und kreischen irre laut. Klingt fast so, als würden sie mich auslachen. Habe Schlick im

Mund, an den Händen, zwischen den Zehen und überall sonst. Wäre echt froh, endlich jemandem zu begegnen.

10.33 Uhr. Noch immer im Watt.

Scheiße, Scheiße, Scheiße! Wie konnte ich nur so bekloppt sein? Das kommt davon, wenn man zu viel über Springtiden und Nipptiden lernen muss. Dann vergisst man nämlich die einfachsten Dinge, wie zum Beispiel, dass man **nie, nie, nie** allein ins Watt gehen soll, wenn man nicht genau weiß, wann die Flut kommt.
Die Flut kommt nämlich **jetzt**. In diesem Moment! Das Wasser läuft quasi von allen Seiten auf mich zu. Verdammt! Was mach ich denn nun??

10.54 Uhr. Im Watt.

Liebes Tagesbuch, ich weiß, es klingt ganz unglaublich, aber vielleicht sind das hier die letzten Zeilen meines Lebens. Sozusagen mein Vermächtnis, das leider (oder wahrscheinlich eher Gott sei Dank) sowieso niemand lesen wird, weil du, liebes Tagebuch, mit mir in der Nordsee ertrinken wirst.
Das Wasser geht mir inzwischen schon bis zum Schienbein! Das Ufer ist viel weiter weg, als ich gedacht habe, und ich sacke ständig tiefer ein. HILFE!!! Verdammt!!! Ich MUSS mich zusammenreißen! Julie, komm! Du hast doch sonst auch alles geschafft! Du schaffst das, Julie, ganz bestimmt. Werde jetzt all

meine Kraft zusammennehmen und so lange in Richtung Ufer laufen, bis ich nicht mehr kann.

11.22 Uhr.

Kann nicht mehr!!! Hab ganz dolle Seitenstiche und das Ufer kommt überhaupt nicht näher. Dafür wimmelt es hier auf einmal von diesen Miniflüssen, in denen das Wasser schon irre tief ist (ich glaub, das sind die Priele, von denen Frau Simbrinck in Erdkunde geredet hat). Ich kann kaum noch geradeaus gehen und muss ständig Umwege machen, weil andauernd mehr von diesen Prielen aus dem Boden schießen. Habe versucht, durch einen durchzuwaten, und bin dabei bis zu den Oberschenkeln versunken und fast unter Wasser gezogen worden. Hab's zwar geschafft, wieder rauszukommen, bin jetzt aber völlig fertig. Muss die ganze Zeit daran denken, wie Frau Simbrinck erzählt hat, dass jedes Jahr wieder zig Menschen im Watt ums Leben kommen. Oh, Mann! Das ist alles so irreal! Ich kann gar nicht fassen, dass das hier wirklich mir passiert!

11.32 Uhr

Das Wasser steigt noch immer. Was soll ich bloß tun?? Mein Kopf ist leer und meine Beine zittern wie verrückt. Oh, Gott, ich hab Angst! Ich will nicht ertrinken!!!!!!!!

11.50 Uhr.

Hab gerade an Mama und Papa und Ottilie gedacht. Und an Ben. Muss weinen, weil ich mir vorstelle, wie sie an meinem Grab stehen.

12.01 Uhr.

Das Ufer kommt näher!!!!! Ich sehe es ganz deutlich. Ich schaffe es doch. **LOS!**

12.13 Uhr.

Scheiße!!!!

12.18 Uhr.

Ich schaffe es nicht! Hilfe! Kann mir jemand helfen? Bitte? Irgendjemand?

12.40 Uhr. Irgendwo an Land.

Kann nicht schreiben, so sehr zittere ich. Muss mich erst einmal beruhigen. Aber ich bin tatsächlich am Ufer!

12.48 Uhr.

Oh, mein Gott! Ich sag nur: »Oh, mein Gott!!!« Ich sitze hier barfuß und völlig verdreckt im Sand und kann es noch immer nicht glauben.
Ich, Julie Ahlberg, 12 Jahre, bin eben fast ertrunken! Oh, Mann. Sollte mir noch irgendjemand in meinem Leben jemals wieder eine Wattwanderung vorschlagen, kann er gerne alleine gehen!!!!! Das mache ich **NIEEEEEEEEEE** wieder!!!
Bisher hab ich gedacht, etwas Schlimmeres als das Gefühl, das ich in engen dunklen Räumen kriege, gibt es nicht. Aber das, was ich eben erlebt habe, das ist … das ist etwas ganz anderes gewesen. Viel … tiefer. Und viel schrecklicher.
Ich weiß nicht, aber vielleicht hilft es, wenn ich darüber schreibe, gleich jetzt und hier, obwohl meine Finger immer noch doll zittern und ich nicht richtig weiß, wie ich anfangen soll …

Egal. Ich versuche es einfach. Liest ja eh niemand.

Nachdem die Sache mit dem Einsacken bis zu den Oberschenkeln passiert ist, habe ich auf einmal gewusst, dass es das gewesen ist und dass ich jetzt wahrscheinlich draufgeh, und

dann hab ich nur noch geheult und geheult und um Hilfe geschrien und wieder geheult.
Und irgendwann hab ich dann in den Himmel geguckt und auf einmal war mir völlig klar, dass ich sterben werde und dass die Möwen über mir auch irgendwann sterben werden, und plötzlich war die ganze Sache mit dem Tod absolut REAL. Für eine Sekunde hab ich alles verfallen und altern und sterben sehen, meine ganze Klasse und meine Eltern und alle, mit denen ich je was zu tun hatte, sogar Ottilie. Ganz schlimm. Nicht dass mir vorher nicht auch klar gewesen wäre, dass alles vergänglich ist, aber ich habe es nicht wirklich verstanden. Diese Sache mit dem Tod, das war mehr so etwas Abstraktes, so wie Mama und Papa manchmal darüber flachsen, was ich wohl später für eine Mutter sein werde oder so. Etwas, das so weit weg ist, dass man sich gar nicht vorstellen kann, dass es einen wirklich selbst betrifft. Aber eben im Watt, da habe ich plötzlich begriffen, dass ich, Julie Ahlberg, eines Tages sterben werde und dass es keinen, gar keinen gibt, der daran etwas ändern kann: keine Eltern und keinen Arzt und noch nicht mal eine Weltrevolution.
Das Komische an der ganzen Sache ist, dass das Sterben durch diese Erkenntnis fast etwas Tröstliches bekommen hat. Wenn es etwas gibt, auf das kein Mensch der Welt einen Einfluss hat und das niemand, absolut niemand ändern kann, dann bedeutet das ja gleichzeitig auch, dass das, was es da gibt, irgendwie größer und schlauer ist als wir. Also ist der Tod quasi ein Beweis dafür, dass es so etwas wie Gott (wenn man Gott als

etwas beschreibt, das viel klüger und mächtiger ist als der Mensch) wirklich gibt. Oder?

Fünf Minuten später.

Habe mir das, was ich eben geschrieben habe, noch mal durchgelesen und fühle mich jetzt ganz merkwürdig. Vielleicht werde ich später ja doch keine Schriftstellerin, sondern Philosophin. So nach dem Motto »Und jetzt begrüßen Sie mit mir die neue Nobelpreisträgerin Julie Ahlberg, die die Existenz Gottes bewies, während sie sich an der Nordsee Teerklumpen von den Zehen pulte …«.

Na ja, oder auch nicht. Schließlich würden echte Nobelpreisträgerinnen in so einer Notsituation wie eben bestimmt nicht vergessen, dass sie genau für so was ein Handy dabeihaben. Ganz im Gegensatz zu mir, dem Riesenschussel. Ich hab das mit dem Handy nämlich erst bemerkt, als die Stimme von Hodenbillard-Oliver »I'm too sexy for your love« durchs Watt gegrölt hat.

Erst hab ich gedacht, jetzt schnappe ich endgültig über und höre Stimmen, die gar nicht da sind, aber eine Sekunde später ist mir dann eingefallen, dass Oliver sich ja gestern auf der Bahnfahrt kurz mein Handy ausgeliehen hatte (um seine Eltern anzurufen, wie er sagte), und da ist mir dann klar geworden, wem ich diesen dezenten Klingelton zu verdanken habe.

Eine Sekunde habe ich noch wie paralysiert[17] auf den Hörer gestarrt, aber dann hab ich endlich schniefend abgenommen.
»Papa? Bist du das??«
Am anderen Ende war wirklich Papa, aber ehe ich noch was rausgebracht habe, hat er schon angefangen zu reden und irgendwas von einer »beschissenen Telefonrechnung« gemurmelt, die unsere Familie zerstören würde, und dass Mama ihm das nie verzeihen würde, das wüsste er, obwohl er doch gar nichts getan hätte.
Oh, Mann, ich sag dir. Ich wusste überhaupt nicht, was ich sagen sollte, weil ich doch noch immer gedacht hab, dass ich gleich sterben muss, und im selben Moment war Papa auf einmal wieder weg und das Handy tot – **Funkloch!**

Erst hab ich angefangen zu schreien, weil ich so enttäuscht und verzweifelt war, aber irgendwie muss mich Papas Stimme in der ganzen Hysterie doch wieder zur Besinnung gebracht haben, denn auf einmal hab ich gewusst, dass ich zwar irgendwann sterben muss, aber vielleicht doch nicht jetzt, und dass ich nicht aufgeben darf, auf keinen Fall, schließlich liebe ich meinen Papa ganz schrecklich und will ihn unbedingt wiedersehen und Mama und Ottilie auch, und dann hab ich die Zähne zusammengebissen und bin wieder losgerannt und hab mich nicht um mein Seitenstechen und meine blöden Bleifüße gekümmert. Und diesmal ist der Strand wirklich näher gekom-

---

17 *Mann, das Wort ist fast so gut wie paranoid*

men! Und es war keine Fata Morgana oder wie man das auf dem Meer nennt!!!!

Hundert Meter von der Küste entfernt floss dann noch so ein ganz breiter Priel, in den hab ich mich einfach reingestürzt. Frag mich nicht, wie ich's gemacht habe, aber ich hab's geschafft.

Puh ... Weißt du, was? Im Moment bin ich mir ziemlich sicher, dass das mit der Entwicklungshilfe in Afrika doch nicht so eine tolle Idee ist. Nicht nur, dass ich mir bei der ganzen Aktion vor lauter Angst in die Hose gemacht habe (sieht man zum Glück nicht, die Hose ist eh klitschnass) – zusätzlich habe ich dabei auch noch mein Portemonnaie verloren. Keine Ahnung, wie ich von hier ohne Geld und Schuhe zum Campingplatz zurückkommen soll.

So ein Kack!!!

13.18 Uhr.

Habe noch einmal darüber nachgedacht, was Papa vorhin am Handy gesagt hat. Von wegen, dass Mama ihm das nie verzeihen würde.

Was, wenn Ottilie und ich jetzt tatsächlich Scheidungskinder werden? Oh, Gott. Das ist echt nicht mein Tag. Oder kennst du jemanden, der, während er fast im Watt ertrinkt, auch noch erfährt, dass seine Eltern sich vielleicht trennen wollen? Das gibt's alles nicht! Ottilie ist doch noch nicht mal ein halbes Jahr alt. Und alles nur wegen irgendeiner »beschissenen Telefonrechnung«. Wobei ich nicht glaube, dass die wirklich der Grund für das ganze Chaos ist. Als ob Mama allein wegen einer Telefonrechnung so ausrasten würde. Für wie bescheuert halten die mich eigentlich?

13.27 Uhr. Noch immer am Strand.

Ich habe 0,0 % Lust, zurück zum Campingplatz zu gehen. Schließlich sind Frau Simbrinck und die anderen ohnehin noch auf Amrum und auf die Standpauke von Herrn Clausen bin ich sowieso nicht sonderlich heiß. Ich meine, eigentlich ist natürlich Hanna an dem ganzen Desaster schuld, aber das mit dem Verschlafen geht auf meine Kappe und ich wette, das

reicht, um einen genauso großen Anschiss zu kassieren wie sie. Das Mindeste, was mich erwartet, ist wahrscheinlich ein Eintrag ins Klassenbuch. Schätze aber, Frau Simbrinck setzt noch eins drauf und macht eine moralische Grundsatzfrage daraus. So nach dem Motto »Julie, den Wecker nicht zu stellen, ist einfach verantwortungslos!« So was kann sie echt gut. Als ich letztes Jahr mein Erdkundeheft verbummelt habe, hat sie einen Megaauftritt gehabt. Mit einem, der seine Schwiegermutter skalpiert hat, hätte sie auch nicht anders geredet. Na ja, ist auch egal. Ändern kann ich das Ganze jetzt eh nicht mehr. Außerdem geht mir im Moment noch was ganz anderes durch den Kopf. Irgendwie erinnert mich dieser Satz meines Vaters über die »beschissene Telefonrechnung« an etwas … Ich weiß nur nicht genau, an was. Hat Sharon mich nicht mal gewarnt, dass die Anrufe bei ihr ziemlich teuer sind?

13.39 Uhr. Noch immer am Strand.

Je länger ich über die Sache nachdenke, umso mehr habe ich das Gefühl, dass der Krach zwischen meinen Eltern etwas mit meiner Telefoniererei mit Sharon zu tun haben könnte. Das Ganze passt einfach zu gut. Mumis Bemerkung darüber, dass Papa »quasi« eine Freundin hätte, und Mamas Satz, dass sie wüsste, dass er keine Freundin hat, und jetzt Papas Fluch über die »beschissene Telefonrechnung« und das Datum, an dem der ganze Ärger begann. Der große Streit zwischen meinen Eltern war am 22. Mai. Soweit ich mich erinnern kann, kommen unsere Telefonrechnungen immer um den 22. herum. Im Mai habe ich das erste Mal mit Sharon telefoniert, und wenn sie sagt, dass es ziemlich teuer ist, sie anzurufen, nehme ich mal an, dass die Kosten von den Telefonaten mit ihr besonders hoch waren. Und da auf unserer Telefonrechnung immer alle Nummern einzeln aufgeführt sind, hat Mama vielleicht bei dem Anschluss, der so teuer war, zurückgerufen und –

Bingo!

Kein Wunder, dass sie ausgerastet ist. Wenn ich mir vorstelle, ich hätte gerade erst ein Baby auf die Welt gebracht und wäre noch immer dick und hätte eine postnatale Depression und dann krieg ich mit, dass mein Mann stundenlang mit einer

Telefonsex-Agentur telefoniert ... Ich glaub, ich würde ihn auch rausschmeißen. Mindestens!
Die Frage ist nur, wenn das wirklich der Auslöser für den Riesenkrach war, was mache ich jetzt? Mama einfach die Wahrheit sagen? »Hallo Mama, das mit der Telefonsex-Agentur, das war übrigens nicht Papa, sondern ich?« Das glaubt sie mir doch nie. Schließlich findet sie ja ohnehin, dass ich Papa immer in Schutz nehmen würde, und wenn sie das schon bei allen möglichen Pipifax-Dingen findet, dann denkt sie das doch jetzt erst recht. Gut wäre, wenn ich einen Beweis für Papas Unschuld hätte, aber den hab ich natürlich nicht. Wobei ... Okay, ich hab keinen Beweis dafür, dass Papa das mit den Telefonaten nicht war, aber einen Zeugen dafür hab ich schon. Besser gesagt, eine Zeugin. Sharon. **Ja!** Ich glaube, das ist es!!

13.47 Uhr. Noch immer am Strand.

Da haben wir ihn doch wieder. **MEINEN HÖCHSTPERSÖNLICHEN SUPERGAU** mit Namen »Nie klappt was!«. Habe eben bei Sharons Agentur angerufen, um mit ihr über die ganze Sache zu reden. Weißt du, was mir die Frau am Telefon gesagt hat? Sharon ist zurzeit im Urlaub! Für ganze drei **(!!!)** Wochen! Statt Sharon wollte mir die Frau, mit der ich geredet habe, eine Babette geben.
Mein Gott! Habe der Frau am anderen Ende gesagt, dass ich Babette nicht gebrauchen könnte, sondern nur Sharon und ob sie wüsste, wo ich sie erreichen kann, aber die Frau meinte,

über Privates dürfte sie keine Auskunft geben. **Ahhh!!!! Und jetzt?**

13.55 Uhr.

Habe eben noch mal bei Sharons Agentur angerufen und mit verstellter Stimme nach Babette gefragt. Als Babette dran war, habe ich gesagt, ich würde von der Lottoannahmestelle anrufen, Sharon hätte dort ihren Lottoschein vergessen. Ich weiß, das hätte auch voll nach hinten losgehen können, aber Babette war zum Glück nicht sonderlich misstrauisch. Vielleicht hat sie ja auch gedacht, dass sie dem Glück einer zukünftigen Lottomillionärin nicht im Wege stehen will. Wer weiß. Auf jeden Fall hat sie mir gesagt, dass Sharon bestimmt noch mal im Lottoladen vorbeigucken wird, weil das Musikstudio, in dem sie manchmal arbeitet, gleich um die Ecke liegt. Yeah! Wer sagt's denn?

Habe beschlossen, nicht weiter auf Frau Simbrinck und die Klasse zu warten, sondern nach Hamburg zu fahren und Sharon zu suchen. Schließlich ist die Ehe meiner Eltern wichtiger als irgendein Anschiss, den ich mir heute Abend noch immer telefonisch abholen kann.

Okay, ich schlag mich jetzt zur Straße durch und versuche mich da als Anhalter. (Keine Sorge, ich steige nur bei Frauen und Familien mit Kindern ein. Anderswo hätte ich viel zu viel Schiss.) Drück mir die Daumen!

15.21 Uhr. Auf dem (wie Horst müffelnden) Zugklo.

Eben hat mich eine ganz nette Familie aus Elmshorn am Bahnhof in Westerland abgesetzt. Wollte eigentlich noch weiter zum Campingplatz, um Frau Simbrinck und der Klasse eine Nachricht dazulassen, aber dann habe ich gesehen, dass die nächste Bahn nach Hamburg in einer halben Ewigkeit geht. Die Bahn, die vor einer Viertelstunde abfahren sollte, stand noch immer am Gleis und hatte Verspätung und da hab ich gedacht, das ist Schicksal. Also bin ich eingestiegen.

Sitze seit über einer Stunde auf der Bahntoilette und verstecke mich vor möglichen Kontrolleuren. Das Klo stinkt gruselig. Außerdem liegt überall nasses Klopapier herum. Stelle mir besser nicht allzu genau vor, was gerade an meinen Zehen klebt. Ein paar Zentimeter entfernt liegt etwas, das wie ein Klops Kacke aussieht. Versuche die ganze Zeit, mir einzureden, dass es bestimmt nur ein Klecks halb geschmolzene Schokolade ist. Allerdings nicht sonderlich erfolgreich. Oh, Mann, was tut man nicht alles, um die Ehe seiner Eltern zu retten.

17.14 Uhr. Wieder in Hamburg.

JA!!!!! ICH HABE SIE!!!! Habe ich nicht mal geschrieben, dass mir Sharons Stimme gleich so bekannt vorgekommen ist? Kein Wunder! Sharon ist die Käsefrau! Die aus der Emmentaler

Werbung, die statt »We are the Champions« immer »It's all Cheese!« singt. Okay, der Text ist ziemlich dämlich und auf Deutsch hätte sich wahrscheinlich jeder halbwegs normal denkende Mensch geweigert, so etwas zu singen, aber für das falsche Versmaß kann sie ja nichts (das hat dieser blöde Exkollege von Papa verbockt, der zur Konkurrenz gegangen ist) und ihre Stimme ist wirklich toll. Das hat selbst Papa nach seinem Ausraster neulich zugegeben und das will was heißen, schließlich findet er den Werbespot ansonsten knackdoof.

Im Moment sitze ich hier im Vorraum von dem Musikstudio, von dem diese Babette mir erzählt hat, und kann es noch immer nicht glauben. Ich habe sie wirklich und wahrhaft gefunden! Und das, obwohl sie anscheinend gar nicht Sharon heißt, sondern Gesa. Habe einen Moment befürchtet, dass es vielleicht doch nicht Sharons Stimme war, aber der Mann am Empfang meinte, das Lied würde von Gesa Scharon gesungen werden, und da hab ich gedacht, das kann kein Zufall sein. Gesa Scharon ist Sharon, da geh ich jede Wette ein. Ohne ihren richtigen Namen hätte ich sie bestimmt noch Tage suchen können, aber als ich das Musikstudio betreten habe, düdelten hier zum Glück einige Werbesongs in einer Endlosschleife. Und da ist es mir wie Schuppen von den Augen (oder besser gesagt Ohren) gefallen. Sharon (bzw. Gesa) ist die Käsefrau!
Nachdem ich das geschnallt hatte, bin ich ganz schnell zum Empfang gelaufen und habe dem Mann am Tresen erzählt, ich wäre ein Fan von ihr und ob er vielleicht wüsste, wo sie wohnt.

Erst hat er gegrinst und dann hat er gefragt, ob zum Fansein auch dazugehört, dass man keine Schuhe trägt. Oh, Mann. Das war mir vielleicht peinlich. Ich hab ganz vergessen gehabt, dass ich ja barfuß bin, aber der Mann am Empfang hat zum Glück nur gelacht und gemeint, das sei schon in Ordnung. Gesa würde im Studio A gerade einen Jingle für einen Müsli-Riegel aufnehmen, und wenn ich noch ein bisschen warten würde, könnte ich ihn in der Pause ja um ein Autogramm bitten. »Ihn?« Ich hab den Mann am Tresen irritiert angeguckt, aber er hat nur gelächelt und gemeint, ich würde schon sehen. Und jetzt sitze ich hier und warte darauf, dass Sharon irgendwann fertig ist. Ich bin **SOOO** neugierig! Ob ich sie wohl gleich erkenne? Mal gucken. Ich wette, sie hat braune Augen und dunkle, lange Locken. Ihre Stimme klingt einfach so. Tief und rauchig und trotzdem sanft.

18.03 Uhr. 49 Minuten später und um eine Erkenntnis reifer.

Oh, Mann! Im wahrsten Sinne des Wortes. Gesa (alias Sharon) ist noch kurz im Studio, um sich von den Tonleuten zu verabschieden, und ich hab noch ein paar Sekunden Zeit, ehe wir gemeinsam zu meinen Eltern fahren. Die brauch ich aber auch, um den Schock zu verdauen. Du wirst es nicht glauben, aber Gesa ist zwar Sharon, aber – er ist keine Frau, sondern ein MANN!

Ich bin beinahe rückwärts umgefallen, als er mir die Hand gegeben hat. Sharon, ein Mann – ich kann es noch immer nicht fassen. Darauf wäre ich nie gekommen! Als der Typ vom Tresen mich mit ins Studio genommen hat, habe ich mich die ganze Zeit wie eine Blöde umgeguckt, aber außer einem blonden Mann mit Pferdeschwanz war weit und breit niemand zu sehen. Der Mann vom Eingang hat ihm irgendetwas zugeflüstert und daraufhin ist der Mann mit dem Pferdeschwanz mit einem »Hi, ich bin Gesa. Und du bist also mein Fan?« auf mich zugekommen. Ich sag dir, ich hab ihn angestarrt wie eine Erscheinung.

»Sharon?«

Plötzlich hat der Mann mit dem Pferdeschwanz mich genauso ungläubig angeguckt wie ich ihn.

»Julie?«

Ich habe genickt und dabei ganz vergessen, seine Hand loszulassen.

Der Mann vom Empfang hat zwischen uns hin- und hergeschaut und dann hat er mit den Schultern gezuckt und ist kopfschüttelnd aus dem Raum. »Na, ihr werdet schon wissen, was ihr da tut!«

Ich hab Gesa noch immer angestarrt wie das achte Weltwunder, bis mir plötzlich das Blut in den Kopf geschossen ist. Auf einmal ist mir nämlich alles wieder eingefallen, was ich Sharon anvertraut habe. Dass ich vor Ben noch nie einen Jungen mit Zunge geküsst habe und meine ganze Angst, lesbisch zu sein, und all das. Ich glaub, ich hab ihr sogar von meinem Busen-Traum erzählt. Dem, wo Ben meine Brüste nicht anfassen … Oh, mein Gott!

Gesa-Sharon muss meine Gedanken erraten haben, denn eine Sekunde später ist er genauso rot geworden wie ich.

»Oh, Scheiße, Julie, das tut mir echt leid! Ich wollte es dir schon längst sagen, aber wie das dann so ist … Ich wollte dich wirklich nicht kränken! Weißt du, ich hab selber eine kleine Schwester, die ist ungefähr so alt wie du, und ich hab gedacht, vielleicht kann ich dir ja helfen. Mit der ganzen Sache mit deinen Eltern und Scharina und so …«

Gesa hat aufgehört zu reden und mich fragend angesehen, aber ich konnte einfach nichts sagen. Ich war viel zu perplex. Also hat er noch mal neu angesetzt.

»Verstehst du, das mit der Telefonsex-Agentur, das ist nur so ein Nebenjob. Eigentlich bin ich professionell ausgebildeter Sänger, aber da verdient man echt scheiße und von irgendwas muss ich ja auch meine Miete zahlen. Und so viele schwule Männer rufen da nicht an und da hab ich mit meiner Chefin gesprochen, ob ich nicht auch ein paar Heteros übernehmen könnte …«

»Hetero-was?«

Ich hab Gesa noch immer wie ein Auto angeguckt, aber im selben Moment hat er schon verlegen den Kopf geschüttelt.

»Egal. Vergiss es. Das sind Männer, die auf Frauen stehen, aber … Deswegen bist du ja nicht hier. Ich mein, du bist wahrscheinlich hier, weil du meine Hilfe brauchst, oder?«

»Ja. Irgendwie schon.«

»Gut, dann leg mal los!«

Ich hab noch einen Moment gezögert, aber dann hab ich beschlossen, dass es mir jetzt egal ist, ob er eine Frau ist oder ein Mann. Schließlich brauche ich ihn, um die Ehe meiner Eltern zu retten, und da darf man nicht allzu wählerisch sein. Also hab ich ihn gefragt, ob er ein paar Minuten Zeit hat. Und als er genickt hat, sind wir um die Ecke in ein kleines Café gegangen.

18.41 Uhr. Im Café.

Gesa ist gerade für ein paar Minuten weg. Insofern kann ich noch ein bisschen weiterschreiben. Also …

Als wir das Café betreten haben, haben mich alle ganz komisch angeguckt, wegen meiner schwarzen Füße und so, aber Gesa hat gesagt, ich soll die anderen einfach nicht beachten, dann gucken sie auch wieder woandershin, und genauso war's. Gesa hat einen Riesen-Eisbecher für mich und eine Tasse Milchkaffee für sich bestellt und dann hat er gesagt, seinetwegen könne ich jetzt loslegen. Also habe ich ihm den ganzen Ärger erzählt. Das mit dem großen Krach zwischen meinen Eltern und dass ich wahrscheinlich daran schuld bin. Und dass es total nett von ihm wäre, wenn er meiner Mutter sagen würde, dass er die ganze Zeit mit mir telefoniert hat und nicht mit meinem Vater. Als ich fertig war, hat er mich noch einen Moment ungläubig angeguckt und dann den Kopf geschüttelt. »Okay, ich glaub, das ist so ziemlich die merkwürdigste Geschichte, die ich seit langer Zeit gehört hab. Aber was soll's.

Klar helfe ich dir. Solange deine Mutter bei meinem Anblick nicht auf den Trichter kommt, dass dein Vater eigentlich schwul ist ...«

Gesa hat gegrinst und ich habe einen Augenblick überlegt, ob Mama das jetzt, wo Sharon ein Mann ist, vielleicht wirklich glauben könnte, aber dann hab ich den Gedanken beiseitegeschoben. Immerhin ist Mama seit vierzehn Jahren mit Papa verheiratet und da wird man ja wohl wissen, ob der andere schwul ist oder nicht.

Gesa muss gemerkt haben, dass mich seine Bemerkung etwas ins Schwanken gebracht hat, denn er hat mich noch mal gefragt, ob ich das wirklich durchziehen will. Aber da hatte ich mich schon wieder berappelt. Ich hab genickt und er hat gesagt, okay, dann verabschiedet er sich drüben im Studio noch schnell von seinen Kumpels und dann können wir los. Puh! Okay ... Du hast es gehört. Ich warte jetzt, dass er zurückkommt, und dann geht's los. Wünsch mir Glück!

19.04 Uhr. Vor Omas und Opas Wohnung.

Ich trau mich nicht hoch. Gesa und ich sitzen in Gesas schrottigem Opel vor der Wohnung von Papas Eltern und ich krieg's einfach nicht gebacken auszusteigen. Ob Papa wohl sehr sauer auf mich ist? Ich glaub schon. Zumindest wäre ich an seiner Stelle ziemlich sauer auf mich. Immerhin ist meine Telefonierei schuld daran, dass Mama ihn zu Hause rausgeworfen hat. Obwohl ich das natürlich nicht mit Absicht gemacht habe.

Gesa hat eben noch kurz bei einem Schuhladen angehalten und mir ein paar billige Sandalen gekauft, damit ich nicht barfuß in die Höhle des Löwen muss. Das macht die Sache ein mini-bisschen angenehmer, aber trotzdem …

19.11 Uhr. Noch immer vor Omas und Opas Wohnung.

Gesa meint, wenn wir jetzt noch länger hier sitzen, wird seine Freundin zu Hause **stocksauer**. Er muss spätestens um acht zu Hause sein, sonst wird das Essen kalt und sie wütend und Gesa meint, das wolle er lieber nicht riskieren. Kann ich verstehen.
Wahrscheinlich glaubt er, dass ich ständig Paare auseinanderbringe. Also muss ich jetzt wohl oder übel hoch. Uahhh! Mein Magen fühlt sich an wie Wackelpudding, aber was soll's. Wird schon schiefgehen.

19.38 Uhr. In Papas Auto auf dem Weg zu Mumi.

ES IST ALLES GUT GEGANGEN!!!!!

Papa war erst ziemlich irritiert, als ich plötzlich mit einem blond bezopften Zwei-Meter-Mann vor seiner Tür stand. Aber als wir in der Wohnung waren, hab ich gleich angefangen, wie ein Wasserfall zu erzählen. Je mehr ich erzählt habe, umso leichter habe ich mich gefühlt, und zum Schluss war ich richtig ein bisschen außer Atem. Gesa hat zwischendrin auch immer wieder was dazu gesagt und eigentlich fand ich das Ganze ziemlich plausibel, aber für Papa war das alles wohl doch ein bisschen viel. Auf jeden Fall hat er am Ende ziemlich fassungslos gewirkt. Erst ist er aufgestanden und hat den Stuhl beiseitegeschoben, aber dann hat er sich doch wieder hingesetzt und dann ist er wieder aufgestanden und die ganze Zeit hat er nichts gesagt. Und dann, gerade als ich mich noch mal bei Papa für das Ganze entschuldigen wollte, hat er mich in seine Arme genommen und so doll an sich gedrückt, als würde er mich nie wieder loslassen wollen.

Mir war das Ganze etwas peinlich, weil Gesa ja daneben saß, aber das schien Papa völlig egal zu sein. Was das anbelangt, hat er sich in den letzten Tagen ganz schön verändert. Früher hat er mir höchstens mal einen schnellen Gutenachtkuss auf die Wange gegeben, aber im Moment ist er total gefühlsduselig.

Irgendwann hat er dann aber trotzdem aufgehört, mich zu umarmen, und weißt du, was er stattdessen gemacht hat? Er hat sich bei mir entschuldigt! Weil er sich in den letzten Wochen völlig verantwortungslos verhalten hätte! Ich war echt sprachlos, aber Papa meinte das mit der Entschuldigung wirklich ernst. Er hat gesagt, er hätte, als er gemerkt hat, dass Mama mit der ganzen Situation zu Hause überfordert ist, im Job darauf bestehen müssen, noch ein paar Urlaubstage mehr zu bekommen. Dafür sei er aber zu feige gewesen und das bereue er nun. Weil ihm inzwischen bewusst geworden wäre, dass wir ihm viel wichtiger sind als irgendwelche schwarzen Damenbinden. Und außerdem würde sich sein Chef den Hintern auch nur mit Klopapier abwischen.

An der Stelle war ich etwas irritiert, weil ich nicht gewusst hab, was der Hintern von Papas Chef mit Mamas Baby-Blues zu tun hat, aber da hat Papa schon weitergeredet.

»Eins verspreche ich dir, Julie, von jetzt an bin ich wieder mehr für euch da. Ich hab gestern im Büro einen Antrag für eine Teilzeitstelle gestellt und ich glaube, das sieht gar nicht schlecht aus. Der Teubner war natürlich stocksauer, aber schließlich hab ich im Moment eh nur das Hundefutter und das kriege ich auch so hin …«

Ich war ziemlich baff, als ich das gehört hab, und wollte natürlich gleich nachfragen, was das mit der Teilzeit denn jetzt genau bedeutet, aber da hat Gesa mich unterbrochen und gefragt, ob wir die erfreulichen Neuigkeiten nicht zuerst dem Rest der Familie erzählen wollen.

»Ich muss nämlich um acht zu Hause sein und Lachs im Blätterteig essen, sonst krieg ich einen Heidenärger …«

Gesa hat ziemlich besorgt ausgesehen, und als ich Papa erklärt habe, dass Gesas Freundin das Kaliber von Mumi zu haben scheint, hat er gesagt, wir würden sofort losfahren. Und das haben wir dann auch getan.

Im Moment sitzen Papa und ich in Papas Auto und fahren zu Mumi, wo Mama und Ottilie heute übernachten. Gesa fährt uns mit seiner Schrottkarre hinterher.

Noch ungefähr fünf Minuten und dann sind wir da. Hoffentlich läuft das Gespräch mit Mama genauso gut wie eben das mit Papa. Toi, toi, toi …

20.34 Uhr. In Papas Auto auf dem Weg zu Scharina.

Du glaubst es nicht! Unfassbar! Wenn ich dir erzähle, was eben los war, dann fällst du um, ich schwör's dir. Okay, Tagebücher können natürlich nicht umfallen (außer man schubst sie), aber du weißt schon, was ich meine.

Als wir bei Mumi vor der Tür standen, hat Papa einen Moment gezögert, aber dann hat er sich einen Ruck gegeben und auf die Klingel gedrückt. Von draußen konnte man hören, wie der Fernseher drinnen leiser gestellt worden ist, und ein paar Sekunden später hat Mumi uns die Tür geöffnet. Als sie Papa gesehen hat, wollte sie die Tür gleich wieder zumachen, aber zum Glück hab ich im selben Moment »Hallo Mumi!« gesagt. Und da hat sie innegehalten und mich völlig verdattert angeguckt.

»Julie! Was machst du denn hier?«

»Ich …«

»Wieso bist du nicht auf der Klassenfahrt?«

Mumi hat mich ungläubig gemustert und ich hab fieberhaft überlegt, wie ich ihr das so schnell erklären soll, aber ehe ich noch den Mund aufmachen konnte, ist Mama schon die Treppe runtergekommen. Bei unserem Anblick ist sie irritiert stehen geblieben. Und dann hat sie Mumi gebeten, nach oben zu gehen und Ottilie weiter zur Nacht fertig zu machen.

»Ich kläre das hier und komm anschließend hoch, ja?«

»Natürlich, Schatz!«

Mumi hat Papa noch einmal kühl gemustert und dann hat sie

Mama einen Kuss gegeben und ist nach oben verschwunden. Mama hat noch einen Augenblick gewartet, bis Mumi auf der Treppe war, bevor sie sich mit eisiger Miene zu Papa umgedreht hat.
»Würdest du mir bitte mal erklären, was unsere Tochter hier macht?«
»Na ja, das ist etwas kompliziert …«
»In meinen Augen ist das ganz einfach. Solltest du versuchen, Julie in unsere Auseinandersetzung mit hineinzuziehen, dann schwör ich dir, ich …«
Im selben Moment hat Gesa sich von hinten vorgedrängelt und Mama die Hand hingehalten.
»Hi, ich bin Gesa.«
Mama hat für einen Moment innegehalten und Gesa verwirrt gemustert, aber Gesa hat einfach weitergeredet.
»Ich arbeite bei der Telefonsex-Agentur, mit der Ihre Tochter die letzten Wochen telefoniert hat.«
Boh, ich sag dir. Du hättest Mamas Gesicht sehen müssen. Sie hat erst Gesa angeguckt und dann mich und zum Schluss Papa. Und dann hat sie ganz leise und drohend gesagt, dass sie nicht vorhätte, sich hier von Papa verarschen zu lassen. Im Ernst! Sie hat wirklich »verarschen« gesagt. Dabei benutzt sie sonst nie Schimpfwörter. Aber anscheinend hat sich nicht nur Papa in den letzten Tagen verändert, sondern Mama auch.
Ich hab mich bei Mamas finsterem Anblick gar nicht mehr getraut, irgendetwas zu sagen. Papa wirkte auch ziemlich kleinlaut, aber dafür hatte Gesa eine Sternstunde. Mama sah

noch immer aus, als ob sie uns keinen Zentimeter über die Türschwelle lassen würde, aber Gesa ist einfach an ihr vorbei in den Flur gegangen und hat sich dabei dafür bedankt, dass sie sich die Zeit nehmen würde, ihm zuzuhören. Mama hat ihm verdutzt hinterhergesehen, aber Gesa hat so freundlich gelächelt, dass sie ihn schlecht wieder rauswerfen konnte. Also ist sie ihm notgedrungen ins Wohnzimmer gefolgt.

Drinnen im Wohnzimmer hat sie sich dann doch wieder daran erinnert, dass sie Papa ja eigentlich gar nicht hereinlassen wollte, aber ehe sie noch etwas sagen konnte, hat Gesa sie schon traurig gemustert. Und dann hat er gesagt, er fände es schlimm, wie sehr meine Eltern ihre große Tochter in letzter Zeit vernachlässigt hätten. Ich hab gedacht: Was macht er denn jetzt?, aber da hat er schon ausgeholt und Mama die ganze Geschichte noch einmal erzählt. Von Anfang an. Diesmal aus seiner Sicht. Und ich sag dir, das war der Hammer.

Als ich ihn das erste Mal angerufen habe, hat Gesa gesagt, da hätte er gedacht, meine Eltern seien bestimmt ganz arme Schlucker, die noch drei, vier andere Kinder zu versorgen hätten und kaum das Nötigste zum Leben haben. Aber als er mitgekriegt hätte, dass mein Vater ein gut bezahlter Werbetexter ist und wir zu viert in einem Designer-Reihenhaus wohnen, da wäre er allmählich sauer geworden. Und als er erfahren hätte, dass ich die Einzige bin, die den Mumm hat, sich um eine Klassenkameradin zu kümmern, die zu Hause misshandelt wird, ist er noch saurer geworden. Weil er es nämlich für eine Sauerei hält, wenn erwachsene Menschen Kinder in die Welt setzen und sich dann nicht die Zeit nehmen, sich auch um sie zu kümmern. Und das gälte sowohl für Scharinas Eltern als auch für meine.

»Wenn Sie mich fragen, haben Sie beide es überhaupt nicht verdient, so eine mutige, tolle Tochter zu haben. Ich begreif so was einfach nicht. Ist Ihnen eigentlich klar, dass Ihre Tochter wochenlang so einsam war, dass sie sich bei einer Telefonsex-Agentur ausheulen musste, um überhaupt jemanden zum Reden zu haben? Wofür gibt es denn so was wie Erziehungszeit und Familientherapeuten und was weiß ich? Aber nein, solche Wohlstandsignoranten wie Sie nehmen natürlich keine Hilfe an! Hilfe brauchen ja immer nur die anderen! Aber Ihre Tochter, an die haben Sie dabei nicht gedacht, was? Schlimm finde ich so was, richtig schlimm …«

Woh! Ich sag dir. Ich war ganz schön baff. Vor ein paar Minuten hab ich noch gedacht, ich müsste auf Knien um Entschuldigung betteln, und auf einmal haben meine Eltern so jemand Tollen wie mich gar nicht verdient.

Gesa hat sich richtig in Rage geredet, und als er geendet hat, herrschte erst mal Stille. Papa und Mama sahen ziemlich geplättet aus, aber das war ja auch kein Wunder. Papa hat Gesa noch immer angestarrt wie jemanden, von dem er nicht weiß, ob er sich jetzt bei ihm entschuldigen oder ihn anraunzen soll. Und Mama hat sich zu mir umgedreht und mich ganz ungläubig angeguckt.

»Ich versteh noch immer nicht … Du kümmerst dich um ein Mädchen aus deiner Klasse, das misshandelt wird?«

Ich hab genickt und da haben Papa und Mama mich ganz komisch angeguckt. So, als ob sie furchtbar stolz auf mich wären und sich gleichzeitig auch ganz doll schämen würden. Und sie sahen beide aus, als ob sie gleich anfingen zu weinen.

»Und du konntest mit uns nicht darüber reden, weil wir nie Zeit hatten?«

Ich hab noch mal genickt. Was sollte ich dazu auch anderes sagen. Das war genau der Punkt.

Papa hat mir durchs Haar gewuschelt und dabei geschluckt.

»Und weil du niemanden hattest, der dir geholfen hat, hast du diesen Mann hier angerufen?«

Ich hab ein drittes Mal genickt. Gesa hat ausgesehen, als ob er nicht gerne »dieser Mann hier« genannt wird, aber er hat nichts gesagt. Mama hat mich derweil noch immer perplex gemustert.

»Das heißt, das war gar nicht Papa, der die ganze Zeit mit dieser Agentur … also mit diesem Mann hier telefoniert hat, sondern … das warst du?«

Ich hab wieder genickt. Gesa hat noch immer ausgesehen, als ob er nicht gerne »dieser Mann hier« genannt wird, aber da hat inzwischen niemand mehr Rücksicht drauf genommen. Bei Mama hatte man noch immer nicht den Eindruck, als ob ihr die Zusammenhänge ganz klar sind, aber dann hat es wohl »klick« gemacht, denn auf einmal hat sie sich zu Papa umgedreht und ihn ganz fassungslos angeschaut.

»Dann hab ich dich völlig zu Unrecht …?«

Papa hat sich geräuspert und dann vorsichtig genickt und da ist Mama auf einmal so rot geworden wie eine Tomate. Man konnte richtig sehen, wie unangenehm ihr das Ganze war. Für eine Sekunde hat sie ausgesehen wie ein kleines Kind, das gerade die Fensterscheibe vom Nachbarn eingeworfen hat, und dann hat sie ganz leise »Oh, Scheiße …« gesagt. Und dann noch mal »Oh, verdammt!«. Und dann ist sie in sich zusammengesackt und hat tatsächlich angefangen zu weinen und da ist Papa auf sie zugegangen und hat sie in den Arm genommen. Ich sag dir, es *war sooo romantisch*! Mama hat geweint und Papa hat auch ein bisschen geweint und zwischendrin haben sie sich immer wieder gestreichelt und sich versichert, wie blöde das Ganze von ihnen gewesen ist. Irgendwann hat Mama dann plötzlich innegehalten und sich zu mir umgedreht. Ich hab nicht gewusst, was sie jetzt vorhat, aber sie hat einfach ihre Arme ausgebreitet und gesagt: »Komm her, Wurzelgemüse!« Und da bin ich auf sie zugelaufen und auf einmal war alles gut.

Papa, Mama und ich haben uns alle drei gedrückt und geküsst und Mama hat immer wieder gesagt, wie leid ihr alles tut und dass sie mir viel mehr zuhören will, und Papa hat auch gesagt, wie leid ihm alles tut und dass er demnächst viel mehr Zeit für uns haben wird, weil er viel weniger arbeiten muss.

Mama hat gesagt: »Reiner, das wäre wunderbar!«, und dann hat sie ihn wieder geküsst und Papa hat mich geküsst und

dann wollte er auch Gesa küssen, aber der hat sich ganz schnell losgemacht und gemeint, er müsse jetzt wirklich gehen.
»So ein Lachs im Blätterteig wird schnell trocken und es ist ja auch schon ziemlich spät ...«
»Natürlich. Es war wirklich nett von Ihnen, hier vorbeizukommen und die ganze Geschichte aufzuklären. Also, wenn wir uns in irgendeiner Weise erkenntlich zeigen können ...«
Papa hat Gesa noch mal an sich gedrückt und ihm dann so doll die Hand geschüttelt, dass man an Gesas Miene sehen konnte, er zerquetscht sie ihm gleich vor lauter Dankbarkeit. Anschließend hat Gesa sich zu mir umgedreht, aber im selben Augenblick, wo wir uns verabschieden wollten, hat Mama plötzlich aufgeschrien und auf den noch immer laufenden Fernseher gezeigt.
»Oh, mein Gott! Julie!«
Papa, Gesa und ich haben uns umgedreht und eine Sekunde später haben sich meine Augen vor Schreck geweitet. Das, was sie da im Fernsehen gezeigt haben, war nämlich ich beziehungsweise ein Foto von mir. Und neben mir war noch ein Foto von Scharina eingeblendet und da drunter sah man Unmengen von Polizisten, die gerade einen Strand ablaufen. Und danach kam noch ein Bild von meinen Schuhen, die eine Polizistin ins Bild hielt, und von einem Hubschrauber, der über das Watt flog.
»Julie, mach mal lauter! Schnell!«
Ich hab noch immer wie hypnotisiert auf den Schirm gestarrt, aber Gesa hatte sich schon die Fernbedienung geschnappt. Und dann haben wir gehört, was der Nachrichtensprecher gesagt hat.

»… und die 12-jährige Julie Ahlberg gelten seit heute Nachmittag als vermisst. Nach Angaben der Polizei hatte eine Mitschülerin den Wecker der beiden verstellt und anschließend einen Zettel hinterlassen, der die beiden Mädchen aufforderte, der Klasse ins Watt zu folgen. Ein böser Streich mit möglicherweise tragischen Folgen. Die Polizei befürchtet, dass die Kinder durch die Flut überrascht worden sind und sich jetzt eventuell in Lebensgefahr befinden. Wer die beiden Mädchen gesehen hat oder sachdienliche Hinweise über ihren Aufenthaltsort geben kann, wende sich bitte an die nächste Polizeidienststelle oder …«

»Oh, mein Gott!«

Mama hat mich angesehen, als könne sie kaum glauben, dass ich live und in Farbe vor ihr stehe. Papa hat ungläubig auf den Fernseher gestarrt, Ottilie hat oben geschrien und ich hab mich gefühlt, als wäre ich gerade IM VÖLLIG FALSCHEN Film.

Der Einzige, der noch halbwegs klar denken konnte, war Gesa, aber auch der wirkte inzwischen ziemlich blass. Ich hab noch immer sprachlos auf den Fernseher gestarrt, in dem sie jetzt etwas über das Wetter von morgen erzählt haben, aber im selben Moment hat Mama sich schon zu mir umgedreht.

»Julie, wir müssen sofort die Polizei informieren. Und dann rufst du bei deiner Klassenlehrerin an und ich kümmere mich in der Zwischenzeit … Julie? Wohin willst du?«

Ich bin an der Tür stehen geblieben und hab meine Eltern nur flehentlich angeguckt.

»Ich muss Scharina Bescheid sagen! Wenn ihre Mutter das hier sieht, dann macht sie sich bestimmt tierische Sorgen ...«

»Aber du hast doch erzählt, Scharina hat ihre Mutter heute Mittag in Hamburg vom Zug abgeholt ...«

Gesa hat mich am Arm zurückgehalten, aber ich hab nur den Kopf geschüttelt und gemeint, ganz sicher wäre ich mir da nicht.

»Sie hat echt Schiss vor diesem Treffen gehabt. Und nach Hamburg sind es immerhin fast drei Stunden. Vielleicht hat sie unterwegs den Mut verloren ...«

An Papas Gesichtsausdruck hab ich gemerkt, dass er nur noch Bahnhof verstanden hat, aber zum Glück ist Mumi im selben Augenblick die Treppe runtergekommen und hat das Ruder in die Hand genommen. Wahrscheinlich hat sie von oben gelauscht, auf alle Fälle wusste sie gleich, worum es geht.

»Fahrt ihr mit Julie los zu dieser Scharina! Ich bleib hier und informiere die Polizei.«

»Danke! Du bist die Beste!«

Ich hab Mumi einen Kuss auf die Wange gedrückt und dann hat Papa seinen Mantel genommen und Mama die Tür aufgehalten und wir sind ab nach draußen. Auf dem Parkplatz vor Mumis Haustür hat Gesa noch einmal gefragt, ob er nicht mitkommen soll, aber Papa hat gemeint, er solle ruhig zu seinem Lachs fahren, den Rest würden wir jetzt auch alleine schaffen. Sein Wort in Gottes Ohr! Im Moment biegt Papa gerade auf den Parkplatz vor Scharinas Hochhaus ein. Gleich müssen wir aussteigen. Ich berichte später weiter!

21.43 Uhr. Auf der Rückfahrt.

Ich hab eben wie eine Blöde geheult, aber keine Sorge!

Alles ist gut!

Die Tür zum Treppenhaus von Scharinas Hochhaus war zwar zu, aber genau vor uns sind zwei ältere Jungs rausgekommen und die haben uns die Tür aufgehalten und drin waren wir. Auf dem Weg nach oben hat Mama noch mal gefragt, ob das auch wirklich okay wäre, wenn wir spätabends bei Scharina klingeln, aber ich hab ihr gesagt, dass das schließlich ein Notfall und Scharina bestimmt sowieso noch wach ist.

Und genauso war's auch. Oben vor Scharinas Haustür hab ich noch einen Augenblick gezögert, weil ich kurz überlegt hab, was ich machen soll, wenn mir jetzt Kevin die Tür aufmacht, aber da hat Papa schon geklingelt. Und eine Sekunde später hat uns Frau Strelinski im Bademantel die Tür aufgemacht. Frau Strelinski, also Scharinas Mutter, sieht genauso aus wie Scharina mit ihren schwarzen Haaren und den leicht schrägen Augen, nur dass sie natürlich älter und ein bisschen größer ist, aber nicht viel. Zuerst hat sie uns ziemlich befremdet angeguckt, aber im selben Moment, wo sie fragend den Mund aufgemacht hat, ist hinter ihr die Tür aufgegangen und Scharina hat ihren Kopf herausgesteckt.

»Mama, willst du nicht lieber die Bahn morgen um sechs nehmen? Dann kannst du noch … JULIE?? Was machst du denn hier?«

Als ich Scharina gesehen hab, ist mir ein Stein vom Herzen gefallen, der war ungefähr so groß wie der Mount Everest. (Ganz tief in meinem Herzen hab ich nämlich doch Angst gehabt, dass sie gar nicht nach Hause gefahren ist, sondern einfach irgendwohin abgehauen ist, aber das hab ich niemandem gesagt ...) Scharina und ihre Mutter haben mich noch immer verdutzt angestarrt, aber ich bin einfach auf Scharina zu und hab sie wie eine Wilde umarmt.

»Mann, bin ich froh, dass du hier bist. Habt ihr der Polizei schon Bescheid gesagt?«

Scharina hat einen kurzen Blick mit ihrer Mutter gewechselt und den Kopf geschüttelt. »Der Polizei nicht, aber dafür hat Mama mit einem Typen von der Erziehungsstelle telefoniert. Einer von denen kommt morgen vorbei und will erst mal mit Kevin reden. Und dann will er mit ihm zur Suchtberatung gehen. Wegen der ganzen Biertrinkerei. Auf jeden Fall hat Mama mir versprochen, dass ich keine Angst mehr zu haben brauche, dass er mich schlägt. Dabei fällt mir ein: Mama, das ist übrigens Julie, von der ich dir erzählt hab ...«

Ich wollte Scharina gerade sagen, dass ich mit meiner Frage eigentlich etwas anderes gemeint hätte, aber da hat mir ihre Mutter schon die Hand gereicht.

»Hallo, Julie. Ich freue mich sehr, dich kennenzulernen.«

Als ich Scharinas Mutter die Hand geschüttelt habe, musste ich ein bisschen schlucken, weil sie in ihrem unförmigen Bademantel wirklich ziemlich zart und zerbrechlich aussah und ich mir gar nicht vorstellen konnte, wie sie sich gegen Kevin durchsetzen will, aber dann hat sie mich einfach zu sich herangezogen und an sich gedrückt. Und als sie mich wieder losgelassen hat, hat sie Scharina angelächelt und in dem Moment hab ich gewusst, dass sie es schaffen wird. Und nicht nur sie. Scharina und sie würden es gemeinsam schaffen. Weil da nämlich etwas war, in ihren Augen, so eine Art warmes, starkes Leuchten. Mit genau so einem Leuchten hatte Mama mich vorhin angesehen, als sie mich mit dem »Komm her, Wurzelgemüse!« in die Arme genommen hat, und ich glaube, wenn jemand einen so anguckt, dann braucht man sich keine Sorgen mehr zu machen, denn eines ist dann ein für alle Mal klar: Der andere liebt und beschützt einen, was auch immer geschieht.

Im selben Moment hab ich ein Räuspern von hinten gehört und erst da habe ich mich wieder an meine Eltern erinnert.

»Mama, Papa, das ist übrigens Frau Strelinski und das ist Scharina …«

Alle haben sich die Hände geschüttelt und dabei hat Mama zu Scharina gesagt, dass wir unserer Klasse ja wohl einen ganz schönen Schrecken eingejagt hätten, und im selben Augenblick ist mir wieder eingefallen, warum wir eigentlich hier waren.

»Oh, Shit, ich bin so ein Trottel! Habt ihr schon Nachrichten geguckt?«

Scharina und ihre Mutter haben verwirrt den Kopf geschüttelt. Ich wollte gerade ansetzen, um ihnen die ganze Sache zu erzählen, da hat sich plötzlich die Fahrstuhltür geöffnet und zwei Polizeibeamte sind in voller Montur auf uns zugestürmt.

»Scharina Strelinski und Julie Ahlberg?«

Scharina und ihre Mutter haben völlig fassungslos auf die Polizisten gestarrt, aber zum Glück hatte Papa einen lichten Moment und hat sich schützend vor Scharina und ihre Mutter gestellt.

»Gestatten, Reiner Ahlberg. Ich nehme an, meine Schwiegermutter hat Sie darüber informiert, wo wir sind?«

»Schwiegermutter? Was für eine Schwiegermutter?«

Der Polizeibeamte hat meinen Vater irritiert gemustert. Dann hat er sich fragend zu seinem Kollegen umgedreht und der hat seufzend genickt.

»Ja, das hätte aber auch gern schneller vonstattengehen können. Wir haben mehrfach versucht, Sie zu erreichen, aber es war nie jemand zu Hause …«

»Entschuldigung, aber ich versteh nicht recht … Worum geht es hier eigentlich?« Scharinas Mutter hat die beiden Polizisten verwirrt angeguckt, und während meine Eltern die beiden Beamten beiseitegenommen haben, konnte ich Scharina und ihrer Mutter erst mal die ganze Geschichte mit Hanna und ihrer »Ins-Watt-lock-Aktion« erzählen. Beziehungsweise das, was sie im Fernsehen davon berichtet haben. Dass Hanna anscheinend in der Nacht unseren Wecker verstellt hat und Frau Simbrinck und Herrn Clausen dann gesagt hat, wir wollten zu Gosch frühstücken. Und dass Hanna uns wohl sogar noch einen Zettel hinterlassen hat, auf dem stand, wir sollten der Klasse ins Watt nachgehen. (Den Zettel haben Scharina und ich zwar nicht gefunden, aber das konnte sie ja nicht wissen. Dafür hat ihn dann vermutlich Herr Clausen entdeckt!)

Nachdem ich fertig war, haben Scharina und ihre Mutter mich völlig fassungslos angesehen. Frau Strelinski hat wieder und wieder gesagt: »Aber wer tut denn so was? So was macht man doch nicht!«, aber so richtig erklären konnte ich ihr das auch nicht.

Ob Hanna wirklich bewusst gewesen ist, dass wir dabei hätten ertrinken können? Ob sie das vielleicht sogar billigend in Kauf genommen hat, wie die beiden Polizisten meinten? Keine Ahnung. Irgendwie hoffe ich, dass sie gar nicht so genau darüber nachgedacht hat, aber ein mulmiges Gefühl macht einem das schon …

Zum Glück sind meine Eltern im selben Moment wieder zu uns rübergekommen und haben Scharina gefragt, ob sie nicht morgen, wenn ihre Mutter wieder nach München muss, bei uns übernachten will.

»Natürlich nur, wenn deine Mutter einverstanden ist. Aber wir haben uns gedacht, Julie würde sich bestimmt freuen. Und unseretwegen kann sie gern ein paar Tage bleiben …«

»Oh, ja! Bitte!!!«

Ich hab Scharina umarmt und ihre Mutter so flehend angeguckt, dass sie lächeln musste, und dann hat sie gemeint: »Na, wenn sich jemand so freut, kann ich natürlich nicht Nein sagen …«

Strike! Ich hab gleich überlegt, wie wir das Gästezimmer für Scharina umstylen können (zurzeit ist es nämlich eine ziemliche Rumpelkammer) und ob ich Mama und Papa nicht dazu kriegen könnte, dass Scharina nicht nur ein paar Tage, sondern gleich ein paar Wochen bei uns bleibt, aber das ist natürlich alles Pillepalle verglichen mit der **hyper-, mega-, obergrandiosen Neuigkeit**, dass Scharinas Mutter nächsten Monat vielleicht wieder in Hamburg arbeiten kann. Das ist nämlich die tolle Nachricht, mit der sie Scharina und Kevin überraschen wollte. Ein Hotel, das zu derselben Hotelkette gehört, bei der sie jetzt arbeitet, sucht eine neue Kosmetikerin und ihr Chef wird sie für den Posten empfehlen. Super, oder? Scharinas Mutter hat erzählt, dass Kevin von der Neuigkeit nicht sonderlich begeistert war, aber dafür hat Scharina sich natürlich umso mehr gefreut. Und ich mich auch! Jetzt muss das Ganze nur noch klappen. Ich drück ihr auf alle Fälle ganz fest die Daumen!

22.28 Uhr. In meinem Bett. Endlich wieder zu Hause.

Was für ein Tag! Als Mama, Papa und ich eben nach Hause gekommen sind, hat eine schlafende Gestalt in eine Decke gewickelt vor unserer Tür gelegen. Papa hat Mama und mich in Richtung Haustür geschoben und dann die Decke vorsichtig ein Stück zur Seite gezogen. Du kommst nie und nimmer darauf, wer darunter war. Es war … Ben! Papa hat ganz irritiert gesagt: »Was macht der denn hier?« Anschließend hat er Mama ratlos angeschaut, aber die hat auch nur mit den Schultern gezuckt. Ich hab nicht gewusst, wie ich meinen Eltern das mit Ben so schnell erklären soll, also habe ich Mama einen flehenden Blick zugeworfen und die hat zum Glück sofort geschaltet.

»Reiner, vielleicht sollten wir beide erst mal reingehen. Ich glaub, Julie macht das hier schon ...«

Papa hat etwas verwirrt geguckt, aber dann ist er Mama doch ins Haus gefolgt. Ich hab gewartet, bis sie drinnen waren, und dann erst hab ich mich vorsichtig zu Ben heruntergebeugt.

»Hey, Schlafmütze. Aufwachen!«

»Nicht ...«

Ben hat sich wie ein Igel zusammengerollt, aber als ich ihm eine Haarsträhne aus dem Gesicht gestrichen hab, hat er auf einmal die Augen aufgeschlagen und mich völlig verdattert angeschaut.

»Julie?«

Eine Sekunde später ist er aufgesprungen und hat mich umarmt, als wolle er mich nie wieder loslassen. Dummerweise hat Papa genau in diesem Moment aus der Haustür geguckt und da ist ihm natürlich die Kinnlade heruntergefallen. Ich hab Ben ganz schnell losgelassen, aber es war schon zu spät. Papa hat sich so laut geräuspert, dass Ben mitten in der Bewegung erstarrt ist. Und dann hat er sich hochrot zu Papa umgedreht.

»Es ist nicht, was Sie denken, Herr Ahlberg, das heißt, äh ... Es ist schon, was Sie denken, wenn Sie denken, was ich denke, nämlich, dass ich mir Sorgen um Julie gemacht habe. Die habe ich mir wirklich gemacht, aber wenn Sie denken, dass ich dachte, dass ich ... Äh ...«

Ben hat sich mehr und mehr verhaspelt und am Ende hat er nur noch verzweifelt zu Boden geguckt. Ich habe Papa einen finsteren Blick zugeworfen, weil ich gemerkt hab, dass er Ben gerade mit Absicht auflaufen lässt, aber zum Glück ist im selben Augenblick Mama aus dem Haus gekommen und hat die ganze Situation gerettet.

»Hallo Ben! Komm doch morgen zum Frühstücken vorbei, wenn du Lust hast. Wir würden uns freuen.«

Ben hat erleichtert genickt und sich dann ganz schnell zum Gehen umgedreht und ich hab Mama einen dankbaren Blick zugeworfen. Papa hat irgendetwas gemurmelt a là »Also, ich finde das ja etwas übertrieben, gleich vor der Tür zu übernachten ...«, aber ich habe ihn einfach ignoriert. Manchmal sind Väter echt schwer zu ertragen. Vor allem dann, wenn sie eifersüchtig sind.

Montag, der 24. November

☺ Höhepunkte!

1) Bin seit gestern 13 Jahre alt! Das bedeutet, ich bin seit 24 Stunden Teenager! Und nicht nur das …
2) … Ben und ich sind nächste Woche ein halbes Jahr zusammen. Das ist Klassenrekord!

☹ Tiefpunkte!

1) Keine.

Entschuldige bitte, dass ich so lange nicht geschrieben habe, aber es ist einfach zu viel passiert.
In der Klasse läuft alles gut, obwohl (oder wahrscheinlich eher weil) Hanna einen offiziellen Schulverweis bekommen hat und in die Parallelklasse wechseln musste. In der 6a ist sie jetzt unfassbarerweise schon wieder ziemlich beliebt, aber das stört mich nicht sonderlich. (Na ja, gut, ein bisschen, aber nicht viel.) Zu Scharina ist sie noch immer eisig und mich ignoriert sie seit der ganzen Geschichte komplett, aber Sophie, die Hanna noch manchmal beim Hockey trifft, meinte, sie hätte sich mobbingtechnisch nach dem Super-GAU auf Sylt echt geändert. (Kein Wunder. Schließlich mussten ihre Eltern den gesamten Polizeieinsatz bezahlen – inklusive Hubschraubereinsatz! – und danach hatte Hanna acht Wochen lang Hausarrest samt Fernsehverbot).
Als ich Scharina erzählt habe, dass Hannas Eltern ihr sogar die

Englisch-Sprachreise gestrichen haben, auf die sie sich seit Monaten gefreut hatte, hat Scharina gemeint, das fände sie nun doch etwas hart. Unglaublich, oder? Früher hab ich immer gedacht, Scharina wäre voll die Abgebrühte, aber inzwischen ist mir klar, dass das alles nur Tarnung war. Letztes Wochenende gab es »Bambi« im Fernsehen und dabei hat sie **sechs (!!!)** Packungen Taschentücher vollgeheult. Wohlgemerkt, bei »*Bambi*«! Dabei hab ich das letzte Mal geheult, als ich fünf Jahre alt war! Ich darf mir gar nicht erst vorstellen, was passiert, wenn ich mit ihr »Titanic« sehe …
Dabei fällt mir ein, rate mal, in wen Scharina verliebt ist. Da kommst du nie drauf! Der Junge ihrer Wahl ist …

… Silbergebiss-Jannick! Okay, ich muss zugeben, seit ich selber eine Zahnspange habe, finde ich sein Lächeln gar nicht mehr so schlimm, aber das ändert nichts daran, dass er ihr gerade mal bis zur Schulter geht! Wenn die beiden nebeneinander hergehen, sehen sie aus wie Petterson und Findus. Scharina meint, das wäre ihr ganz egal, weil er so toll zuhören kann. Und außerdem hätte er noch immer einen Kuschelbären zu Hause, ohne den er nicht einschlafen kann, und das fände sie irgendwie süß. Ohne Worte. Ich sag nur: Ohne Worte …

Ach ja, etwas Tolles ist noch passiert. Mamas Baby-Blues ist verschwunden. Damit das auch so bleibt, geht sie jetzt einmal die Woche zu einer Psychotherapeutin, die ihr ständig erzählt, wie toll sie ist. Und jeden Mittwoch kommt ein Babysitter für

Ottilie, damit meine Eltern auch mal Zeit für sich haben. Habe Papa gesagt, dass ich auch jemanden brauche, der mir erzählt, wie toll ich bin, aber er meinte, ich hätte ja Ben, das müsste reichen. Du merkst schon: Papas gefühlsduselige Phase ist – zumindest was mich anbelangt – am Abflauen.

Apropos Papa ... Seit ein paar Monaten arbeitet er wirklich und wahrhaftig nur noch bis 15.00 Uhr. (Ich hab mit Scharina gewettet, dass er's nicht schafft, und prompt verloren.) Sein neuer Auftraggeber, der Hundefutter-Chef, findet das sogar vernünftig. In seinen Augen brauchen Kreative nämlich »Freiraum«. Habe Papa gegenüber angeführt, dass ich in der Schule auch ständig kreativ sein soll und deshalb genauso viel Freiraum brauche, aber er meinte, für seinen Geschmack wäre ich schon kreativ genug. Ich habe daraufhin erwidert, dass diese Regelung, wonach ich abends um acht zu Hause sein soll, meinen Freiraum erheblich einschränkt. Woraufhin er geantwortet hat, dass laut einer gerade erschienen jbx-Untersuchung Teenagern zu viel Freiraum sogar schaden würde. Habe im Internet nachgeguckt und festgestellt, dass es »jbx-Untersuchungen« gar nicht gibt. Werde ihn bei nächstbester Gelegenheit damit konfrontieren. Mal gucken, was er sagt ...

Papa und Ben sind sich noch immer nicht sonderlich grün, aber Mama meint, das wäre bei Vätern und den Freunden ihrer Töchter meistens so. Im Gegensatz zu Ben kommt Gesa richtig gut bei meinem Vater weg. Gesa findet meinen Vater neuerdings auch »echt knorke« (Peinliches Wort, oder? Keine Ahnung, woher er das hat), vor allem weil Papa ihm gerade

einen neuen Job beim Hundefutter besorgt hat. Statt »It's all cheeese!« singt er jetzt »Doggy-Dogs ist froggy-gut!«. Wenn du mich fragst, klingt das noch beknackter als der Käse-Text, aber Papa ist furchtbar stolz drauf. Also sag ich besser nichts.
Kevin habe ich zum Glück ziemlich lange nicht mehr gesehen. Seit dieser Alkohol-Entziehungskur, die er gemacht hat, wohnt er in einer betreuten Jugendwohngruppe am anderen Ende der Stadt und da kann er meinetwegen auch gerne bleiben. Scharina meint, seit ihre Mutter wieder in Hamburg wäre und er nichts mehr trinken würde, wäre er wieder ganz nett und neulich hätte er sich sogar bei ihr für die Sache mit dem Stuhlbein entschuldigt. Aber ich trau dem Frieden irgendwie nicht so recht. Schließlich hat Scharina mir erst letzte Woche erzählt, dass ihr Bruder neuerdings »Gangsta-Rapper« werden will und deswegen ständig »Bitch« (= Prostituierte) auf »fridge« (= Kühlschrank) reimt und sich mit Goldketten behängt und …
Oh, es klingelt! Das ist bestimmt Ben. Ich muss aufmachen!
Mach's gut, liebes Tagebuch, **und bis ganz bald!**

Deine 

Franca Düwel

Auch als Hörbuch

Julie und das Herzschlamassel
Schlimmer geht's immer

Julie ist fast 14 und seit Kurzem wohnt der Däne Jesper bei ihr zu Hause. Jesper sieht aus wie ein Gott und flirtet wie ein Profi. Davon ist Julies Freund Ben alles andere als begeistert, vor allem weil er bald zu einem Schüleraustausch nach Amerika fliegt. Als Julie in Bens Reisegepäck dann eine unfassbare Entdeckung macht, beginnt sie an ihrer Beziehung zu zweifeln … und das Chaos ist wieder einmal perfekt.

Arena

320 Seiten • Gebunden
Mit Illustrationen von Katja Spitzer
ISBN 978-3-401-06581-6
www.arena-verlag.de

Hörbuch
Sprecherin: Josefine Preuß
3 CDs
ISBN 978-3-401-26581-0